El infinito empieza aquí

Mónica Esgueva

Primera edición Septiembre 2018

©*Mónica Esgueva*

ISBN: 978-84-09-02828-3
Autora: Mónica Esgueva
Diseño de portada: Pere Valls
Maquetación y publicación: Edición Libro Indie
Corrección de textos: Elena Urgelles

Este libro está dedicado a esas personas que a lo largo de la historia llevaron a cabo el inmenso sacrificio de encarnar en este complicado Planeta para inspirar, guiar y enseñar las verdades de la espiritualidad y la sabiduría perenne, exponiéndose así a las duras consecuencias de la ignorancia, el rechazo y la persecución.
Mi admiración y gratitud hacia vosotros es inmensa.

Agradecimientos

A mis Maestros, por su constante guía y conexión con la Unidad y la Luz. Todos para uno y uno para todos.

A mis padres, por su amor y apoyo incondicional en todas las circunstancias. Me siento muy afortunada de tenerles como padres.

A Francesc Miralles, este libro no habría salido sin él. Su apoyo altruista ha sido fundamental. GRACIAS.

A Ramiro, por su amor.

A Rosa Bonet, por tratarme como un miembro más de la familia en Barcelona. Es una una auténtica bendición tener una conexión como la nuestra.

A mis queridísimas amigas, mi hermana Rosa Arias, Elena Urgelles y Mónica Morán, por su cercanía y cariño siempre.

A Carmen López, por su generosidad conmigo.

A José Luis Mellado, por su incondicionalidad.

A Juanma Pérez de Vacas, por su amistad y aconsejarme legalmente tan maravillosamente.

A todos los autores, lamas, y maestros que me transmitieron su conocimiento y me ayudaron a progresar, a descubrir y recordar mi verdadera esencia.

A todas las personas que se cruzaron en mi camino durante mis numerosos viajes y estancias por el mundo, me abrieron sus puertas con tanta amabilidad, me enriquecieron tanto como ser humano, y contribuyeron a que me sienta parte de una sola familia humana.

A todas las personas que me pusieron obstáculos, que no creyeron en mí, que me hicieron daño consciente o inconscientemente. Las dificultades me hicieron más fuerte, y gracias a vosotros pude desarrollar el perdón.

"El verdadero conocimiento no es alcanzado gracias al pensamiento.

Es lo que eres. Es lo que te conviertes".

Sri Aurobindo

"Nadie nos salva de nosotros mismos.

Nadie puede y nadie debe.

Nosotros mismos debemos recorrer el camino".

Buddha

Índice

Parte 1

El hospital

"Del sufrimiento han emergido las almas más fuertes.

Los caracteres más sólidos se forjan a base de cicatrices"

Khalil Gibran

Capítulo 1

A menudo desearíamos poder disfrutar del efecto analgésico de la equidistancia, situarnos detrás de esa línea imaginaria que nos separa del dolor ajeno. Sin embargo, los movimientos del corazón son ondulados e inesperados, y la empatía no permite elipsis armónicas que protejan. Algo desde luego imposible para Ruth.

La llamada desde la habitación de Sofía sonó de nuevo en la recepción de enfermería, con insistencia, por quinta vez en el espacio de dos horas, pidiendo más morfina. Ruth miró su reloj, las once y media de la noche. Hacía poco más de media hora que había inyectado la última dosis de calmante a la niña, y no tenía pues sentido ponerle más aún. Acudió rauda a la habitación 708 a comprobar qué ocurría.

La habitación olía al calmado palpitar de la conclusión. Al fondo de la semipenumbra Sofía se movía inquieta en la cuna, mientras su madre le mojaba la boca con un pañuelo y la miraba con desesperación. Ruth se acercó despacio, como si temiera despertar a la muerte. Comprobó el pulso de la pequeña, iba demasiado deprisa. Sintió su respiración entrecortada, como si cada vez necesitara más aire para respirar y sobrevivir, como si tal anhelo se hubiera convertido en un reto imposible. Los movimientos eran espasmódicos, sin voluntad consciente. Para calmar a su madre la conecta al oxígeno.

—Te aseguro que Sofía no sufre. Está completamente sedada. —Aseguró a la madre, intentando tranquilizarla.

—Lleva horas sin orinar, y no puede beber nada. ¿Qué le pasa? ¿Es muy grave su situación? —Implora a la enfermera, ansiando una respuesta negativa a pesar de todo, negando la realidad impenitente.

Ruth no sabe qué responder. Los años de experiencia no facilitan enfrentarse a esta tesitura, y sabe muy bien que los padres jamás quieren hacerse a la idea de que todo pueda terminar. En su fuero interno rechazan cualquier final, pues anhelan una mínima sensación de unidad, de permanencia en un mundo que naufraga ante sus atónitos e incrédulos ojos.

Tampoco a ella le resulta fácil. Entre los cientos de niños tratados, cuidados, queridos, Sofía ocupa un lugar especial para Ruth. Con apenas dos años, demostraba ser una cría fuera de lo común. No lloraba cuando la tenían que pinchar o extraer sangre, no temía al médico ni a las enfermeras al entrar por la puerta, sabiendo que a menudo no le aportarían nada positivo; no gritaba, no pataleaba al prepararla para las pruebas, no protestaba, no se quejaba... En ocasiones llegaba a indicarle con la manita y con balbuceos ininteligibles dónde tenía que colocar sus aparatos, demostrando una inteligencia y capacidad de observación impresionantes. Además exudaba una amorosidad y una alegría innata que no dejaba a nadie indiferente, desde el celador al médico, incluyendo a la fría supervisora de enfermería. Un auténtico ángel de visita en la tierra.

Largos meses de quimioterapia no habían podido conseguir una remisión estable, y ni siquiera el trasplante de médula había logrado parar el avance de la plaga cancerígena. Las últimas dosis de *quimio* letal tampoco habían surtido efecto. Hacía ya semanas las pruebas demostraron la fatalidad de su leucemia, el porcentaje de glóbulos blancos anormales en el flujo sanguíneo era tan grande que los médicos no comprendían cómo aún seguía viva, y con tantos ánimos. Fue entonces cuando el oncólogo instó a la familia a irse haciendo a la idea de un desenlace fatídico. No obstante, Sofía era diferente hasta en eso, continuaba viviendo y sonriendo como si nada. No daba muestras de deterioro, ni de ansiedad, ni presentaba signos de decadencia física, ni siquiera las dificultades motoras habituales. Seguía siendo una niña extraordinaria.

Ruth recordaba bien una de las últimas veces en las que había estado ingresada. Una vitalidad arrolladora la animaba, y al verla entrar por la puerta, ese día le abrió los brazos luciendo una sonrisa espectacular.

—Justamente Sofía estaba preguntando por ti —aclaró su madre—. Decía: ru, ru, rul.. Y yo la estaba tranquilizando informándola que seguramente tenías turno de tarde y no tardarías en llegar. Te echábamos de menos, Ruth.

La enfermera se apresuró entusiasmada a estrechar a la pequeña en un abrazo, y cubrirla a besos. La adoraba.

—¿Quieres que te eche cremita y te de un masajito?

Había llegado una hora antes de su horario de entrada para poder pasar algo de tiempo con ella antes de tener que afanarse en sus múltiples tareas. Esos momentos iluminaban su día, y era consciente de que dadas las circunstancias, no se alargarían eternamente. Sofía señaló la crema, y sentada en el sillón le fue alargando los brazos y después las piernas para recibir unas capas que suavizaran su piel, ahora completamente descamada debido a la lucha interna celular. Le encantaban esos masajes que le hacía con regularidad, y eso había ido creando un vínculo fortalecido entre las dos. Lo más bello resultaba cuando llegaba por el cuello y subía a su desnuda cabeza, rapada, sin un resquicio de pelo como consecuencia de la quimioterapia impuesta. La cría echaba la cabeza atrás, apoyándola en sus manos en un signo de total confianza, cerraba los ojos y esbozaba una sonrisa de placer. La viva imagen de la armonía y el contento. Una imagen impregnada en su memoria con la que la recordaría siempre.

Ahora reconocía que estaba en sus últimos momentos. Las posibilidades de milagro habían desaparecido. Los padres la habían ingresado hacía pocas horas con fiebre, en un estadio de bajada de defensas, y Ruth identificaba que no duraría mucho. En una muestra más de audacia, iba a volar con rapidez, sin sufrimiento, sin prolongar lo inevitable ya. Ruth sospechaba que la niña no padecía ningún tipo de molestias, salvo las relacionadas con salir del capullo del cuerpo para convertirse en mariposa. La madre volvió a mojar un pañuelo en agua —pues ya no admitía líquidos— y Ruth acarició su delicado cuerpo buscando comunicarle cariño y compañía, pues sabía que de algún modo todos los moribundos sienten algo y puede ser tremendamente reconfortante para ellos, sin importar la edad de la partida. La enfermera cerró unos instantes los ojos, y se concentró. Al hacerlo tuvo una visión mágica, luminosa, como si pudiera percibir su alma, y se percató de que Sofía realmente estaba partiendo hacia otros horizontes más amables, más alentadores, más libres, más luminosos. En un último regalo, el espíritu de esta niña le permitió visualizarla en su esencia refulgente, ya sin la carga de un cuerpo sufriente e imperfecto, desprendiéndose del fardo carnal, acelerando su paso hacia otros reinos inmateriales. En esos precisos segundos, su respiración dificultosa —y en apariencia ahogada— se paró en seco. Velozmente Ruth le tomó el pulso y la auscultó. El corazón había dejado de latir, y con él los persistentes dolores desaparecían para siempre. Se inclinó sobre la cuna para besarle la frente, y le cerró los párpados. La niña lucía la más hermosa de las sonrisas, por fin liberada de la cárcel de los suplicios de un cuerpo enfermo.

—Sofía se ha ido en paz. —le confirmó a su madre, mientras la miraba a los ojos con gran dulzura.

Lágrimas silenciosas empezaron a bañar las mejillas de la madre, en una mezcla de tristeza y alivio, de repentino vacío y descanso de la permanente angustia. La enfermera se aproximó a ella, y la abrazó con calidez. Sin palabras la mantuvo acogida durante unos minutos, hasta que la sintió más entera. Entonces le anunció que tenía que avisar al médico de guardia y a las auxiliares que vendrían a preparar el cuerpo. La madre asintió mecánicamente, y se volvió hacia la cuna para pasar los últimos instantes al lado de su bebé. Sólo el pensamiento de la cesación de todo sufrimiento le proporcionaba una cierta dosis de serenidad en el mar de aflicción en el que se empezaba a ahogar. Lo inevitable, lo temido, lo pronosticado se acababa de realizar. Una vida usurpada que jamás podría sustituir. Ya nunca más vería a su pequeña. Se había marchado para siempre, y nada en el mundo podría reparar la pérdida. Nada.

En ese instante, la enfermera solo deseó que la madre tuviera la sabiduría de compensar el desastre íntimo que ocasiona la pérdida de un hijo inspirándose en la compasión.

Al terminar su turno, Ruth tomó el ascensor hasta la planta baja, recogió su ropa en la taquilla y se cambió con parsimonia. Se dio cuenta de que se había quedado muy sensible y emocionada. Era la primera vez que se sentía partícipe de una experiencia espiritual de este calibre, aunque había presenciado otros fallecimientos —sobre todo de niños— y siempre imaginó que la muerte no era un fin sino una transición, algo que había leído en algunos libros relacionados con las experiencias cercanas a la muerte. En alguna ocasión les había acompañado en sus momentos postreros, aportando toda la serenidad que era capaz de transmitir, pero sin ver nada más allá de lo material y obvio.

Hoy había sido diferente. Era una comprobación de sus creencias más profundas, pudo contemplar una chispa de la magnificencia del alma, pudo ser testigo de la grandeza de una vida que no termina con la muerte. Se sentía henchida por un sentimiento de enorme gozo interno, la satisfacción de reconocer la inmensidad de la existencia y el agradecimiento por haber podido intervenir en algo tan sagrado como el vuelo de una mariposa hacia la Luz. En su camino hacia el aparcamiento, no podía evitar cavilar sobre la tristeza irreparable de esos padres que no comprenden que la existencia de sus hijos no acaba, que continua en otra etapa, en otra forma, en otro espacio. Para ellos se acaban los sueños redentores y emancipatorios, los planes, el futuro, la alegría y la felicidad. Muchos se quedan balanceando entre la depresión, la amargura, la desesperanza y las tentaciones nihilistas durante un tiempo indeterminado, quizás infinito, al no encontrar una respuesta a la más tremenda de las injusticias: el fallecimiento de tu propio hijo.

Capítulo 2

Regresar al hospital al día siguiente no fue para Ruth tarea fácil. Había un aire de pesadumbre en el ambiente. Sus compañeras apenas charlaban entre ellas, y los pasillos aparecían desiertos, como si los padres quisieran evitarse entre ellos para no tener que mencionar la muerte irreparable del día anterior, como si cualquier referencia a ello fuera un mal augurio para sus propios retoños. Un silencio plúmbeo recorría la planta, y ni siquiera se escuchaba la cháchara habitual de los auxiliares mientras cumplían con sus tareas. Todos notaban el peso de la pérdida, y con cada fallecimiento, los padres que se quedan consideran que el suyo también puede ser tocado por la oscura sombra invisible. Pareciera como sin la evocación, la posibilidad terrible se esfumara.

La pausa del café entorno a la mesa camilla de la sala de enfermería —que normalmente es un rato de cotilleos y risas— se había convertido ese día en un momento de serios semblantes y miradas cabizbajas. Incluso en la sala de juegos, a estas horas llena de voluntarios jugando con los niños, se respiraba un aire de desazón.

Pero en la planta de oncología no hay tiempo para regodearse en el pasado, ni siquiera en el más reciente, la responsabilidad de sobrevivir es lo que mueve el hospital. Otros niños siguen vivos y necesitan cuidados. La vida sigue respirando a través de otros. No hay descanso para los que se quedan y siguen buscando permanecer y ganar la batalla a la terrible enfermedad.

Daniel, un niño de diez años ingresó hace un par de días. Venía con síntomas contradictorios que podrían estar asociados a la leucemia, así que tendría que pasar por la batería de análisis usuales. Le habían extraído sangre primero, y dentro de unos minutos habrían de prepararle para una punción lumbar, prueba bastante desagradable para cualquiera. Ruth pide a los padres que salgan al pasillo para poderles explicar el procedimiento en detalle sin que Daniel esté delante. Luego pasarán juntos a contárselo al niño para que no se estrese.

—La punción lumbar llevará una media hora. El médico le colocará cuidadosamente una aguja delgada entre los huesos de la zona inferior de la columna vertebral, debajo de la médula espinal, para extraer la muestra de líquido cefalorraquídeo. —Explica la enfermera a los padres.

—¿Le dolerá mucho? —Pregunta la madre, temerosa.

—Es algo molesto, pero le pondremos primero una crema anestésica sobre la piel y después le inyectaremos un anestésico líquido en los tejidos ubicados debajo de la piel para evitar el dolor. —Aclara, intentando tranquilizarla.

—¿Podré pasar con él? —Inquiere la madre.

—Si él lo desea, en esta prueba puede acompañarle. —Le asegura la enfermera.

—¿Para que sirve exactamente esta prueba? —Se interesa el padre.

—Esta punción demostrará si la leucemia ha alcanzado el sistema nervioso central, es decir, el cerebro y médula espinal.

Los padres se miran con rostro angustiado e incrédulo. ¿Les estará pasando a ellos? ¿No estarán viviendo una pesadilla, un sueño engañoso del que despertarán y descubrirán que todo es una alucinación falaz? De momento siguen las instrucciones del médico y del personal hospitalario, esperando que todo resulte una falsa alarma y puedan marcharse a casa lo antes posible.

Los celadores vienen a recoger a Daniel, aferrado a la mano de su madre, que se niega a soltar. Ruth le invita a sentarse en la camilla, le pide que abrace una almohada y así coloque la espalda curvada con el fin de que las vértebras se abran entre ellas lo máximo, y eso permita al médico encontrar fácilmente el espacio entre los huesos de la zona lumbar donde insertará la aguja.

La madre echa un vistazo a la aguja con ojos temerosos, y aprieta los labios para que su hijo no lea la aprensión en su mirada. La aguja espinal es delgada y larga. Tiene un centro hueco, dentro del cual hay una especie de estilete y otro tipo de aguja delgada que actúa a modo de tapón que permitirá que el líquido cefalorraquídeo entre en los tubos de recolección.

Preparan a Daniel con la anestesia, y le explican lo importante que es que permanezca quieto hasta que terminen para poder ir más rápido. Ruth le comenta que ella le sujetará para que no se mueva y así no le duela. A continuación el doctor introduce la aguja en la columna vertebral. El niño se aprieta la mano de la madre con fuerza y deja salir un breve quejido, mezcla de sorpresa y dolor. Ruth le habla mientras para distraerle y hacerle pensar en otra cosa.

—¿A qué *cole* vas, corazón?

Daniel se resiste a responder al principio, pues su atención se mantiene fija en la tremenda incomodidad que le causa el pinchazo en la espalda. Al final responde a regañadientes.

—¿Qué deporte te gusta más?

—El fútbol. —Responde secamente.

—¿Cuál es tu equipo favorito?

—El Barça.

—Pues estás de suerte, ¡parece que este año van a ganar la liga!

Por fin el doctor ha terminado de recoger la muestra de líquido. Saca la aguja. Ella le coloca un apósito, y le da instrucciones para que descanse en la cama de su habitación durante las horas siguientes, sin realizar esfuerzo alguno. Antes de que lo lleven al ascensor para subirle a planta, la enfermera le toma la mano y le pregunta cómo se siente. Daniel se limita a asentir con la cabeza, sin pronunciar palabra. Ella le da un beso en la frente antes de despedirse de él y prometerle que pasará a verle dentro de una hora.

—Te llevo observando un tiempo, y he de reconocer que admiro tu cercanía con los niños, Ruth. —Le espeta el doctor Martínez—. No te veo quemada al involucrarte tanto con ellos, como le pasa a la mayoría después de un tiempo...

Ella deja los instrumentos que está limpiando y le mira sorprendida por tal comentario. El Doctor Iván Martínez, como los demás médicos, no suelen hablar de estos temas, y menos con las enfermeras.

—Supongo que hay que estar hecho de una madera especial. —Continúa él.

—Bueno doctor, se llama vocación, y es algo que vosotros también debéis tener para especializaros en niños oncológicos...

—Sí, claro. Pero no todas las personas son iguales, y no todas las enfermeras mantenéis la misma actitud —insiste él—. Muchas cumplen bien con su trabajo, pocas se desviven por los pacientes... Tú lo haces.

Ella le agradece sus comentarios, aunque no sabe bien porqué hoy le muestra estos signos de aprecio inesperados cuando nunca le ha comentado nada en los dos años que trabajan en el mismo departamento.

—Me gustaría hacerte una pregunta que espero no te parezca indiscreta, ¿qué haces en el tiempo libre?

—No me queda mucho Doctor, como a todos los que tenemos estos horarios tan irregulares. Este año me estoy dedicando a un curso de psicología de la enfermedad que creo me puede ayudar a comprender y tratar mejor a los niños y sus familias...

—Eso está muy bien, pero algo harás para olvidar de vez en cuando este ambiente, ¿no? ¿No te gusta salir a bailar? ¿A tomar copas con los amigos? ¿A divertirte?

—Hago yoga y meditación, me ayuda mucho a permanecer centrada y no perder mi norte...

—Alguna vez saldrás a cenar, digo yo. —Insinúa el doctor al comprobar que no es una mujer amiga de la noche como él—. Si es así, me gustaría invitarte este *finde*, si no tienes turno de noche.

Ruth se inventa una excusa. Este hombre no le inspira confianza ni le gusta. Siempre ha intentado llevar su vida privada al margen de la profesional, pues el resultado puede ser explosivo. Además, las experiencias pasadas le hacen desconfiar de las intenciones de este médico también.

El Doctor Martínez está intrigado con ella. Desde que entró en el departamento de oncología infantil del Hospital La Merced, se fijó en ella. ¡Cómo no hacerlo! Una mujer así no pasa desapercibida, él conocía a muy pocas de su estilo en el hospital. Esbelta, de una mirada reluciente y transparente y rostro angelical enmarcado por corto cabello dorado, se movía por los pasillos sin parar, sin tomarse los respiros habituales de sus compañeras para tomar el café y cotillear cuando las urgencias no apretaban. Su intensa vida amorosa tras el divorcio no le había permitido buscar acercarse a ella aún; ahora que se había calmado un poco, concluyó que era el buen momento para la caza.

Había indagado para conocer más de ella. Por lo que sabía, no llevaba vida social con las compañeras; aunque era siempre respetuosa y cordial, no intimaba con ninguna, salvo con una de la planta quinta con quien habían dicho tenía una gran amistad. No se la conocía novio oficial, pero nadie podía asegurar que no tuviera ligues o amantes, pues hacía gala de tremenda discreción sobre su vida privada. Sólo era notorio el descalabro de uno de sus predecesores, el poderoso jefe de departamento, el Doctor Martín, recién jubilado. Al parecer, este médico conocido por su despotismo y mal carácter, casado y con hijos probablemente mayores que Ruth, se había encaprichado con esta rubia, no cejando en el empeño de conseguirla, probablemente persiguiendo el elixir de la juventud perdida, tratando de conseguir un trofeo que pudiera engrandecer un ego en vías de deterioro, al borde del retiro y visionando la sombra alargada de la vejez. Ni sus halagos ni sus obsequios hicieron mella alguna en ella, demasiado independiente para tales agasajos. Ni tampoco sus promesas de promoción y sus amenazas de despido, cuando ya nada lograba tornar un mínimo interés hacia él. Ruth tuvo la fortuna de que una médica escuchara unas palabras subidas de tono a través de una puerta entreabierta, y sin miedo a represalias contra ella lo hiciera público, con la consiguiente apertura de expediente y borrón final en la carrera decadente del conocido médico. Para ella fue el fin de una pesadilla de la que prefería no volverse a acordar.

Capítulo 3

No podía dejar de pensar hoy en Karleny, una niña extraordinaria y un caso delicado también. Hacía seis años que la leucemia le había clavado los dientes, luchadora como era, cada año parecía vencer... solo para volver a recaer al año siguiente, algo por desgracia no especialmente novedoso en los niños con esta enfermedad. Salvo que a esta niña de ocho años hondureña, los médicos en su país —que habían estado aplicando tratamientos en sí demasiado fuertes para su corta edad— durante una de las últimas crisis sufridas aseguraron a los padres que la única posibilidad de salvarla sería utilizando las células madres del cordón umbilical de un nuevo bebé, por lo que los padres buscaron otro embarazo con la esperanza de poder salvar así a la hermana mayor.

No llegaron a tiempo, a los cinco meses de embarazo, en una agónica torsión del destino, Karleny tuvo una recaída espectacular, no respondía al tratamiento y empezó a rozar peligrosamente la muerte con los dedos. Simultáneamente inmersos en el vértigo de los acontecimientos, sumidos en una enorme desesperación, los padres buscaron cualquier alternativa. El padre se enteró de que en España se aplicaban procedimientos algo diferentes que quizás podrían ayudarla, por lo que gracias a un familiar que casualmente vivía en Barcelona y conocía al Doctor Esteban, pudo presentarle los informes de la niña y éste se ofreció a tratarla en el Hospital de la Merced. Dispuestos a todos los sacrificios por salvarla, pidieron dinero a los familiares y amigos, y vendieron lo que pudieron para pagar los billetes a España.

Ruth supo de su historia personal gracias a Alma, la coordinadora de la ONG que pudo alojarles en un piso con otras familias de niños enfermos procedentes de diferentes provincias españolas y de otros países. No antes de haber pasado por toda una odisea. Primero tuvieron que compartir piso con otros compatriotas en condiciones espantosas: los otros inquilinos fumaban, bebían y hacían fiestas sin que esta niña de mirada dulce y compasiva pudiera contar con el descanso necesario. La situación se hizo insostenible cuando Karleny perdió el pelo y tuvo que usar mascarilla. Fue entonces cuando los compañeros de casa empezaron a rechazarla, temiendo que les contagiase la enfermedad, obligándola a permanecer recluida en la habitación.

Recordaba vívidamente cuando la conoció hacía unos meses. Pocos niños tenían la fuerza interna y la fe de esta pequeña. Ruth había mirado los informes, y con razón opinaba como el equipo médico, que las posibilidades de la niña eran mínimas. La leucemia no entraba en remisión y en esas condiciones era imposible planear un trasplante de médula, o en todo caso inútil. Pero lo que esta niña logró, no lo había visto jamás en su carrera. Karleny tenía tanta confianza en su curación, que consiguió convencer al Doctor Esteban de sus posibilidades, y le pidió —con un coraje inimaginable en una pequeña de su edad—, que apostaran por ella y arriesgaran, porque ella afirmaba que saldría de ésta a pesar de todo.

Así que ahora estaban utilizando un nuevo tratamiento, y todos querían creer en este pequeño milagro venido de Honduras. ¿Cómo desconfiar cuando la niña nunca tenía un día malo? Siempre que entraba en su habitación la recibía con una sonrisa. Con una serenidad apabullante se sometía a todas las pruebas insidiosas y le repetía "pronto me pondré bien".

—Hola corazón, ¿cómo te encuentras hoy? Debes estar feliz con las noticias... ¿ya sabes que hay fecha para tu trasplante, verdad?

—¡Sí, Ruth! ¡Por fin! —le contesta Karleny con ese entusiasmo del que solo son capaces los niños mientras le abre los brazos para que se acerque a darle un abrazo.

Ruth se aparta después para charlar en voz baja con el padre y asegurarse de que está al corriente de lo que les espera a los dos. Le comenta que al ser compatible con su hija, será su donante, y que en pocos días su hija entrará en una semana de aislamiento y un tratamiento duro para preparar al máximo el cuerpo. La enfermera mira por encima del hombro y se da cuenta de que la niña está atenta a todo lo que están hablando, por lo que pide al padre salir de la habitación. Prefiere que Karleny no tenga que escuchar ciertas cosas. Es extremadamente lista y madura, pero aún una niña y quiere preservar su inocencia a pesar de las muchas dificultades por las que le está teniendo que pasar en su corta y accidentada vida.

—El doctor me ha dicho esta mañana que existen solo un cincuenta por ciento de posibilidades de que Karleny salga del trasplante. Y que si sale tendrá muy pocas defensas... ¿Qué piensa usted, *Rus*?

—Bueno, ya sabe que es el médico el que mejor puede informarle sobre el nivel de éxito del trasplante. Pero recuerde que no es una ciencia exacta, y cada niño es un mundo. Hemos de confiar en la capacidad del cuerpo de su hija...

—Es que estoy preocupado, dicen que aunque salga bien le puede entrar una infección...

—Es normal que los médicos quieran que tenga en cuenta todos los riesgos que comporta, pero en estos momentos hay que ir a por todas y ser positivos. —le anima ella.

Capítulo 4

El día había sido largo y de buena gana Ruth habría cancelado el encuentro que Maite se había empeñado en planear. Maite era una conocida con la que apenas había coincidido en tres o cuatro ocasiones gracias a una amiga que tenían en común. La última vez insistió en presentarle a un amigo suyo estupendo, en cuanto pudieran quedar los tres. No le interesaban demasiado este tipo de citas, pero ella le aseguró que solo se verían para un café, así que accedió.

Se habían dado cita en un hotel cerca del hospital, a las ocho. Cuando llegó, los dos estaban sentados en un elegante sofá gris. Fernando era un hombre tan atractivo como Maite le había asegurado. Una melena leonina reinaba en su cabeza, del mismo color castaño de sus penetrantes ojos; su obvia complexión fuerte —*cachas*, pensó ella— resaltaba gracias a la camiseta ajustada con la que iba vestido. Advirtió que se trataba de una persona que cuidaba mucho su apariencia, lo cual no le extraño cuando comentó que era actor y presentador de televisión. Un ligero acento argentino le dotaba de un cierto aire seductor. La conversación transcurrió de forma anodina durante la primera hora, y Ruth se vio tentada a poner alguna excusa y marcharse a casa a descansar. Al final Maite sacó el tema de las relaciones amorosas, y las dificultades con las que se encontraba a la hora de encontrar un hombre que mereciera la pena. Fernando entonces les preguntó por las cinco cualidades que eran esenciales para ellas en una pareja. Aunque parecía una pregunta de lo más inocente, en el fondo iba dirigida a Ruth, a conocerla mejor, pues le empezaba a interesar. Se quedó con las dos que más le llamaban la atención: que ese hipotético hombre la quisiera mucho y que fuera espiritual. Ella no se fijó demasiado en su lista; lo que más le llamaba la atención de él era su obsesión por el deporte y su apariencia algo chuleta que le confirmaba que no era en absoluto su tipo.

Antes de despedirse Fernando le pidió el teléfono, y esa misma noche le envió un *sms*: "Me ha encantado conocerte, Ruth, creo que transmites muy buena energía y tu mirada es muy serena, me gustaría seguir conociéndote, seguro que tenemos de qué hablar. Un besito."

A la mañana siguiente, después de su entrenamiento matutino —se prepara para correr un maratón— le manda otro mensaje para asegurarse que seguirá en la mente de la rubia: "Buenos días guapa, acabo de llegar de correr y de sentir este sol maravilloso de hoy, te deseo un lindo día y que la energía del sol te llene con su luz. Beso fuerte."

Ruth está concentrada en las obligaciones del hospital y no presta demasiada atención al mensaje que le llega. Alfonso ha ingresado con recaída, y no tiene buen pronóstico. Está muy bajo de plaquetas y ha habido que hacerle transfusión de inmediato. La doctora le ha pedido que lo monitore de cerca, pues tendrán que volverle a hacer pruebas pronto para comprobar si el tumor ha seguido avanzando a pesar de la fuerte *quimio* de los dos últimos ciclos. Su situación le preocupa. Si se hubiera empezado a extender a otros órganos las oportunidades de curación serían mínimas, y después de los meses que lleva en tratamiento, la moral tanto del niño como de los padres se vería muy mermada...

En un momento en que está esterilizando los instrumentos, le llega una imagen que le sorprende: ve a Fernando y está segura de que está pensando en ella. Es una intuición fuerte, se da cuenta entonces de que ha puesto su interés en ella y que pretende conquistarla. Quizás sean imaginaciones suyas, pero lo duda. El tiempo lo dirá, ahora ha de focalizarse en poner la medicación a sus pequeños pacientes.

Dos días más tarde, Fernando la llama y deja un mensaje en el contestador invitándola a dar un paseo por el Puerto Olímpico y después al cine. A ella le da una tremenda pereza acercarse a la ciudad cuando no tiene obligaciones laborales, por lo que le propone que venga a verla si así lo desea a Casteldefells, y así podrán pasear por la playa. Él acepta rápidamente.

Ruth se despereza como un gato cuando los rayos de sol irrumpen por los grandes ventanales de su piso. Hace un día espléndido, lo cual es normal en esta región. Se alegra de haber citado a Fernando después de comer, así tendrá la mañana para ella. Con un trabajo tan exigente como el suyo, con tan alto nivel de implicación, los días en los que libra necesita recargar las pilas en contacto con el mar y la naturaleza, y a menudo en soledad. Agradece poseer una terraza desde donde puede vislumbrar a lo lejos el horizonte, el cielo y el Mediterráneo. Mejor que descender a una playa atiborrada de gente un domingo primaveral tan caluroso, elige una tumbona en la terraza, a la sombra del parasol, una vez termina de desayunar y recoger la casa. De repente otro de sus flashes interrumpe la lectura del último libro de Wayne Dyer que esta finalizando. Acaba de ver a Fernando en su propia cama esta noche. ¡Cómo puede ser! En esta ocasión seguro que se trata de un error... Se queda intrigada, por lo que toma su ordenador y busca información sobre él en

Google. Ha sido modelo, entrenador personal, actor de culebrones en Sudamérica, presentador de programas de entretenimiento y ocasionalmente ha hecho algo de teatro. Se entera que hace dos años participó en un *reality* de supervivencia en una isla caribeña. Un hombre un poco diferente de los que ella está acostumbrada a frecuentar.

Suena el timbre del portal, Fernando llega temprano. Le invita a acomodarse en la terraza.

—¿Te apetece tomar una cerveza, una coca-cola, un té?

—Una cerveza bien fría estaría genial, apetece con este día cojonudo.

Viene batallador; desde que se sienta enfrente suyo, no deja de mirarla fijamente a los ojos y le dispara una pregunta tras otra sin apenas concederle un respiro. Penetrante, intuitivo, persistente observador, busca captar lo que hay detrás de la blancura de su silencio.

No le hace sentir nada relajada. Percibe como si quisiera sacarle la máxima información en el menor tiempo posible. Le resulta demasiado directo y hasta inquisidor. Quizás no debería haberle invitado, se cuestiona.

—Vamos a dar un paseo por la playa, hay que aprovechar la tarde, parece mentira que con este calor estemos solo en abril... — propone ella, intentando salir de una dinámica que le está incomodando. Este cambio de escenario provoca efectivamente un cambio de actitud en él. Sin aparente razón se relaja, se siente menos presionado a controlar la situación y permite que salga su lado más espontáneo y juguetón. Ruth no esperaba esta transformación de su carácter y le place que deje de obcecarse en conocer sus secretos. De repente la abraza y agradece en voz alta estos momentos junto a ella. Caminan por la orilla, permitiendo que las olas bañen sus pies. La gente va levantando los campamentos improvisados en la playa para pasar el día, y ellos disfrutan de la brisa que surge del atardecer. Fernando le pide que se pare un instante. Ella pierde su mirada frente a la inmensidad azul que ondea con el ligero viento, y él se coloca detrás suyo, abarcándola con los brazos.

—Sabes, así me comporto cuando me siento a gusto... También tengo que admitir que tú me encantas, y eso ayuda.

Ruth no hace ningún comentario, simplemente escucha como un eco la repetición de las últimas palabras pronunciadas "tu me encantas... tu me encantas...". Se lo sacude de la cabeza e intenta no tomarse demasiado en serio lo que le dice, y disfrutar de las sorpresas que le esta aportando el presente con la mayor naturalidad, sin subir ninguna barrera ni poner distancia entre ella y el sabor del momento. Se siente como una niña soplando burbujas, que van a durar los segundos de una exhalación y después vendrán otras a remplazarlas con la misma ligereza y volatilidad. La fotografía de un atardecer único y refrescante.

Regresan cuando el astro dorado se esconde tras el Mediterráneo, y ella le propone que se quede a cenar. Prepara un arroz con espinacas que él apenas prueba, pues admite que las espinacas no forman parte de sus alimentos favoritos, aunque devora los quesos franceses que saca de postre.

A la luz de las velas y las luces tamizadas de la terraza, con la música de Mozart desde la cadena del salón, bajo el manto de la mágica noche estrellada, Fernando no aguanta más las ganas de juntar su rostro al de esta bella mujer de rasgos dulces y poderosos al mismo tiempo. Se levanta, y sin mediar palabra, se acerca a su silla, se inclina despacio y empieza a besar sus cabellos, su frente, sus ojos, sus mejillas, su cuello. Todo salvo la boca; aún sigue siendo fruto prohibido y no quiere que un movimiento demasiado brusco y veloz pueda desencajar esta velada perfecta. Ella se deja hacer.

Recibe sus aproximaciones sin mover un músculo, con la mayor de las quietudes. Es solo ahora que percibe con claridad que besarse va a ser un paso inevitable, inexpugnable, inmediato. No puede continuar engañándose: no se trata de una relación amigable; es la demostración física de algo más. Y entonces descubre que ella también desea ser besada. Pero Fernando es un maestro de la seducción, y pospone esa etapa, buscando que ella lo ansíe tanto como él.

—¿Quieres que veamos una *peli*? —Propone Ruth.

—¡Claro! ¿Cuáles tienes?

Entre los dos examinan las que acumula en su biblioteca. Él escoge una que ha visto y considera especial y tierna. Una vez más, no da un paso en falso, cuida cada acto, y busca ponerla a prueba y comprobar su reacción. Es una película rodada en su país, en Argentina, de una sensibilidad exquisita: "El hijo de la novia".

—¿Por qué no dejas de recoger los patos y te sientas cerca de mí? —Le pide el desde el sofá.

Ella se acomoda a su lado; Él la coge en brazos y la sube sobre su regazo, a lo que ella responde riendo a carcajadas. La espera ha resultado larga para Fernando. Desde la primera vez que la vio sentada a unos metros en la cafetería del hotel, se quedó prendado de su atractivo, de su innegociable belleza, estática e intangible, y empezó a preguntarse a qué sabrían sus labios sonrosados y sensuales. Por fin podría probarlos. Los roza con delicadeza al principio. Al comprobar como ella responde, con pasión después. Se detienen a respirar y reconocerse. ¿Será posible que todo esté rodando en estas pocas horas? Fernando reposa su cabeza contra su pecho, en un detalle de extraordinaria intimidad que no suele tener con una mujer, y mucho menos tan pronto. Sin embargo, hay algo en Ruth que inspira una profunda conexión y confianza.

Él tiene gran interés en ver la película juntos, y le gusta confirmar como la emociona. Constata que no se ha equivocado en su juicio respecto a ella: es una mujer muy especial.

—Es la una de la madrugada. Un poco tarde para ir a casa... —La provoca—. Me encantaría pasar la noche contigo...

Sus avances no dejan lugar a elucubraciones. Ella sonríe traviesa. Le parece que es demasiado tarde para posponer algo que resulta obvio. Cuando él se levanta y le da la mano para conducirla al dormitorio, ella le sigue sin ofrecer ninguna resistencia.

Fernando es tan sexual como aparenta. En un abrir y cerrar de ojos se quita el pantalón y la camiseta y se queda completamente desnudo. Se nota que se siente orgulloso de su cuerpo y le gusta lucirlo. Está totalmente depilado y muy musculado. La va desvistiendo sin prisa pero con control. La toma en sus manos sin un instante de duda y la acaricia con la habilidad de un consumado amante. Ella se regocija al sentirse tan deseada, flotando en éxtasis, nadando en un océano de placer sensual.

Antes de caer rendido en la almohada, le hace una confesión con la misma franqueza con la que se expresa continuamente:

—Cuando estábamos sentados en la terraza, con los rayos del sol reflejados en tus ojos, percibí tu sensibilidad... y tu transparencia, tu pureza... Supe que no podría alejarme de ti.

Capítulo 5

—Le hemos dicho a Amaya que no se preocupe, que solo le van a hacer unas pruebas y pronto estaremos fuera del hospital. —Le explican los padres de esta niña de once años a la que acaban de ingresar.

Ruth no está muy segura de que sea la conducta correcta. Sabe que los padres prefieren ocultar a sus hijos la gravedad de la enfermedad, pero por experiencia ha observado la inteligencia innata de los niños, que captan todas las señales no verbales de los padres y familiares, y terminan suponiendo que algo terrible les ocurre. Es su elección, y no le gusta inmiscuirse en asuntos ajenos.

Estudia con detenimiento el resultado de los análisis realizados y no dejan ninguna duda: Amaya tiene un cáncer óseo en la rodilla. En la consulta de esta mañana el Doctor Iván le ha tenido que dar la noticia a los padres, pero parece que no ha llegado a oídos de la niña. La madre sale al pasillo a charlar con ella, está claro que necesita desahogarse. Antes de empezar a contarle, las lágrimas sofocan sus palabras. Se ha aguantado la emoción, y sobre todo el pánico despertado para evitar que su hija lo notara, pero ahora no puede mantenerlo más en su interior.

—Enfermera, no puedo entender que esto nos esté sucediendo a nosotros. ¿Qué hemos podido hacer para que Dios nos castigue de este modo? ¿Qué error hemos cometido con nuestra niña para que le haya salido esta terrible enfermedad? ¿Quizás si hubiéramos insistido más con el médico de cabecera cuando decía que eran simples dolores de crecimiento habríamos llegado a tiempo para que el cáncer no se desarrollara? ¿Y si los médicos de este hospital se hubieran equivocado? ¿A lo mejor tendríamos que pedir una segunda opinión? ¿Qué va a ocurrir con nuestra hija? ¿Por qué nos ha tocado a nosotros? ¿Por qué? No nos lo merecemos...

Las preguntas se agolpan en su mente, y las expulsa con una mezcla de terror e impotencia frente a un destino que se le antoja cruel e injusto; se inaugura la densidad del sufrimiento. De buena gana se intercambiaría con su hija, vendería su alma al diablo con tal de despertar de esta pesadilla en la se han sumido en poquísimo tiempo. Habían obviado la cuestión en voz alta por miedo a convocar la enfermedad al pronunciar su nombre, y tanto su marido como ella se aseguraban que no había que imaginar lo peor... No obstante, esta mañana la bomba cayó y quema las vanas esperanzas albergadas. El diagnóstico innegociable trae consigo un nuevo escenario infernal. Una inesperada etapa en la que los miedos y las relaciones se van a intensificar con un objetivo común para toda la familia: luchar contra la muerte.

Ruth la escucha con empatía y calma, y le asegura que hoy en día una gran parte de los casos oncológicos infantiles encuentran curación, pero que tendrán que mantener la fortaleza y el optimismo para salir adelante victoriosos de este reto que la vida les ha traído. ¿Para que mencionarle los que se quedan en el camino?

—Por mucho que te cuestiones los porqués no vas a encontrar nunca la respuesta y te vas a hacer mucho daño. Es un obstáculo difícil, pero no insalvable. Recuerda que tu actitud y la de tu marido es fundamental para que vuestra hija se recupere y sobre todo para que pueda sobrellevar los meses por delante... Eso es importantísimo para que sufra lo menos posible y se cure.

—¿Así lo crees? —Le pregunta buscando un refuerzo mientras se seca las lágrimas—. Es que esto es muy duro, mucho. Lo peor que te puede pasar...

—Lo sé. Sin embargo debes saber que no estáis solos, que éste es uno de los mejores hospitales, tenemos los medios y el personal, y os vamos a apoyar en todo. Podéis contar con nosotros. —Intenta tranquilizarla mientras le toca el brazo con calidez.

—Mañana hay que ponerle el porta, os lo ha dicho el médico, ¿verdad?

—No me acuerdo, quizás sí. La verdad es que con las malas noticias no recuerdo casi nada de lo que nos ha dicho. —Admite la madre.

Ruth le explica que necesitará de anestesia general para esa cirugía y habrá de pasar unas horas en la UCI como procedimiento normal antes de poder volver a la habitación asignada.

—¿Cuánto nos queda por delante hasta salir de esto? ¿Lo sabe?

—Pues haceros a la idea de bastantes meses. Se le administrarán ciclos de *quimio* cada tres semanas aproximadamente, en función de cómo vayan reaccionando las células, y entremedias habrá períodos de descanso para que el cuerpo de Amaya se pueda recuperar....

—¿Y qué pasará con el *cole*? ¿Tendrá que faltar todo este curso y repetir? —Inquiere aprensiva la madre.

—No necesariamente. Aquí tenemos dos profesores que vienen a darles clases de recuperación por las mañanas durante los días en los que se sienta más fuerte para salir de la habitación y poder seguir los estudios. Y cuando esté en casa, dependerá de cómo se sienta la niña. Hay algunos niños que consiguen continuar el curso escolar gracias a que un profesor se desplaza al hogar, aunque no hay que ponerles presión para que hagan un esfuerzo demasiado extenuante para ellos. Lo fundamental en estos momentos es poner toda la energía en superar esta dificultad y que la niña se cure. Es lo único esencial ahora.

El teléfono móvil de la madre suena e interrumpe su conversación.

—¿Diga? Ah, hola... Pues mal, la verdad. Nos han dado pésimas noticias esta mañana...

Ruth se despide con la mano. Sabe que comienzan las llamadas y la repetición infinita a los familiares y amigos de los partes médicos que a partir de ahora serán la fuente de disgustos y ansiedades, la causa principal de los sustos y sorpresas de esta familia y todas las que entran en esta planta, siempre a la sombra de una amenaza latente. Dieciséis habitaciones casi siempre completas. Historias rotantes y dinámicas, puñados de lágrimas y congoja, y también risas y sonrisas de niños que no pierden su alegría esencial a pesar de los sufrimientos inimaginables que estas personitas han de soportar, aunque no disminuye ni un ápice su pasión y su entusiasmo vital.

En el puesto de enfermería suena el timbre de la habitación diez. Las auxiliares están tomando el café en la sala contigua y no se inmutan, y Carlos, el único enfermero, no se acerca a contestar al comprobar que no se trata de uno de sus enfermos. Ruth intenta no exasperarse ante la apatía que a veces muestran sus compañeros. Se quita los guantes y se apresura a contestar a la segunda llamada.

—Se ha acabado el suero.

Recoge una jeringuilla precintada, un paquete de hidrocortisona, unas gasas esterilizadas y se pone nuevos guantes de látex. Se ata una mascarilla para cubrir la boca y nariz. La niña tiene un trasplante de médula reciente y las medidas higiénicas han de ser respetadas religiosamente para evitar cualquier infección que en este estado de debilidad puede resultar letal.

—La verdad es que podrían diseñar aparatos para niños, sin estas pitadas estridentes que les molestan cada vez que el tratamiento se acaba... ¡así es imposible que los niños descansen! —Protesta el padre de Claudia.

—Tiene toda la razón, ojalá se pensara más en cosas específicas para los niños —. Le apoya Ruth.

Mira la habitación con el rabillo del ojo. Para estar en un hospital público la verdad es que se cuida bien de estos niños, a pesar de los muchos aspectos mejorables. Cada habitación tiene una cama plegable con su baño, por lo que un miembro de la familia puede quedarse permanentemente con una cierta comodidad e intimidad —sólo hay un niño por habitación—. Las paredes están decoradas con pinturas murales infantiles realizadas por dos pintores franceses hace pocos años, y cuentan con una pequeña televisión plana y un DVD donado por una ONG. Son pequeños lujos que permiten que las reiteradas estancias en el hospital se hagan más llevaderas y, en lo posible, agradables.

—Hola cariño, ¿cómo te encuentras hoy? ¿Te ha venido a visitar tu hermano? —Se interesa Ruth.

Claudia parece un poco apagada, y sólo contesta con un movimiento de párpados y aire pesaroso, visiblemente agotada. El trasplante fue bien, aunque es demasiado reciente todavía para anticipar la reacción de su organismo y su grado de tolerancia. Le acaricia la frente y cierra los ojos una vez le ha inyectado en uno de los tubos el nuevo medicamento, ha ajustado las válvulas y le ha colocado los tubos a un lado de su cuerpecito para que no le tiren al girarse. Observa de reojo a la madre, puede leer en su rostro la angustia acumulada y mal disimulada. Ruth no puede evitar cavilar sobre cómo todos nosotros, frágiles y turbados seres humanos, querríamos alcanzar un cierto nivel de paz y seguridad, algo que queda aún más lejos de nuestro alcance cuando los reveses nos asaltan y parece que se sacian con nuestra familia de forma pertinaz e insistente. Le llama la atención comprobar cómo algunos padres se quedan destrozados por la terrible prueba a la que la vida les somete y otros, sin embargo, son capaces de crear cápsulas de gran fortaleza interior, capullos inmunes a la desgracia, para luchar denodadamente y con optimismo en condiciones a menudo límites que a muchos empujan, en el mejor de los casos, al abatimiento y a la apatía.

Respira hondo, y sin previo aviso, aparece una visión inesperada en su mente: ve a Claudia fuertemente entubada y monitorizada. Reconoce la UCI. Su diminuto cuerpo está deformado por los efectos de la radio —hinchado y con un color oscuro— y plagado de hematomas en varias partes del cuerpo. El mensaje subliminal que le llega es unidireccional. Claudia no sanará. Es el centro de una certeza. Antes solía hacer denodados esfuerzos por rechazar y rebelarse contra estas imágenes de futuro —a veces funestas, sobre todo las relacionadas con los niños aquí—, que tendían a cumplirse siempre. Al principio incluso se responsabilizaba y culpabilizaba al sentirse cómplice por haber siquiera supuesto que se cerraban las compuertas de la existencia para estas criaturas inocentes, generando numerosos aspectos caóticos para los que no conocía respuesta convincente y que apenas se atrevía a compartir por miedo a que la tildaran de chiflada. Hasta que gracias a los cursos de psicología transpersonal que realizó en California, fue comprendiendo el laberinto que representa el universo, dentro del cual se pueden hacer añicos los límites del espacio y el tiempo, y su don —aunque inusual—, lo había ido asumiendo no sin recurrentes dosis de dudas. Aunque sí aceptaba ahora que no conllevaba manipulación del destino. Era en ocasiones simplemente una observadora privilegiada de una realidad alternativa, rica y multiforme; y poco a poco estaba aprendiendo a convivir con ello, aunque no siempre lograra tomar distancia del sufrimiento ajeno.

Capítulo 6

La madrugada se arrastra cual serpiente silenciosa y pocos permanecen despiertos en los albores de la noche cerrada. Las compañeras de Ruth se atiborran a café para conseguir funcionar durante los turnos nocturnos. A ella le produce una ansiedad que prefiere evitar. En su lugar se prepara té verde con el que llena un par de botellas y las almacena en el frigorífico de la sala de enfermería. Su compañero Carlos se encuentra en el otro cuarto, en la sala donde guardan los instrumentos y medicamentos. En este rato de tranquilidad aprovecha para estudiar un rato. Está intentando sacarse el curso complementario de psicología, y apenas encuentra horas en el día para poder ir repasando. Se solía decir que de no haber tenido una vocación tan grande por la enfermería, habría sido psicóloga. Siempre le atrajo la idea de poder ayudar a los demás, y desde pequeña había sido una cuidadora nata. Su madre le recordaba como de enana juntaba a todos sus muñecos, les preguntaba qué les dolía, y preparaba unos ungüentos con hierbas que luego les aplicaba por el cuerpo a modo de cataplasmas. Algo que sorprendía a su madre, pues nunca le habían enseñado nada parecido y no comprendía de dónde había sacado la niña ideas semejantes. Solo muchos años más tarde ella podría averiguarlo.

Le costaba concentrarse hoy. Hacía meses que no sabía de Joey. Tendría que llamarle un día de estos. Iba a ser papá por primera vez en estas semanas, si su memoria no le fallaba. Cuando su padre enfermó de cáncer de pulmón, ella decidió dejar momentáneamente su trabajo en Estados Unidos para regresar a España y apoyarle desde la cercanía, dejándolo todo para poder acompañarle en esos duros momentos. Por desgracia, cuando lo localizaron, el cáncer estaba ya muy avanzado y no era posible operarlo. La caída fue fulminante; el deterioro se aceleró irremisiblemente, convirtiéndose en un espectro del hombre vigoroso que era. Fue perdiendo fuerzas rápidamente, y con ello vigor muscular, de tal modo que en los últimos días ni se podía levantar de la cama, y apenas era capaz de articular palabra. Resultó muy doloroso para su madre y sus hermanos. Inundados por su propia congoja, todos asumían que para Ruth era más fácil, pues estaba acostumbrada a lidiar con la enfermedad desde bien joven debido a su profesión; Se equivocaban.

Su padre siempre había sido su héroe. Desde Andalucía se instaló en Cataluña, donde fue capaz de montar, gracias a su ahínco y constancia, una empresa textil de la nada, pudiendo establecerse y proporcionar a sus tres hijos la educación universitaria de la que él careció. Sin embargo, lo que más admiraba de él era su ilimitada bondad. Cuidaba de los empleados como si fueran miembros de su propia familia, dispuesto a echar una mano a los que pasaban por dificultades: prestándoles dinero para hacer frente a alguna crisis, concediéndoles días de permiso pagados en caso de necesidad, haciendo esfuerzos por acomodar a algunos hijos en la empresa hasta que encontraran trabajo... Todos sabían que la puerta de su despacho permanecía de par en par y que él estaba abierto al diálogo y a la comprensión con cada caso que le presentaban. Su madre en ocasiones le tildaba de blando, y le repetía que había personas que se aprovechaban de su extrema generosidad; aunque seguramente él era consciente, no estaba dispuesto a cambiar. Realmente era una persona a la que desde niña había querido emular. Además, siendo la única hija, era su favorita, y la que más se parecía a él. Aunque su sueño habría sido que sus tres hijos se dedicaran al negocio familiar y continuaran su legado, pronto se dio cuenta de que Ruth estaba abocada a una profesión de ayuda y contacto directo con las personas, y renunció a su ilusión sabiendo que la empresa no le haría feliz.

Su padre siempre había sido su gran apoyo y confidente, la persona a la que acudía en busca de consejo cuando el estrés la invadía, el ala bajo el cual se podía cobijar cuando las cosas se volvían duras. Tanto que Joey a veces se había quejado de confiar más en su padre que en él. Por eso cuando a las pocas semanas de volver su padre falleció, la pena que le invadió fue infinita. La estética del dolor se le clavó en el corazón. La pérdida extendía sus tentáculos febriles a cada área de su vida; le echaba tanto de menos que no lograba remontar la cuesta de la tristeza, y se convirtió en depresión. Pospuso su regreso a California, esperando hacer el duelo interior primero. Salvo que Joey no mantuvo la paciencia ni la comprensión para esperar, y decidió romper la relación antes de que ella se sobrepusiera. Lluvia de plomo sobre un terreno inundado que tardaba en absorber las consecuencias de una tormenta absolutista. La caída al vacío por las cataratas de la pena solo encontró un rebufo a los seis meses de su fallecimiento, cuando una tarde melancólica en la que se encontraba en el jardín de sus padres, le envolvió un fuerte olor a rosas frescas, sus flores predilectas. Al girarse buscando el origen de tal fragancia, una imagen vívida apareció ante sus atónitos ojos: la silueta de su padre —tal y como era en las fotos de joven que almacenaban en casa— se materializó durante apenas unos instantes, mostrándose sonriente y jovial, como cuando estaba de buen humor. Hizo una mueca traviesa y un guiño, signo inequívoco para ella de la realidad de aquella aparición, pues solo ellos dos sabían que ese era su código secreto de comunicación cuando querían alegrar y animar al otro. Entonces un pensamiento se inscribió de forma automática en la mente de Ruth: "Hija mía, no estés triste. Te quiero y nunca he estado mejor... Jamás te abandonaré, cuando me necesites estaré cerca..." Y repentinamente la imagen se disolvió. Ruth se quedó emocionada y paralizada durante unos minutos. ¿Cómo había podido dudar? ¿Cómo había podido sumergirse en el mar de la congoja, soldada a una percepción terciada de la existencia corpórea como única verdad, creyendo que se había escapado para siempre y no podría ya recuperarle? ¿Cómo había podido olvidar las verdades que se ocultan a los ojos de las miradas puramente materiales? ¿Cómo había podido sucumbir al egoísmo de abandonarse en lugar de desplegar sus sentidos a la poesía de la transformación? ¿Cómo había podido hundirse tanto en la tristeza?

Solo se le ocurría una respuesta: cuando la tragedia nos asalta, colocamos una máscara mortuoria sobre nuestro drama particular, una especie de cortina sobre el espejo para evitar que nos devuelva la mirada auténtica, y así articulamos una sombra pálida de memoria resquebrajada y nos quedamos anclados en el propio sufrimiento, obstruyendo la salida para poder escapar.

Capítulo 7

—Ruth, Me gustaría pedirte que charlaras con Laura. ¡Está en una edad tan difícil! Todo lo que le diga yo lo rechaza. Pero he comprobado que a ti te escucha. —Le pide la madre de Laura. —Háblale un poco sobre la alimentación, por favor... ya sabes que está en la edad del pavo y tiene esta obsesión adolescente con no comer para no engordar... y en su estado actual creo que es muy prejudicial porque necesita calorías para reponerse...

—Vale, haré lo que pueda, prometido.

A la hora del almuerzo devora rápidamente la ensalada que lleva en el tuperware, y se acerca a la habitación 703, donde esta ingresada Laura. Al verla llegar, la madre se disculpa y baja a la calle a tomar un bocadillo y así permitirlas que dispongan de intimidad. Sabe que de quedarse, su hija se negaría a hablar nada profundo con la enfermera, y es la única persona con la que ha adquirido la confianza suficiente como para expresarse con honestidad y escuchar lo que le pueda decir, pues ni siquiera está dispuesta a hacerlo con la psicóloga que manda la asociación de lucha contra el cáncer. Se ha encerrado tanto en sí misma, que le cuesta desprenderse de su caparazón con nadie. Ya ni siquiera desea que la visiten sus amigas en el hospital, sólo algunas veces contesta al teléfono cuando la llaman, pero la normalidad cotidiana de los chicos de su edad la exaspera al sentirse confinada, fea y débil. Su único refugio es el ordenador que la ha regalado su padrastro y que le permite conectarse a internet y las redes sociales. Solo así —por escasas horas— puede olvidar dónde está, su estado lamentable, y su asfixiante angustia.

—Hola preciosa. He terminado de comer temprano y venía a verte un rato... —Comenta la enfermera, imprimiendo naturalidad a su visita. —Vaya, ¡qué pulseras mas *guays* tienes! ¿Son nuevas? ¿De dónde vienen?

—La roja y la verde me las regaló mi tía el otro día, y las otras me las he comprado yo con mi paga. –Explica, orgullosa.

El cáncer no es ningún obsequio, a ninguna edad, si bien en la adolescencia quizás sea la peor, piensa Ruth. Laura esta pálida y demacrada, pero siempre procura arreglarse. Va vestida con pijamas coloridos que le trae su madre y lleva los ojos maquillados. Uno de los aspectos más duros para ella ha sido la pérdida de su larga y sedosa cabellera. A las pocas semanas de empezar el tratamiento, ante la expectativa de la caída irregular y repentina, resultando en antiestéticas calvas, le aconsejaron raparse la cabeza. Fue una de las imágenes más dolorosas que le han quedado selladas en la memoria: ir viendo como sus finos cabellos pelirrojos iban cayendo por el suelo mientras ella se convertía en un adefesio calvo. Le llevó días atreverse a mirar su reflejo en un espejo. Y cuando por fin lo hizo, se detestó. Odió la maldita enfermedad que la condenaba a estar encarcelada en el hospital. Odió a su madre por marearla cuando sólo quería que la dejaran sola. Odió a sus amigas porque podían empezar a salir todos los fines de semana mientras ella parecía una flor mustia. Odió a los chicos porque con su aspecto ya no gustaría a ninguno. Odió a sus padres por las peleas en las que se enzarzaban y por haber decidido divorciarse. Odió a los médicos y a las enfermeras que la sometían a torturas cotidianas que estaba harta de soportar. Odió el tumor maligno que no conseguían aniquilar y que había condenado sus días a un eterno paréntesis. Odió al mundo entero porque la vida se había convertido en una guerra sin cuartel en la que se sentía atrapada y donde no veía ninguna puerta que le permitiera salir de su odisea particular.

—Adoro tus largas pestañas, Ruth. ¡Cuánto te envidio! A mí no creo que me vuelvan a crecer jamás... ya no podré ponerme rimmel, ¿para qué? —Se lamenta la quinceañera.

—Claro que sí, Laura. Esto solo durará un tiempo, después te crecerá el pelo, las cejas y las pestañas, y estarás guapísima, más de lo que estás ahora, ¡y es difícil! —Trató de animarla.

—Ojalá. Yo sé que estoy horrible, y siempre tengo que llevar un pañuelo en la cabeza... Me da mucha vergüenza que la gente sepa que no tengo pelo —Confiesa—. Y hasta que no se me pase no quiero volver al instituto. Me niego a que me vean así, y que no les guste nunca más... No quiero darles pena... Ruth, empiezo a pensar que no mejoraré nunca...

—¿Por qué piensas así, cielo?

—Mírame, llevo un montón de meses aquí y los tratamientos está claro que no funcionan... Si de verdad esto tiene solución, ¿por qué no me he curado ya?

—Lleva su tiempo, es un tratamiento que hay que hacer de manera paulatina y regular para que dé resultado y vaya matando las células cancerígenas. Has aguantado como una campeona hasta hora, ya queda menos, y tienes que seguir luchando, preciosa. ¡No puedes tirar la toalla!

—Es muy fácil decirlo, pero la verdad es que esto es una mierda. Sólo quiero terminar y que me devuelvan mi vida. ¡Estoy harta!

Con esas palabras se cierra en banda; se torna dándole la espalda y queda claro que no quiere seguir dialogando.

—Estoy cansada Ruth, ¿me dejas sola?

La enfermera le da un beso en la mejilla y sale de la habitación. La impotencia es un sentimiento que la incomoda. Desearía poder hacer algo por ayudar a Laura y los demás niños a aliviar su carga, contar con las palabras idóneas para infundirles esperanza, descubrir el antídoto para todas sus dolencias, manejar las expectativas para conservar sus ilusiones, y acaso ser capaz de tolerar el dolor ajeno con menor implicación. No obstante, ha de aceptar su idiosincrasia, su empatía natural y también sus limitaciones; curar todas las penas del cuerpo y del corazón queda fuera de su alcance, aunque le fastidie, aunque le apene, aunque le duela.

Karleny ya está en aislamiento. Ha estado tolerando tan mal la alimentación, vomitando cada vez que comía algo, que ahora los médicos le han prohibido ingerir nada sólido.

—Russ *porfa*, tengo mucha hambre y no me dejan comer... ¿No podría comer un poquito de chocolate o unas papas fritas *namás*?—Le espeta nada más verla entrar.

—No amor, no puede ser. Son solo pocos días ya hasta que te hagan el trasplante, tienes que aguantar un poquito más...

La verdad es que la enfermera siente mucha compasión por la niña. La están alimentando por vía parenteral, y el nivel de medicación es tan elevado que tiene el estómago revuelto y nauseas regulares que la mayoría de los adultos sobrellevarían muy mal. No obstante, Karleny nunca se queja. Además, los vómitos en su caso resultan angustiosas, sin nada que poder echar fuera, al permanecer el estómago completamente vacío desde hace días.

Comprueba su fiebre, es alta. Examina los brazos, las piernas y el pecho, tiene muchos sarpullidos. La pobre ha de estar muy molesta.

—Cariño, ¿cómo te encuentras? ¿Estás muy incómoda?

—Un poco. Pero sé que es el final, un poquito más y me voy a poner bien... ahorita me harán el trasplante y pronto podremos tener mi fiesta de despedida antes de regresar a mi país.

—¡No me digas que ya la estás preparando! ¿Y ya sabes a quién vas a invitar?

—Sí, va a ser muy lindo... Voy a tener una tarta de chocolate y una piñata así de grande... Tu vendrás, ¿verdad?

—¡Claro! ¿Qué tal está tu hermanita? ¿Has sabido de ella estos días? —Se interesa Ruth.

—Abre el cajón, mi papá me ha traído dos nuevas fotos de Maite... Tengo muchas ganas de verla... La extraño mucho, y a mi mamá... He pensado que cuando llegue voy a llevar a mi hermanita a las montañas, para poder correr juntas allá...

—Qué bien, me encantan todos los planes que tienes para cuando te pongas bien, ¡me das envidia!

—¿Russ, me va a doler mucho cuando me operen mañana?

—No cielo, no es una operación. Te llevarán a una habitación blanca, donde hay una especie de aspiradora en el techo que absorbe los gérmenes y bacterias, y te limpiaremos mucho para que tu cuerpo no cree bacterias... Allí estarás unos días, pero podrás salir a la escuela una hora y media al día, que sé que te gusta mucho. Y después tendrás que estar unos días en aislamiento, pero te llevaremos juegos para que no te aburras, ¿vale?

—¿Me dejarán tener bolitas para hacer pulseras?

—Claro que sí. Podrás hacer todas las que quieras. ¿Me regalarás una?

Capítulo 8

Ruth tiene la mirada perdida, ensimismada por el circular frenético de los coches a sus pies. El apartamento de Fernando, de un solo dormitorio, tiene un salón espacioso y está muy bien ubicado, en la calle Diputación, a dos pasos de la Plaza Catalunya. La decoración le parece un desastre, lo cual le sorprendió la primera vez en un hombre que emplea tanta energía en cuidar su vestuario y apariencia física, por lo que se esperaba que su casa fuera una exposición de muebles de diseño y objetos de arte exquisitos. Un gran sofá de segunda mano con una funda blanca es el único lugar donde se pueden sentar cómodamente. Un par de estanterías incrustadas en la pared, una mesa de comedor abarrotada de trastos y papeles, una jaula donde guarda una boa enorme como animal de compañía, una mesita destartalada enfrente del sofá y algunas cajas de embalaje que todavía no ha tirado complementan el conjunto. No le resulta un entorno acogedor, aunque trata de no inmiscuirse. Lo que procura es que sea él quien vaya más a menudo a su casa, que es la antítesis de ésta.

Fernando se está duchando y ella reflexiona sobre los últimos días. Se siente entusiasmada y afortunada de poder estar con él. Le parece que su relación va creciendo, aunque siente que para él la parte carnal es la primordial, pues dice estar inexorablemente atraído hacia ella. "Si estuvieras en mi lugar, y tuvieras al lado a una mujer como tú... ¿qué harías?", la reta.

Ella aprecia que puedan hablar abiertamente de los sentimientos que experimentan, y que esto no suponga un problema para él, como suele ser para la mayoría de los hombres; es un cambio que agradece. Ambos colocan las cartas sobre la mesa como hábito aprendido y practicado, y piensan de manera semejante en muchos aspectos, algo hasta ahora inusual para Ruth. También le resulta reconfortante que pueda referirle algunas de sus percepciones extra sensoriales sin asustarle, preocuparle o provocar su huida, pues él también concibe la vida de una manera más amplia. Recuerda claramente cuando el otro día, en un momento de gran conexión emocional, le llegó una visión del pasado. Oscuros tiempos nebulosos en los que él era un caballero aguerrido que se perdía en batallas atemporales, y ella una damisela preocupada por la suerte de su amado.

—Te he echado mucho de menos... Por favor, prométeme que a partir de ahora no estarás muy lejos... —Le reclamó Ruth, sin saber de donde brotaba esta sensación tan desoladora.

—Te prometo que nunca me alejaré, y has de saber que yo siempre mantengo mi palabra. —Le aseguró él.

Un par de días mas tarde Fernando, con su transparencia y honestidad habitual, le admitió que aquellos instantes en los que le hizo tan profunda confesión, con lágrimas cubriendo su rostro angelical, pensó que era una mujer de la que podría quedarse totalmente prendado.

—¿Salimos a cenar? —Pregunta ella ahora.

—No, yo esta noche tampoco ceno. Si quieres algo, hay un kilo de cerezas en el frigorífico... Las compré esta mañana para ti.

Su obsesión exagerada por mantener la línea en ocasiones exaspera a Ruth. Les impide compartir comidas y, por ende, momentos de encuentro. Él los suple con su predisposición general hacia las conversaciones enraizadas y directas.

Ella va a la cocina, abre el frigorífico, llena una fuente con cerezas y se sienta en el salón. Él la observa desde el otro lado del sofá.

—A veces no tienes que hablar, porque siento que te entiendo... y lo maravilloso es que también me siento comprendido por ti. —Reconoce con alegría—. Es una situación insólita para mí, es como si nos conociéramos desde hace mucho mucho tiempo... De hecho creo que percibiste mi alma desde el principio, cuando dimos aquel paseo por la playa... Entonces supe que tenía que ser así, que tenía que mostrarme tal y como soy de verdad, sin temor a ser malinterpretado o rechazado... Me doy cuenta —Prosiguió Fernando del tirón— de que por una vez no estoy en una relación llena de altos y bajos, de pasiones desmedidas y broncas continuas... Estar contigo me esta aportando mucha paz. Dime, ¿Qué vas a hacer conmigo, Ruth?

—Quererte. —Es la respuesta simple y contundente que ella le da sin reflexionar.

A pesar de la enorme confianza en sí mismo que demuestra, esta respuesta le pone nervioso, aunque de momento se lo guarda para él con la intención de investigar luego las causas del desasosiego que provoca en su interior.

Él se levanta, apaga las luces y enciende un par de velas. Se aquieta unos segundos pensativo y silencioso, tratando de memorizar su rostro y sus ojos, la personificación de la belleza y la serenidad. No se quiere olvidar de esos rasgos armoniosos que pueden llegar a eclipsarle: anhela conservar esa imagen grabada entre sus tesoros, como una diapositiva a rescatar cuando piensa en ella a lo largo del día. "¿Y si fuera un ángel?". Se cuestiona. Los otros dos que tenía marcharon hacia el cielo hace años y desde entonces se siente un poco huérfano. ¿Y si su querida madre le hubiera mandado un regalo tan extraordinario? Sería fabuloso contar con un ángel en esta tierra...

—Me encanta tu lado espiritual y generoso. Pero no te puedo esconder que despiertas también mi parte más animal y pasional... Cuando estás cerca me siento sexualmente muy atraído hacia ti, y lo sabes. Te deseo y quiero poseerte continuamente... ¿Te sientes apreciada como mujer?

—Mucho, corazón. Es fantástico estar contigo.

—Hay algo que dice el conde de Valmont en la película "Las amistades peligrosas" y con lo que me quedé cuando la vi hace años: "Una mujer se enamora de ti no por lo que siente hacia ti, sino por la manera en la que tú la haces sentir"...

Los trucos de un seductor profundo se van desvelando paulatinamente, aunque con esta mujer tengan menos de premeditación y más de impulsos inconscientes que le empujan a buscar su presencia, a aproximarse, a tratar de asomarse a su alma, a descubrir el néctar de su esencia, a desvelar los enigmas que está seguro conserva ocultos, a enamorarse sin querer de sus ojos límpidos, de su cuerpo felino, de su corazón benévolo... Hasta que el arrebato surge en él y las cavilaciones se acaban. Se abalanza encima con el zarpazo del león en celo, buscando que perciba su masculinidad erizada y potente.

Capítulo 9

—Ruth, gracias por venir a verme nada más llegar. Quería que supieses cuanto antes los resultados de las analíticas de Laura. No he tenido más remedio que darles el diagnóstico hace un par de horas cuando he citado a su madre en mi despacho. Luego he ido a comunicárselo a Laura... —Le anuncia la Dra. Quirón.

—Entonces el último ciclo no ha dado resultado, tal y como nos temíamos, ¿verdad?

—Efectivamente. Bueno, ya sabemos que rara vez lo hace, pero hay que quemar todos los cartuchos... Les he dado el alta, y como siempre les he indicado que ingresen de nuevo en el momento que surja algún problema o cuando requieran el apoyo hospitalario. Me han pedido si podrías pasar a su habitación cuando llegaras...

—Claro, ahora mismo voy.

—Hola preciosa, ¿cómo estás? —Se interesa Ruth nada más entrar por la puerta de la habitación de Laura.

Su madre y el marido están allí, los dos con caras alicaídas. Las persianas están bajadas y la atmósfera que se respira resulta gris y plúmbea. Se disculpan mientras salen al pasillo, dejando a las dos solas.

—Ya sabes lo mío, ¿no?... Ya es definitivo, no tengo solución... —Lanza a bocajarro Laura antes de que la enfermera se haya acercado a la cama, rompiendo a llorar amargamente, perdiendo la compostura como nunca antes había mostrado; ella que siempre ha mantenido un control férreo sobre sus emociones, sin permitir que nadie averiguara lo que realmente pasa por su cabeza y su corazón. A pesar de toda su aparente negatividad y rendición, albergaba la escuálida esperanza de que esta dosis de *quimio* actuara como kamikaze contra las células malignas que no paraban de expandirse por su cuerpo, pero el grado de metástasis era demasiado avanzado para que ya nada pudiera surgir efecto.

—Ruth, tengo miedo... ¿Qué me va a pasar? ¿Voy a morir? Yo no quiero morir... —Musitó en voz baja y asustada.

Instantes harto delicados. ¿Cómo explicarle a la adolescente que la muerte no se ha de temer cuando ha estado luchando durante un largo año, día tras día, en una competición desesperada para batir al supuesto enemigo numero uno? ¿Cómo asegurarle que la muerte es un principio de otra etapa cuando se considera que nos aboca a la aniquilación total? ¿Cómo convencerla de que lo más duro es lo que ya ha pasado y lo que le espera es un estado de libertad inigualable? ¿Cómo podría compartir con ella sus creencias y sus experiencias para infundirle serenidad? ¿Cómo podría prepararla para el trance inevitable sin que rechazara su mano? ¿Cómo hablarle de la belleza del otro lado cuando se asume que solo existe uno y es éste que se le escapa a su pesar?

—¿Qué es lo que te da miedo, corazón?

—No lo sé, que me dejen sola... el desaparecer.... El que todo se acabe para mí.... No puedo quitarme de la cabeza todas las cosas que jamás podré hacer: no podré volver a ir al cine con mis amigas, ni viajar a Nueva York como mi madre me había prometido, ni llevaré nunca tacones, ni me pondré un vestido de fiesta, ni volveré a jugar a baloncesto con lo que me gustaba... ni saldré con ningún chico, ni seré periodista, no podré hacer nada de lo que mis amigas harán.... Nada de lo que siempre soñé será posible ya... se acaba todo... ¿Por qué me ha tocado a mí y no a otro? ¿Qué me va a pasar, Ruth? ¡Tengo miedo!

Ruth ha de aguantarse las lágrimas y alejar sus ojos para que la niña no perciba su aturdimiento, hasta que es capaz de articular las palabras sin temblar por la emoción.

¿Qué puede decir a la jovencita para consolarla y reconfortarla?

—Cada uno tenemos un destino, corazón... Unos vienen para quedarse en la tierra noventa años y otros dos, y no sabemos por qué —Comienza ella despacio—. Aunque parezca difícil de creer, la Vida va más allá de lo que creemos, Laura. Somos mucho más que este cuerpo, tenemos un espíritu que no muere... Cuando este cuerpo ya no nos sirve, entonces lo dejamos atrás y permitimos que el espíritu vuele hacia otras tierras más brillantes y luminosas, donde ya no se experimenta dolor...

—¿De verdad? ¿Cómo lo sabes? —Inquiere con un tono de curiosidad la quinceañera.

—Bueno, algunas personas han visitado el otro lado en experiencias cercanas a la muerte y han regresado para contarlo. También hay maestros en oriente que son capaces de viajar a través del tiempo y el espacio y enseñar a otros que la aventura continua... y hay algunas cosas que he podido ver yo también... —Apunta sin querer entrar demasiado en detalle.

—Cuéntame más...

En ese segundo entran su madre y su padrastro por la puerta.

—Sentimos interrumpiros, pero nos han dicho que tenemos que ir recogiendo las cosas para ir a casa. ¿Por qué no vienes a vernos un día de estos, Ruth?

—¡Claro! Hoy es miércoles, ¿verdad? Estaré fuera este puente, pero la semana que viene voy sin falta a veros y seguimos nuestra charla. ¿Te parece, Laura? Además de paso te regalaré un libro de esos en los que la gente da testimonio de lo que hay en el otro lado, como te contaba, ¿vale? Ya verás cómo te va a interesar y te dará tranquilidad...

En el pasillo, delante de la puerta de la habitación de Karleny, se encuentra la chica de la ONG que les apoya con enorme devoción. Se detiene unos momentos a preguntar por el padre de la niña.

—Va bien, ya le han extraído la médula. Me pidió que le hiciera unas fotos cuando le estaban preparando para subirlas a su Facebook...

—¿Ah, sí? Es una petición un poco rara... —Se extraña la enfermera.

—Supongo que sí, pero él me explicó que en Honduras es frecuente que los padres abandonen a sus hijos al nacer, y él quería dar ejemplo... Como ya sabes que les colocan los brazos en cruz para el procedimiento, y él pensó que podría ser una manera de transmitir que igual que Jesucristo murió por todos nosotros, cada uno deberíamos hacer lo propio por nuestros hijos, y que se viera que él lo hacía por salvar a su niña...

—Nunca había oído nada igual, Alma.

—Por cierto, ¿cómo van las cosas con Karleny? Supongo que es pronto para saberlo, pues solo lleva un día recibiendo las células madre de su padre...

—Efectivamente, hay que dar un poco de tiempo, pero por lo que vi ayer, estaba muy tranquila, jugó con la consola, vio una película... Y estaba contenta de tenerte cerca, eres un estupendo apoyo para ella. —Le aseguró la enfermera con admiración.

—Es una niña alucinante, me está enseñando muchísimo, comparado con lo poco que puedo hacer por ella... —Asevera—. Ayer hizo algo que me emocionó.... Me pidió el ordenador para escribir a su padre, aunque le rogué que no le angustiara, que bastante tenía él con pasar por la prueba y no poder estar con ella ese tiempo... Karleny me aseguró que era para algo bueno, y que si no me gustaba el mensaje antes de mandarlo lo borraría... En fin, lo que escribió en el muro de Facebook de su padre fue "gracias papi, sé que todo esto te cuesta a ti más que a mí, eres el mejor padre del mundo, no te preocupes por nada, yo estoy muy bien, sé que tú me acompañas con el corazón."...

—Impresionante, esta niña es increíble. —Comentó Ruth emocionada.

—Hoy su padre le ha dado una gran sorpresa... Sin avisarla, se ha escapado de casa, donde debería estar en total reposo después de la donación de ayer... solo para traerle un regalo y darle un beso... a escondidas para que no le riñerais... le ha traído un pijama de *Hello Kitty*, que tanto le gusta... si hubieras visto cómo resplandecía su cara cuando ha visto a su padre asomarse por la puerta... Es tan agradecida, no sé las veces que me ha repetido después "cuánto me quiere mi papi, cuánto me quiere mi papi...".

A pesar de que a Fernando no le entusiasma la idea de que ella se vaya a hacer un retiro de meditación y yoga en la costa Brava durante tres días seguidos, Ruth no cede ante los velados reproches y se marcha sin sentir culpa alguna. Necesita reponer fuerzas y encontrar la calma interna que en ocasiones pierde ante tanta zozobra y sufrimiento de los que es testigo.

Son tres días de ejercicios y meditaciones regulares que la recargan y la conectan con todo aquello que para ella es fundamental, la esencia del Ser. Un silencio buscado que la permite relajarse; bosque y acantilados sobre los que perderse sin necesidad de que la encuentren. Una rutina diferente, refrescante para el cuerpo y la mente. Receptividad en lugar de actividad frenética. Ordenar y pacificar sus emociones en lugar de huir de ellas. Soledad y silencio para compensar el estrés y la tensión diaria que arrastra. No aspira a más.

Sale de allí con ideas renovadas y contenta. Mientras conduce por la autopista hacia su apartamento en el sur de Barcelona, piensa en Laura. Mañana le comprará el libro que le prometió. Nada más posar la maleta y ponerse las zapatillas, busca el teléfono que apuntó el miércoles y la llama para saber como sigue.

—¿Laura? Soy Ruth, la enfermera del hospital.

—No, soy su tía.

Un silencio gélido se instala, hasta que la tía prosigue.

—Laura falleció ayer, esta tarde la hemos enterrado.

La noticia la pilla fuera de guardia. Se le pone la piel de gallina. No se esperaba algo tan fulminante, y le apena no haber podido continuar aquella charla que tenían pendiente y que le habría podido quizás asistir en tan complicada tesitura. Lo siente, aunque ya no pueda remediarlo. Da el pésame a la tía y cuelga el teléfono de forma maquinal. Cuánto hubiera deseado hacer algo más por ella ¡y ahora era demasiado tarde! ¿Por qué el destino no ha esperado un poco más?, se lamenta.

Llama a Fernando y se lo cuenta sin explayarse demasiado. Después de tres días de silencio no le apetece emplearse en una larga plática. Se prepara una tortilla de patata para cenar y se mete temprano en la cama. Mañana comienza su turno a las ocho y quiere empezar pletórica lo que va a ser una ocupada semana. Sin embargo, le es imposible conciliar el sueño. Da vueltas a un lado y otro sin lograr conseguir una posición idónea. Enciende la lámpara de la mesilla y retoma la lectura de un libro a la espera de que los párpados comiencen a pesar y cerrarse por si solos. Siente mucho frío. ¿Cómo puede ser en pleno mes de junio? Se levanta a por una manta. Se cubre el cuerpo, aunque los escalofríos persisten. De pronto, siente como una presencia cerca. Abre los ojos y en medio de la oscuridad, apenas iluminada por la luz de la luna que entra a través de las finas cortinas, vislumbra una figura sentada en el suelo, con los brazos abrazándose las piernas y la cabeza cabizbaja apoyada sobre las rodillas. Es una imagen un tanto sombría. Al principio la asusta un poco, pues nunca le ha complacido la idea de que los espíritus se pongan en contacto con ella, y las pocas veces que lo han hecho siempre los ha espantado... El corazón le empieza a latir con tanta fuerza que parece que va saltar fuera del pecho. Intenta tranquilizarse, algo le impulsa a mirar con detenimiento en lugar de salir corriendo. Hay algo familiar en esa figura, algo que le inspira ternura en lugar de rechazo. ¡Ya está! ¡Es Laura! Percibe cómo la niña está asustada, y sobre todo perdida y sola. Probablemente por eso ha acudido a buscarla, intentando que alguien la note, la comprenda y la guie... Ruth sabe que no puede conseguir una comunicación directa con ella, pero espera que pueda escucharla y con un poco de suerte seguirá sus consejos para desapegarse de los temores. Ahora necesita encontrar el camino hacia la Luz que la lleve en travesía estelar hacia el otro lado sin perder ni un segundo... Y sin percibirlo, al sujetar la antorcha para iluminar el camino ajeno, Ruth va alumbrando el suyo propio.

Capítulo 10

—He tenido un día agotador, cielo. Un bebé de tres meses ha entrado muy grave y ha habido que hacerle un montón de pruebas en un tiempo record, Daniel ha estado vomitando sangre durante horas y no sabemos si es un signo de que hay problemas que a lo mejor no hemos detectado todavía, Irene ha ingresado con fiebre y muy baja de defensas, a Isaac ha habido que prepararle para la operación de mañana... ¡no puedo más! —Se queja Ruth. —Además, estoy muy preocupada por Karleny. Le está doliendo mucho la garganta, y aunque no hemos visto ningún daño interno, me da muy mala espina...

Fernando la escucha sin responder nada. Ella suspira, cierra los ojos y apoya la cabeza sobre el sofá. Necesita aire fresco, en el cuerpo y en el corazón. Sabe que a Fernando no le gusta el aire acondicionado, pero está tan agotada que es incapaz de tolerar además el bochorno de la noche veraniega, y por las ventanas de su casa en la costa entra una calima que parece soplar desde el desierto del Sáhara.

—Bueno, ahora ponemos una *peli*, y ya verás como te relajas, cariño.

Por mucho que le cuente, a él le cuesta ponerse en su piel y comprender la intensidad demoledora de un trabajo del que penden vidas humanas, las de niños encamados y sufridores. Su propio trabajo le parece estresante y exigente: saltar de casting en casting para conseguir su próximo papel, no estar seguro de tener trabajo mas allá de seis meses una vez termine su presente contrato, depender de su atractivo y mantenerlo ahora que acaba de cumplir cuarenta y cinco, cultivar los contactos para que los directores y productores piensen en él, mantener una imagen impecable en toda ocasión... Todos los trabajos tienen sus complicaciones, y él no es desde luego capaz de percibir diferencias esenciales.

—Prepárate lo que quieras Fer, ayer fui a Carrefour y la nevera está llena. Yo voy a comer lombarda con pasas y piñones que tengo del finde, y sé que para ti es demasiado excéntrico... —Le ofrece, pues ya ha dejado de intentar compartir una cena normal con él.

Mientras ven la interminable película de Nicole Kidman, "Australia", ella se queda dormida en el sofá tras la primera media hora. Cuando se despierta algo atontada le da un beso de buenas noches y se mete en la cama sin entretenerse. Él no se lo toma bien; no entiende que haga cinco días que no se ven debido a sus turnos nocturnos, y hoy prefiera dormir en lugar de hacerle el amor. Simplemente es algo que no se halla en su estructura mental, y le fastidia.

Ruth tiene el sueño descoordinado tras varias noches en vela trabajando, por lo que a las seis de la mañana, con los ojos como platos, no sabe qué hacer para seguir durmiendo. Él la nota despierta, y sigilosamente se quita la ropa y la busca sin rodeos. Ella no está de humor. Todo lo que ansía es descansar y recuperarse, ¿cómo puede ser incapaz de reconocerlo y respetarlo?, se pregunta Ruth.

Fernando no lleva bien las negativas, las recibe como dardos contra su autoestima, las traga con un regusto a corcho quemado, le revuelven y le empujan a hacerse muchas preguntas: "¿Cómo puede negársele una mujer? ¿Acaso Ruth tiene un problema grave con el sexo y no están hechos el uno para el otro? Tiene muchas cualidades, pero si no se muere de deseo por mí, entonces no merece la pena. ¿Qué se habrá creído, que puede rechazarme cuando le plazca?... Las demostraciones físicas de amor son fundamentales en las relaciones y si ella no puede llevar un ritmo natural, es obvio que tiene una incapacidad preocupante ¿Cómo se puede permitir rechazarme cuando tantas mujeres se mueren por estar conmigo?"... La cháchara interna se dispara en él, y antes de tomar una decisión radical de la que quizás se lamente después, se levanta, se viste y desaparece por la playa durante más de dos horas. Prefiere tomar distancia.

A su vuelta desayunan juntos en la terraza. Ella libra hoy, y la grabación de Fernando para un programa piloto que intentarán vender a un canal digital se ha pospuesto a la tarde. Ruth decide no disimular y pretender que no ha sucedido nada, y le pregunta directamente. Él agradece su madurez emocional, y exponen sus sentimientos encontrados y las diferencias de opiniones sin esconderse y sin animadversión. No obstante, sólo se tranquiliza cuando ella busca su cercanía física y terminan en la cama. Ruth se levanta a preparar unos batidos fríos, y él se acomoda desnudo a pleno sol en la terraza. Le encanta broncearse como las lagartijas; justo lo contrario que ella, quien se refugia bajo el parasol a la mínima oportunidad.

—Ruth, nunca me cuentas sobre tus relaciones anteriores. Ya sabes que soy muy respetuoso y no me gusta preguntar ni forzar a que la otra persona hable de lo que prefiere callar, pero a veces me gustaría saber para conocerte mejor...

—No es verdad. Te he hablado de Joey, por ejemplo, y que terminamos porque él no soportó la distancia ni fue capaz de aceptar mi depresión tras la muerte de mi padre... y también sabes que nos llevamos de maravilla y seguimos siendo excelentes amigos...

—Ya, pero de eso hace cuánto, ¿seis, siete años? ¿Habrás tenido otras relaciones desde entonces, no? ¿Cómo fueron? ¿Por qué terminaron?

—Bueno, ya te contaré, en su momento, cuando me sienta preparada para hablar de ello... Ten un poco de paciencia. —Le ruega ella.

Fernando pretende convencerse de su profundo respeto hacia el silencio de su novia, y no obstante es la tercera vez en las últimas dos semanas que insiste en que le cuente sobre su pasado amoroso. En los momentos en los que su personalidad intensa se torna dominante o cuando saca su lado más egocéntrico y necesitado de atención y audiencia, ella se cuestiona que la compenetración sea posible, pues en esta etapa de su vida, y en el entorno profesional en el que se mueve, no puede permitirse discordancias ni conflictos desgastadores.

—Fer, cielo, a veces tienes una personalidad un poco complicada... —No puede evitar comentarle.

—Pues ya no. Me he trabajado mucho desde que descubrí el crecimiento personal hace tres años, y he suavizado muchos aspectos que reconozco me hacían difícil de soportar en algunas ocasiones... Pero ya te he contado que he tenido tres relaciones largas y muy buenas... Yo hago de la relación mi prioridad, y cuido de la persona que está a mi lado...

Eso desde luego no se le puede negar. Es una persona que se vuelca de lleno y sin medida. Y también es cierto que sabe cautivar. Cuando aparece cualquier tensión, él la disipa con alguno de esos comentarios que la descolocan, la conmueven y la colman, y se olvida de las sutiles dudas que le asaltan de vez en cuando. Entonces se convence de que todo el mundo tiene aspectos de carácter menos rosados y evidentes, y hay que convivir con los defectos y virtudes. En su caso se trata de un compendio en el que predominan muchas cualidades, y provoca que la balanza esté claramente inclinada hacia un lado y siga fascinada con él.

—¿Te he dicho alguna vez que tienes una cara preciosa? Me recuerdas a Sharon Stone en sus mejores tiempos... Tus labios deberían estar prohibidos, ser ilegales o algo así... ¿Sabes lo que pensé ayer? Que si alguna vez me ponen anestesia general, desearía que tu rostro fuera la primera cosa que pudiera ver... No te puedes vestir con esos vaqueros ajustados y esa camiseta semi-transparente y pretender que no me vuelva loco... Ven aquí, estás irresistible...

Capítulo 11

Karleny lleva cuatro semanas en la UCI. Por desgracia, la intuición de Ruth fue acertada. Su estado ha ido empeorando a pasos agigantados. A pesar de que en un principio la médula había funcionado bien y el pronóstico era relativamente optimista, finalmente se confirmó que una infección insidiosa se había introducido en su cuerpo, al parecer debido a una caries que no detectaron con anterioridad, y sus tentáculos empezaron a carcomerla por dentro con alevosía y precipitación.

Al trasladarla a la Unidad de Cuidados Intensivos, quedaba fuera de su ámbito de actuación. No obstante, ella bajaba cada día a visitarla. Casi siempre la encontraba inconsciente, pero algunas veces se quedaba un rato hablando con ella. Le leía trozos de algún libro de niños, o le prometía que ella misma la acompañaría al aeropuerto para despedirla de camino a su país y a su familia. A veces le hacía algunas preguntas para comprobar si podía escuchar lo que le decía. Le pedía que si la respuesta resultaba afirmativa, le apretara la mano derecha, y si era negativa, la otra mano. Le daba una enorme alegría cuando la pequeña le contestaba agarrando una mano con mayor fuerza.

Ruth hubiera preferido que la tuvieran más sedada para evitarle cualquier tipo de sufrimiento en esas condiciones terribles. Pero tampoco resultaba la mejor solución, pues no podían permitirse que se pararan las ondas cerebrales de forma continua; necesitaban poder seguir de cerca sus capacidades vitales.

Durante días, la infección —pese a haberle gangrenado una gran parte de cara y cuello— parecía haberse detenido, aunque ya se había comprobado que las consecuencias eran muy graves. Con el paso del tiempo, su aspecto físico la volvería irreconocible y las secuelas que podían surgir se temían fueran desastrosas. El padre estaba cada vez más afectado por la tragedia de su hija, en ocasiones le invadía la zozobra y desesperanza de imaginar a su hija, y cuando se encontraba con Ruth se lo contaba. Además, se hacía demasiadas ilusiones: Si cancelaban un escáner pendiente para ver los daños cerebrales de la infección, él asumía que se debía a que la infección había desaparecido. En realidad se decidía no moverla porque sus sangrados se habían vuelto tan fuertes que cualquier mínimo movimiento podía provocarle una muerte inmediata. No obstante, el padre percibía cualquier pequeña señal como el esperado milagro de su recuperación.

Hoy la enfermera la miraba y se entristecía con la imagen que entraba por su retina. Las facciones suaves, dulces y redondas de la niña habían desaparecido, quedando en su lugar una cara deforme. Le habían tenido que realizar una traqueotomía debido a la incapacidad que demostró para respirar por sí misma, y después de mucho debate entre los diferentes especialistas, esa misma mañana pasó por quirófano para llevar a cabo una amputación de tejidos de la zona de la mandíbula y de la cara en un intento desenfrenado de parar la infección que la estaba destruyendo. Tenía parte del rostro vendado, la otra parte hinchada hasta la saciedad. Las vendas eran insuficientes para empapar la sangre que no cesaba de chorrear desde la boca. Las compresas situadas debajo de su cabeza se quedaban ensangrentadas en pocos minutos, y aun así, tenían que permitir este flujo continuo para que fuera drenando; se iban quedando sin opciones.

Ha tenido pésima suerte. Si la infección se hubiera producido en un pie o en una mano, se lo habrían podido amputar y así aislarlo completamente sin comprometer al resto del cuerpo. Pero en la cara era diferente. Había consultado con los médicos de la UCI, y las opiniones eran algo diversas. Algunos pintaban la situación de forma más realista, admitían que no tenían mucha idea de lo que estaba sucediendo a Karleny, simplemente que la infección era tremendamente agresiva y que ni siquiera una médula sana tendría la capacidad de superarlo, cuánto menos la de esta niña enferma. Los otros pensaban que, aunque la médula estaba obviamente en condiciones precarias y la infección seguía avanzando, ninguno de los órganos vitales estaba tocado: ni el corazón, ni el hígado, ni el riñón... por lo que continuaban esperando un milagro. También cabía la posibilidad de que ningún órgano fundamental quedara lesionado, y aún así se convirtiera en un vegetal de por vida... o pudiera en un momento despertar y recuperarse...

Todavía cualquier cosa parece posible. La esperanza todavía anida en todos ellos, quizás porque sin esperanza no se puede vivir.

Ahora también estaba preocupada con el padre, quien cada vez soportaba peor las penitencias por las que estaba pasando su hija. Alma, la chica de la ONG le contaba como progresaba, y cómo le inquietaba tanto el caso de la niña como el del padre, pues últimamente no descansaba, hacía bromas de mal gusto, no quería hablar con ningún médico porque consideraba que no sabían lo que le pasaba a su hija ya que él la conocía mejor que nadie, no quería hablar con su mujer en Honduras... En los momentos en los que había recibido alguna mala noticia en estas semanas quedaba preso de ataques de ansiedad muy fuertes, el pecho se le hinchaba y los ojos se le ponían en blanco. Cuando se lo contó, Ruth pidió ayuda a psicólogos, pero nadie se quería hacer cargo, ya que carecía de tarjeta sanitaria y además él no deseaba perder tiempo en consultas médicas; su único pensamiento y desvelo era su hija. Diez días atrás los médicos se plantearon hacerle un segundo trasplante de médula, y así se lo comunicaron al padre, para quien —desde ese día— esa alternativa se convirtió en su obsesión e ilusión para salir del agujero negro en el que se veían inmersos.

Ruth en ocasiones pensaba que el trabajo que todos realizaban en el hospital buscaba abrir un resquicio en el magma oscuro e incandescente del padecimiento de cada niño y de su laborioso y vital zigzag hacia la curación. Siempre perseguían librarles de ese abrazo helado, implacable e indiferente que todos temían como la peor de las desgracias: la muerte.

Karleny no se libró. El inquietante final llegó. Pero antes tuvieron que pasar por un auténtico *via crucis*.

Al padre por fin le anunciaron que la utopía del segundo trasplante quedaba totalmente descartada, que se quedaban sin alternativas, y que por lo tanto la pequeña quedaba definitivamente desahuciada. El progenitor, que estaba en una condición psíquica muy vulnerable —sufriendo ataques de angustia que se manifestaban últimamente como amagos leves de infarto— salió entonces de la sala solo, gritando, apartando de su paso con empujones y manotazos bruscos a cualquiera que se interpusiera en su camino. Hasta que llegó al lavabo masculino de la planta del hospital, se encerró con llave, se quitó el jersey e intentó primero ahorcarse y después cortarse las venas. Varios padres cuyos hijos también estaban ingresados en la UCI y un par de enfermeros salieron tras él, pero nadie consiguió detenerle. Afortunadamente pidieron ayuda y consiguieron echar la puerta abajo antes de que lograra su desesperado propósito. No obstante, su agonía y el tormento que experimentaba era tan grande cada vez que salía de ver a su niña, que aún volvió a intentar quitarse la vida en otra ocasión, como consecuencia de otra mala noticia volvió a entrar en ese estado de enajenación mental y se tiró en medio de la carretera delante de un camión... Cuando Ruth se enteró habló con el equipo de psiquiatría para que interviniera, pues uno de los intentos de suicidio podría salirle bien y perderían a los dos sin haberlo remediado a tiempo. Fue entonces cuando los psiquiatras decidieron mantenerlo drogado y aislado en una sala vacía unos días con el fin de evitar males mayores. Dos días más tarde, cuando Ruth bajó a estar un rato con Karleny y comprobó como la respiración seguía alterada, la fiebre alta, la tensión por los suelos, y continuaba desangrándose, decidió hablar con la doctora y preguntarle a qué estaban esperando si ya no había salida alguna.

—Simplemente a que la familia esté preparada... —Confesó.

—Tal y como están las cosas, dudo mucho que jamás lo estén, creo que ella debe ser la prioridad y deben dejarla marchar... Hablaré con el padre. —La aseguró.

Trajeron al padre del área de psiquiatría; parecía haberse recuperado algo y estar más sereno. Estuvieron de acuerdo que el martirio se había alargado demasiado para la niña y debía cesar...

Dejaron de suministrarle el coctel de medicamentos a la que la tenían habituada y esperaron a ver qué ocurría. El padre se acercó a la criatura y le susurró: "Karleny, te puedes ir, no te preocupes, yo me reuniré pronto contigo..." y entonces salió a esperar fuera, pues carecía de las fuerzas para ir observando a cámara lenta la muerte de lo que más quería en el mundo.

Ruth se quedó con ella, como le pidió el padre, acompañándola hasta el final. Tomó su mano y la acarició con cariño, le hablaba de la luz que en estos momentos debía rodearla y que mantuviera su mirada allí, en los ángeles que habían venido a buscarla para poder finalmente descansar y jugar todo lo que no había podido últimamente... Y mientras examinaba de reojo los datos que indicaban los aparatos y monitores a los que todavía estaba conectada: Bajada precipitada de la tensión arterial, y a continuación, de todas las constantes vitales. Se alegró de que sus compañeras hubieran apagado el sonido de los marcadores para evitar los pitidos continuos que tanta angustia innecesaria crean. A los treinta y cinco minutos exactos tras la retirada de la medicación, el número de latidos entró en tremendo declive... y tres minutos más tarde, se paró definitivamente. En paz, por fin Karleny podía emprender el vuelo. Otro ángel llegaba al cielo. Eran momentos como éste los que la convencían de que la vida en la Tierra se inscribe dentro del gran ciclo que es la vida del cosmos, y entonces reflexionaba sobre el infinito misterio que representa la existencia, así como la incapacidad fehaciente de las personas para comprender el enigma del dolor humano. Se trata de una madeja tan infinitamente compleja, profunda y sutil, que no hemos rozado ni la segunda capa de la superficie. Lo único que Ruth sabía es que quería ir más allá de la mera indolencia —y como mucho, perplejidad— que veía en su entorno para buscar un camino de trascendencia y de indagación vital profundo, en el cual intuía que encontraría algunas respuestas. Lo sabía porque cuando salía del tumulto de la tristeza del corazón al ver partir a sus queridos niños y se dejaba llevar hacia donde la paz se mostraba, cuando vislumbraba la magnificencia de esa luz, ese cristal refulgente y tranquilo, comprobaba que el espíritu humano, a pesar de las apariencias contradictorias, se baña en realidad en las aguas de la serenidad y la magnanimidad absolutas. Entonces, y solo entonces, por unos instantes Ruth era capaz de abandonarse a la perfección.

Capítulo 12

—¡Que buena película! ¿Te has fijado en cómo se movía la cámara detrás del protagonista y cómo Al Pacino transmitía todo un registro de emociones en los primeros planos? ¡Es un maestro!... Ah, las buenas películas me reconcilian con mi profesión... —Le asegura Fernando a Ruth mientras caminan por el Paseo de Gracia.

Ella se percata de las miradas que les siguen. No conoce las razones, pues Fernando no es conocido para el gran público. Más tarde, cuando se sientan en una terraza una vez ha atardecido, le pregunta a él.

—Será porque los dos somos altos y atractivos... No te has fijado que los de aquellas mesas no han parado de mirarnos también, especialmente las mujeres... Como casi siempre nos vemos en tu casa o en la mía, no nos damos cuenta, pero ya ves que en cuanto aparecemos juntos llamamos la atención... —Considera él—. En realidad creo que esas mujeres estarían deseando estar en tu posición. —Alardea.

Ella no lo duda. Nunca ha salido con alguien tan llamativo, por lo que supone una nueva sensación, la de estar bajo el foco sin pretenderlo. No le gusta llamar la atención, piensa que las relaciones han de estar basadas en valores comunes y que ésta se fundamenta en la honestidad y la transparencia.

—A mí me da igual, porque quien me gusta eres tú. —Le asegura—. No sabes como me pone ese aire distinguido que tienes, esa especie de estilo venido de otra época... El otro día cuando venías de la cena oficial del hospital vestida de negro como una diablesa, guapísima... sólo ansiaba hacerte mía tal y como entraste por la puerta, totalmente vestida, con los tacones incluidos...

Ruth se rio a carcajadas con sus ocurrencias y sus fantasías desabridas. ¡Era tan visual! Reconocía que le hacía mucho bien sentirse el oscuro objeto de su deseo, sobre todo después de como había terminado su última relación.

—¡Eres tan vehemente, Fer!

—¿No te inspiro calma?

—Pues no. ¡Eres la viva imagen de la intensidad y la energía! ¿Cuánto tiempo puedes permanecer en un sitio sin querer moverte o hacer algo enseguida? —Señala Ruth.

—Bueno, quizás... a veces. Pero has de saber que tienes la suerte de contar con la mejor versión de mí, pues me he trabajado mucho. Antes no tenía tanta conciencia de mí mismo ni de lo que realmente importa en la vida… Además el mundo en el que me muevo no destaca por su profundidad precisamente. Las modelos y las actrices solo viven para su imagen, y todas las que la gente admira y toman como prototipos de belleza están operadísimas, y ellos tres cuartos de lo mismo. Lo conozco bien, he tenido que nadar a contra corriente para poder ir más allá de este ambiente superficial.

La noche es cálida y pegajosa, como el abrazo de un pulpo caribeño. La temperatura apenas ha descendido desde que atardeció, y da pereza regresar al apartamento del centro a riesgo de perecer de asfixia. Ruth cuenta los días para partir de vacaciones. Se marcha un mes a Asia, donde no ha podido retornar desde hace diez años. Precisa relax y distancia para poder coger fuerzas y recuperarse. Se nota cansada, y bastante afectada por el vuelo de Laura y el vía crucis de Karleny. Ha estado trabajando denodadamente cubriendo las vacaciones del mes de agosto de demasiados compañeros, y preparando el trabajo de fin de curso para que le entreguen la titulación del máster de psicología. Por si fuera poco, Fernando tira de ella, siempre quiere más, y entre sus creencias más firmes se halla la de considerar que uno tiene que dar continuamente el doscientos por cien con total pasión, o sino es una muestra absoluta de falta de interés y compromiso con el otro y con la relación. Con él no valen las medias tintas, ni los momentos de abatimiento, ni los periodos de ajustes. O estás en la cumbre de la ola, o es preferible no estar... Sin embargo, ella requiere un paréntesis, una pausa, y que no le pidan más por un tiempo, que nadie tire de ella, que nadie le exija lo que ahora no tiene. No le queda mucho que dar en estos momentos.

Cuando Liam y Anna le ofrecieron que se quedara en su casa de Bangkok el mes entero, si así lo deseaba, supo que era el anzuelo que necesitaba morder. Fernando no lo tomó muy deportivamente al principio. "Ya veo lo que estás dispuesta a cuidar nuestra relación, en lugar de posponer tus vacaciones para pasarlas juntos más adelante, cuando yo termine de grabar la serie de televisión, te largas sola todo el mes... tu sabrás lo que haces... Luego no te extrañe que yo me marche solo también cuando me apetezca. ¿Así crees que se construye algo duradero?".

¿Cómo comunicarle sin herirle que necesita desesperadamente estar sola, y que eso no minimiza en absoluto su cariño por él? ¿Cómo pedirle que no le haga sentirse culpable? ¿Cómo puede hacerle entender que lleva esperando esta oportunidad diez años y ahora no puede desaprovecharla a riesgo de que no vuelva a repetirse? ¿Cómo decirle que el chantaje emocional no sirve con ella? ¿Cómo pedirle que intente ser un poco más flexible y comprensivo para entender el estrés que ha estado pasando en los últimos meses, y que precisa reponerse durante un mes entero para poder regresar con los ánimos renovados? ¿Cómo expresarle que de verdad cree en la relación y que quiere construir un proyecto de futuro juntos, pero antes ha de reconstruirse ella?

Parte 2

La magia aparece

"Es un gran misterio que, aunque el corazón humano anhela la verdad —puesto que sólo en ella encuentra liberación y deleite—, la primera reacción de los seres humanos ante la verdad ¡es de hostilidad y miedo!"

Anthony de Mello

Capítulo 13

El viaje de avión a Bangkok ha sido largo, pero estaba tan ilusionada que no le importó en absoluto; tenía la seguridad de que estas vacaciones le iban a depurar y le ayudarían a clarificar las ideas. Ha dormido poco, pero se siente contenta a la llegada. La ciudad es vibrante, llena de una vida que no se ve ni se palpa en la —a menudo— alicaída y agotada Occidente. A pesar de que el taxista no hablaba ni una palabra de inglés, no ha tenido problemas para llegar al piso de sus amigos gracias a las instrucciones en tailandés que le mandaron. Anna la recibe con los brazos abiertos, le enseña el apartamento y la luminosa terraza. Las dimensiones del apartamento, sin ser excesivas, dispone de tres habitaciones y dos baños. A ella le asignan la habitación que ellos tienen habilitada como despacho. Está situado en un barrio privilegiado, con vigilancia y jardín privado donde sus hijos pueden bajar a jugar con los amigos con total seguridad.

Los niños se encuentran en el colegio, y Liam trabajando; está deseando reunirse con todos esta noche.

Hace cinco años que no se ven, por lo que ansían ponerse al día, y lo hacen en la terraza mientras desayunan. Después deja a su amiga preparando uno de los artículos que escribe para las publicaciones americanas con las que colabora, mientras ella se adentra en la ciudad con el ánimo de conocer algunos rincones y respirar la nueva atmósfera asiática.

El calor húmedo es enorme, pero no muy diferente del que acaba de dejar atrás en pleno mes de agosto. Bangkok le resulta una ciudad ruidosa, bulliciosa y contaminada pero también excitante y colorida, donde se enredan lo ancestral y lo moderno sin confundirse, sin generar duplicidad ni lucha alguna. Camina con paso tranquilo y a la vez firme, se pierde varias veces pero logra reubicarse de nuevo, gracias al mapa de Anna. Compra fruta en los puestos ambulantes y prueba el zumo con sabor a mandarina. Entra en el MBK, uno de los centros comerciales legendarios de la ciudad, de genuino aire asiático, con tiendas modernas y puestecillos, donde venden objetos de excelente calidad y todo tipo de falsificaciones y baratijas inimaginables. Se entretiene observándolo todo, curiosa y divertida ante tanta elección.

Una señora de mediana edad le entrega un papelito donde se publicitan masajes. Se acerca al lugar. Los sillones parecen cómodos, el espacio está impoluto y hay una pareja de occidentales recibiendo un masaje. Se anima ella también.

Le vendrá bien un masaje de pies y una hora de relajación absoluta. Le ayudará a recuperarse del *jetlag*.

Mientras se recuesta, cierra los ojos y se abandona, recuerda la última conversación con Fernando cinco días atrás.

—¿Cómo estaremos en contacto? —Le preguntó él.

—Por *email,* cuando encuentre desde dónde escribirte. Quizás algún día nos podamos llamar por *Skype*... —Apuntó ella sin comprometerse a nada; prefirió dejarlo abierto.

—Bueno, un mes pasa rápido, más ahora que la actividad laboral está volviendo a coger impulso. —Aseguró Fernando, más hablándose a si mismo que a Ruth— ¿Te das cuenta de lo bien que te trato? —Le recordó entonces.

¿Cómo no se iba a dar cuenta? Esa mañana le había planchado el vestido antes de ir a trabajar, y la había acercado al hospital para que no tuviera que andar hasta el metro. Lo que no le entusiasmaba era que cada vez que hacía algo por ella se lo recordara, como si llevara un cuaderno de contabilidad de lo dado y lo recibido. Apreciaba sus gestos, pero el cálculo que retenía de cada detalle no tanto.

—¿Te sientes apreciada por mí? —Siguió insistiendo.

A pesar de la prolijidad de sus atenciones con ella, pensó que en ningún instante le había profesado su amor, ni había hablado de manera clara de implicación alguna entre los dos. La única referencia de futuro, la hizo esa misma mañana en el desayuno.

—Estos tres meses juntos nos han servido para conocernos. Hay muchas cosas que podemos hacer a tu vuelta, ¿quieres que las hagamos? —Le lanzó él.

—Sí, claro. — Respondió ella. Aunque más tarde lo recordó y no supo desentrañar a qué se refería exactamente, pues él futuro juntos seguía siendo una entelequia que ambos preferían dejar en lo abstracto, al menos de momento.

Tras la bienvenida relajación, toma el *skytrain*, el moderno metro aéreo que atraviesa la urbe, para visitar el Grand Palace y el Wat Phra Kaew, y después se acerca a la orilla del enorme río gris, el Chao Phraya, donde no falta el tránsito entre orillas. Hay barcas que funcionan como autobuses. De nuevo la eterna mezcla que parece ser característica de la ciudad: ancianas arrugadas, monjes ataviados con hábitos de un naranja descolorido, familias locales y algunos turistas en las paradas más populares. Sube a una de esas barcazas con la intención de realizar el recorrido completo. Quiere descansar del ajetreo dejándose llevar sin inquietudes, sin objetivo, sin estrés, sin tiempo, mientras permite que el viento la acaricie en la cubierta.

Con la mirada perdida sin anclaje alguno, toma conciencia de lo que acaba de dejar atrás desde la visión del observador sin parangón que proporciona la distancia. Y así se permite la navegación diáfana sobre los pliegues de sus emociones de las últimas e intensas semanas...

Espera que este mes lejos le aporte al menos una tregua provisoria entre tantas heridas y miserias de las que ha sido testigo últimamente, de tantas pequeñas vidas devoradas por el cáncer, de tantos llantos desconsolados. Empieza a tomar conciencia de cuán cerca ha estado de que su alma quebrase ante tantos dramas ajenos que de algún modo ha vivido como propios.

Siempre creyó contraproducente limitar la empatía con el fin de no ser lacerada por dentro, y se negaba a envolverse en una burbuja que la alejara del instante absoluto que le tocaba compartir con los niños, con sus familias, con el padecimiento. Pero no es fácil ser absolutamente fiel a los principios compasivos que alberga en su interior y no quedar fragmentada por sus efectos. Resulta más fácil concebir y demarcar las fronteras para controlar resultados obvios y previsibles, cosidos por la falta de emoción, dejando de lado las ambigüedades y contradicciones humanas. Aunque para rozar lo sublime del espíritu humano es condición necesaria fundirse en un abrazo con tu semejante, no separarse de él.

Las lágrimas surcan sus mejillas con penar mientras se conecta con el océano en el que su corazón se estaba ahogando sin querer. Se percata de que en el umbral de lo terrible hay tanta oscuridad como posibilidades para que la claridad brille. El dolor le ha tocado profundamente, y con él ha sentido el desgarro del tambor del sufrimiento en sus propias carnes, y siente cómo sus entrañas han quedado abismadas por los reflejos espectaculares de los que quedan atrapados en un destino cruel. Se confiesa incapaz de desasirse de este tipo de mixturas y transferencias. ¿Cómo habitar en la compasión sin hundirse en un mar de tristezas? ¿Cómo guardar el corazón cálido y acogedor sin ser fagocitada por la voracidad del drama? ¿Cómo sobreponerse a los ánimos hechos trizas? ¿Cómo convertir una luz gélida y desencantada en una que lo ilumine todo, que trascienda lo aparente y transforme el dolor dotándolo de sentido? ¿Por qué no es capaz de establecerse en la esfera de la ejemplaridad del que es sabedor que es la identificación con el mundo de la ilusión la que conlleva un tal grado de consternación? ¿Cómo puede reivindicar su derecho, el derecho de todos, a la alegría sin que sea empañada una y otra vez? ¿Cómo podría alumbrar jazmines en esta extensión de oquedad desértica? ¿Cómo sortear los escollos de sombra alargada y otorgar ese brillo que tanto anhela a su existencia y a la de todos esos niños cuyos caminos comparte?

Hay demasiadas piedras acumuladas en su fardo. Demasiados lastres que le impiden avanzar con ligereza. Demasiadas memorias tristes que le pesan. Demasiados sufrimientos inútiles que habría deseado eliminar y no pudo...

Desde la oscuridad de la sombra que se ha extendido sobre ella, sutilmente una convicción comienza a nacer en ella a pesar de los velos que le impiden contemplar más allá de este segundo, de este día, de estas semanas de asueto. Cree en una promesa furtiva; la que le inspira a concebir que encontrará no solo la ruta hacia el equilibrio, sino el mapa que le llevará a la plenitud, aunque tenga que revisar muchas certezas, aunque deba saltar al vacío de lo desconocido, aunque esté obligada a transitar por los derroteros de las dudas, aunque lo tenga que hacer sola, aunque conlleve sacrificios, aunque le comprometa con ideas novedosas y revolucionarias, aunque tenga que infiltrarse en el cambio irremediable y salir de sus comodidades, aunque deba abrazarse al amenazante salto de la transformación, aunque esté abocada a tomar riesgos... Ahora, en este fugaz instante sabe que lo hará. Cuando la chispa se transforme en llama, esa será la señal. Iniciará la constelación de la verdad que colma todos los anhelos.

Capítulo 14

Los últimos días han pasado veloces para Ruth. Ha disfrutado de tiempo con Liam, Anna y los niños, y también en varias ocasiones con amigos suyos que viven en Bangkok.

No sabía que su amiga estuviera tan interesada en temas de desarrollo personal, ni que perteneciera a un grupo libre—pensante con el que se reunía quincenalmente para compartir y apoyarse mutuamente. Le encantó acudir con ella un día y comprobar el alcance de la filosofía perenne con proyección universal, abierta a todo tipo de personas, de diferentes países y edades, todas con una intención común: crecer para crear el cambio de conciencia en la Tierra. La tarde en la que ella estuvo, un médico naturópata hizo una presentación sobre maneras más sanas de alimentarse con el objetivo de liberarse de las toxinas y mantener el cuerpo en forma de manera natural. Después compartieron una cena en la que cada uno había aportado algo; el ambiente resultaba distendido y cordial. Pensó en cuánto le gustaría contar con un grupo de amigos, de colegas, de compañeros de trayecto así en España. A veces se sentía un poco sola, un ente raro y diferente entre tanta gente embaldosada en la rutina diaria y la vida puramente material. Ojalá pudiera encontrar más apoyo en lugar de tener que caminar siempre sola y a menudo a ciegas...

En aquel encuentro conoció a Raj, un indio con el que congenió muy bien, era además buen amigo de Anna. Delgado, de corta estatura, imprecisa edad, rostro extremadamente jovial y una enorme vitalidad, destacaba además por un increíble sentido del humor como talento inherente. Ruth se sorprendió, ya que nunca había pensado que un indio pudiera resultarle atractivo. Y sobre todo le encantaba conversar con él. Compartían la visión trascendente y universalizadora de la vida, la sospecha continua respecto a lo engañoso de la realidad como superficie, e idéntica posición ante la espeluznante banalidad del mundo. Además, el indio contaba con una capacidad de memorización prodigiosa, y se sabía cientos de citas que metía como cuña en el momento idóneo. Aún recordaba una que le había referido al hablar justamente de la superficialidad de la sociedad y de cómo en este mundo donde la mayoría está obsesionada con la supervivencia, en verdad necesitamos saber cómo vivir con un propósito... Entonces Raj citó al ilustre y profundo Andy Warhol al afirmar: "¿Qué es la vida? Te pones enfermo y te mueres. Lo único que se puede hacer es estar lo más ocupado posible."

—Ja, ja, ja. Desde luego mucha gente lo lleva a rajatabla... —Rió ella.

Al comprobar lo bien que habían encajado, Anna le pidió que la sacara un poco para conocer la vida en esta urbe y poder disfrutar de sus encantos, y así estuviera entretenida. Una noche la llevó a una fiesta a la que estaba él invitado. En realidad se trataba de la inauguración de un restaurante, y después seguía la velada en una discoteca colindante. Ruth no sabía cuántos años hacía que no pisaba una discoteca. Igual que en Occidente, la música le resultó estridente, la gente superficial, y la atmósfera claustrofóbica. Después de media hora haciendo denodados esfuerzos por mantener una conversación a gritos con dos amigas de Raj, le anunció que se marchaba, aquello no era para ella. Él se ofreció amablemente a acompañarla a casa de sus amigos.

Al comprobar que no le iban ese tipo de planes, al día siguiente la llamó para proponerle ir al mercado flotante Damnoen Saduak, a ochenta kilómetros de la metrópoli. Le anunció que era muy turístico, pero de igual modo tenía que visitarlo, al menos una vez. Ella aceptó encantada. Le entusiasmaba la idea de poder conocer los alrededores, y más acompañada.

Aún no sabía a qué se dedicaba realmente Raj. Creyó entender que había emprendido un par de negocios que se habían frustrado, y suponía que no debía encontrarse en una buena situación financiera, pues Anna le dijo que vivía con su madre y hermana. Claro que esto es algo común en las familias indias; viven todos juntos hasta que los hijos se casan... y a menudo después, también.

Vino a recogerla temprano, en un taxi —luego le admitió que cuando se arruinó perdió hasta el coche— y juntos emprendieron el camino. En sus orígenes era un sencillo mercado de frutas, verduras y otros alimentos de uso exclusivo de los tailandeses que habitaban en esta zona de canales. Hoy en día, aunque todavía quedan algunos puestos de vendedores de comida, lo que predomina son artesanías y *souvenirs*, tanto en tierra firme como en las barcas. Raj le aconseja que no compre nada, pues los precios son caros, él la llevará a otros lugares más auténticos donde podrá adquirir recuerdos a precios más económicos.

El mercado aparece como un carrusel de colores y formas. Los dos se dejan vagar a bordo de una canoa de madera por los canales que lo componen, y al final piden al barquero que les conduzca a una zona más alejada del núcleo de puestos, donde se apean para refrigerarse. Se sientan en una especie de bar donde venden agua de coco; los perforan y se bebe con una pajita. No había vuelto a probarlo desde que estuvo por primera vez en Asia diez años atrás. Le encantaba. Raj optó por una cerveza.

Ruth se observaba y observaba a Raj. Notaba que le gustaba pasar tiempo con él, y aparte de las conversaciones profundas que compartían, ella le tomaba mucho el pelo y él le seguía el juego continuamente. Nunca se había divertido tanto con nadie y esperaba verle muchas veces más. Pero también advertía que él la miraba de manera furtiva cuando ella se hacía la despistada, y cómo lo hacía con ojos admirativos. Sentía que pensaba en ella mucho, y le pareció que el otro día en la inauguración del restaurante sus amigos habían percibido su atracción por ella e hicieron bromas a costa de él, aunque al ser en tailandés ella no pudo entenderlo.

Decidió ir sin ambages al grano para evitar confusiones y malentendidos.

—Raj, no sé si te lo ha comentado Anna... quería decirte que tengo novio. —Le anunció en frío.

Él giró su mirada y la enfocó en el vacío delante suyo.

—Bueno, es normal. No se puede esperar que un bombón como tú ande sola por la vida ¿no? Es mi sino, me fijo en mujeres imposibles... Soy un perdedor.

—Raj, *please*, ni se te ocurra decir eso. Además no tiene ninguna importancia, solo estaré aquí un mes *anyway*.

—Eso no es razón suficiente Ruth, y lo de que tengas novio lo podemos olvidar... Es broma... ¿Por qué no vienes a la boda de mi hermana en la India? Liam y Anna han prometido que irán...

—Raj por Dios, si ni siquiera conozco a tu hermana...

—No importa, puedes venir como mi invitada. — Insistió.

No sabiendo cómo salir de esta emboscada, Ruth opta por cambiar de tema.

—Anna me ha estado hablando de la montaña sagrada de Doi Tha... al parecer es un lugar místico, de peregrinación... Me ha contado que es considerado como uno de los *chakras* más importantes de la tierra, un vórtice de energía...

—Así es. Hace tiempo que no voy, pero de hecho llevo unos meses pensando que me vendría bien volver... Hay muchos grupos espirituales que la consideran sagrada, y está claro que lo es... Conozco a varias personas que han tenido allí experiencias extrasensoriales, otros que han avistado OVNIs... para los que van con la mente abierta suele ser una experiencia bastante espiritual...

—¿Y cuánto tiempo hace falta pasar allí para sentir un poco lo especial del lugar? —Se interesa ella.

—Pues con unos tres días yo creo que está bien. Lo más importante es contar con un buen guía, alguien que conozca el lugar, pues se ha de caminar y adentrase en la montaña para dar con ciertos lugares... ¿Por qué? ¿Te gustaría ir?

—Pues sí, claro. Sería una buena oportunidad ya que estoy aquí. ¿A cuánto está de Bangkok?

—A varias horas. Depende si uno tiene transporte propio o no... Si de verdad quieres ir, puedo intentar contactar a mi amigo Jettrin. Él solía ir muy a menudo a la montaña Doi Tha, no sé si aún continúa yendo, pero podría intentar convencerle... Si él viniera, entonces sí merecería la pena... Tiene gracia, con el tiempo que lo llevo dando vueltas sin decidirme, y hace falta que vengas tú desde Europa para tomar la decisión de inmediato... Como decía Bill Crosby en su show "uno ha de decidir si lo quieres más de lo que te asusta"... jajaja.

Capítulo 15

Ruth cuelga el teléfono de manera maquinal; se ha quedado en estado de *shock*. Acaba de llamar a su madre, con la que no había hablado hasta ahora, y le ha dado una noticia que no esperaba: ¡Su amiga Ángeles falleció hace cinco días!... ¿Cómo ha podido ser?... Ni siquiera sabía que estuviera enferma... Su madre le ha contado que le detectaron un cáncer y a las dos semanas murió, de manera fulminante.

No se lo puede creer. Ángeles fue compañera suya en el primer hospital donde trabajó. Hace un par de años, cuando la despidieron y lo dejó con su pareja de toda la vida, decidió aceptar una nueva oportunidad y emprender una nueva vida en Toledo. Se había ido asentando y haciendo nuevos amigos. Allí había conocido a un venezolano estupendo con el que era feliz y estaban pensando tener un hijo... Y ahora todo había quedado truncado de repente. Le había costado tanto encontrar su lugar y un poco de paz, y cuando por fin lo había logrado, el juego se había terminado para ella. ¡Cuán rápido podía desaparecer todo! Tantas preocupaciones, luchas y planificaciones para nada; la existencia que percibimos como sólida y estable en realidad pende de un hilo, y sin previo aviso puede llegar la campanada final que nos avisa de que nuestro tiempo aquí ha dado a su fin. Lo queramos o no. El trazado de una vida humana es tan complejo como la imagen de una galaxia. Tantos pormenores, tantos detalles y tantas claves que se nos escapan, y aun así pretendemos sentar cátedra sobre el valor de la vida y la injusticia de la muerte. Preferimos juzgar a la muerte como el peor enemigo, como la mayor catástrofe, en lugar de considerarla el umbral hacia otro estadio.

¡Cuán efímera es la existencia! Hasta las cosas más sólidas se disuelven de repente. Ángeles era su amiga, tenía su edad y nunca había padecido problemas de salud graves. Ruth se quedó cavilando durante largos minutos. Le podría haber tocado a ella. ¿Por qué no? ¿Estaba preparada? ¿Vivía con plenitud cada instante? ¿Se arrepentía de algo? ¿Guardaba algún rencor? ¿Llevaba la vida que ella quería o se adaptaba a las expectativas ajenas? ¿Había expresado su amor a los seres queridos? ¿Había cumplido con la labor que se supone cada uno de nosotros venimos a realizar? ¿Se divertía? ¿Era feliz? ¿Pasaba tiempo de calidad con las personas que más amaba? ¿Se perdía en las urgencias o ponía su energía en lo importante? Necesitaba hacer una reflexión profunda. No le valía entristecerse porque ya nunca más volvería a ver a su amiga, y pasar por alto las cuestiones que removía en ella una noticia tan inesperada. Podía haber sido ella.

Más tarde pensó en lo duro que tenía que estar siendo para su amiga, para su espíritu. Nadie está preparado para un desenlace tan tajante y repentino, y la memoria puede convertirse en una caja de resonancias en esos delicados momentos. Decide intentar ayudarla y dirigirla hacia la luz esta misma noche, cuando tenga un rato tranquila y a solas.

Anna está trabajando en su ordenador en la terraza. Ruth no puede evitar distraerla un rato, necesita hacer partícipe de lo que se acaba de enterar y ahondar con ella en sus propias consideraciones. La americana empuja su portátil a un lado y se dispone a escucharla con toda su atención.

—Tienes razón, ninguno de nosotros está preparado para morir... Vivimos en una cultura de espaldas a la muerte, y así es imposible... Pero para ti tiene que ser casi parte de tu vida diaria por tu trabajo en el hospital, ¿no?

—En cierto modo sí, pero no me esperaba esto de mi amiga... No sé, vivimos como si las personas a las que queremos fueran a estar ahí siempre, y un buen día te dan la sorpresa de que se han ido... —Explica Ruth.

—¿Y tú crees que hay vida después de la muerte?

—¡Claro! Además estoy hasta segura de que hay vida antes de la vida... jajaja

—¿Quieres decir que crees en la reencarnación? —Indaga Anna.

—Por supuesto. De hecho no lo tomo como una creencia, para mí es algo connatural a la vida, independientemente de las creencias o filosofías que uno tenga. Estoy convencida de que la gente lo irá aceptando poco a poco... Esto, como tantas realidades espirituales que hasta ahora habían estado relegadas a las sociedades secretas y a muy pocos preparados, el mundo está cambiando...

—Estoy de acuerdo contigo, de hecho yo soy una prueba de ello... Pero a menudo necesitas del empujón de una crisis o de algo grave en tu vida... En mi caso, ya sabes, fue nuestra crisis de pareja. Cuando Liam y yo estuvimos a punto de separarnos de repente me di cuenta que no le podía pedir que cambiara si antes no lo había hecho yo... Empecé una terapia y después los libros de autoayuda y el grupo de personas maravillosas que conociste el otro día me han ido abriendo los ojos y la mente... Aunque aparentemente mi vida es parecida a la de antes, en el fondo todo es muy diferente porque mi perspectiva y mi actitud son otras. —Cuenta Anna.

—La verdad es que eres una persona mucho más calmada ahora, y no sé, yo te noto más alegre... ahora nunca te quejas, te veo más optimista...

El timbre de la puerta interrumpe la conversación. Es la señora que trabaja en casa y a veces acompaña a los niños mientras juegan en el espacio de la urbanización.

—Ruth, se me había olvidado comentarte que ya hablé con Dao y me ha dicho que estarán encantados de acogerte, solo les tengo que avisar del día que llegas... Ella misma te irá a buscar a la parada de la ciudad más próxima, y desde allí iréis juntas a su casa... Estoy segura de que la experiencia te encantará... es una mujer estupenda; Conociéndola se desvivirá para que estés a gusto... Y su madre es un ser muy especial, es una especie de chamana...

—¿Ah, sí? Esto no me lo habías dicho... ¿Qué hace exactamente?

—Pues no lo sé con precisión, canaliza información a través de seres, pero creo que no es exactamente una médium, ella se refiere a ellos como la Jerarquía... aparentemente son seres elevados espiritualmente que se encuentran en otra dimensión...

—Uauuu, qué interesante. He leído mensajes de algunos seres de más alta vibración en algunos libros, como la serie de *Conversaciones con Dios* por ejemplo, pero nunca he conocido a nadie que realmente pudiera canalizarlos o comunicarse con ellos... —Confiesa a Anna. —Por cierto, mi tiempo se está acabando, y me gustaría dejar algunos días por si al final el plan de ir al Monte Doi Tha con Raj se puede concretar... ¿Crees que encontraré asiento para mañana o será muy precipitado?

—No, en absoluto. Ahora te doy la dirección para llegar a la estación de autobuses y allí mismo compras el billete, hay uno cada hora más o menos. ¿Querrías salir en el de las nueve? Si por casualidad pierdes ese, me llamas desde un teléfono público y yo aviso a Dao. Me parece buena idea que vayas cuanto antes y así aproveches al máximo...

—¿De qué conoces a Dao?

—La conocí a través del grupo espiritual al que pertenezco, y de vez en cuando vamos a consultar a su madre. Y a pedirle opinión sobre nuestros problemas. Es una mujer absolutamente adorable y hemos hecho una buena amistad. Por eso pensé en pedirle si pudiera acogerte, para que tuvieras la experiencia de vivir con una familia tailandesa, además de conocer a alguien tan extraordinaria como su madre... —le explicó Anna.

—Y no sabes cómo te lo agradezco.

A pesar de que el día ha transcurrido tranquilo, Ruth está agotada. Liam y Anna se han quedado viendo una película en el salón después de haber acostado a los niños, pero ella prefiere acostarse ya. Una vez en la cama se acuerda de su amiga y decide recitar una sencilla oración y mandarle luz, como hace a veces con los niños que están dejando su cuerpo, para que el tránsito de la muerte les resulte más sencillo.

De repente, en plena madrugada, se despierta sobresaltada; el corazón se le desboca antes de que tome conciencia de lo que está sucediendo. Trata de calmar su respiración como le han enseñado en yoga, para así controlar el temor que se ha disparado en su cuerpo de manera automática.

Le lleva un tiempo hasta que se percata de lo que ocurre: Ángeles ha venido a visitarla y a pedirle ayuda. La siente muy angustiada, muy afligida. La muerte ciertamente le ha pillado por sorpresa y se siente atrapada en un reino desconocido. ¿Por qué se le habrá aparecido a ella? Solo había vivido similar con Laura. No sabe muy bien qué hacer. De repente se acuerda de las instrucciones que se explican en el Libro Tibetano de la Muerte, el Bardo Thödol, sobre cómo se puede tranquilizar y guiar a un alma que está partiendo. La habla, y le recuerda que ha de soltar los amarres de lo que acaba de dejar en la tierra, que ha de desapegarse de lo material y de las personas amadas porque ha llegado el momento de seguir su camino, que debe levantar las anclas que tenía fondeadas en su vida en la Tierra, ya que ahora toca otra cosa. Le asegura que su muerte no es un error, ni un drama cruel del destino, que su tiempo en la tierra ha finalizado y que es perfecto de este modo.

También le anuncia que todas las aberraciones y engendros que pudiera visualizar, todo aquello que pudiera estar viendo y le puede asustar, no es real, aunque lo parezca. "Ángeles, recuerda que solo es producto de tu mente... Has de calmarte y concentrarte en ver la luz... Busca un punto luminoso en la distancia, pon tu foco ahí y verás como serás atraída hacia la clara luz que te dará la paz que buscas... No cedas al miedo, concéntrate en la luz... No estás sola, serás ayudada desde el otro lado también."

Durante largos minutos siguió repitiéndole una y otra vez frases parecidas, consignas que la ayudaran a salir del nudo en el que se había quedado atrapada sufriendo, tratando de inspirarle seguridad para que pudiera sacar las alas y volar, tal y como le correspondía, como nos corresponde a todos cuando pasamos por esa parte de nuestro recorrido vital. Le prometió que seguiría ayudándole cada día hasta que pudiera sentir que definitivamente cruzaba el umbral de la zona de transición —no sabía bien cómo, pero confiaba en recibir alguna señal al respecto—, y así percibiera de algún modo que traspasaba el velo de la ilusión, y por fin entraba en la Luz, en el Devachan, que llaman los teosofistas; ese espacio de conciencia donde podría descansar, regenerarse e integrar la encarnación que dejaba atrás. Y tras estas palabras le pidió que le permitiera dormir, pues ella aún tenía un cuerpo que necesitaba descanso, aseveró con esa firmeza que Ruth era capaz de aplicar cuando sentía que debía poner límites.

Capítulo 16

Tras tres horas de viaje, Ruth llegó a la ciudad indicada. Se alegraba de que su amiga le hubiera prevenido del tiempo que tardaría, pues cuando el conductor anunciaba las paradas no conseguía entender nada. En cuanto pisó la calle, Dao enseguida vino hacia ella, y juntas caminaron unos minutos hasta el lugar en el cual tomarían la camioneta que las acerara al pueblo. Dao le resultó muy simpática; tenía una cara tan afable que sin pronunciar palabra ya inspiraba confianza. No creía que hubiese cumplido los cuarenta, tenía el cabello muy largo, negro, lacio, recogido en una coleta. Le contó que era profesora de inglés en la escuela del pueblo. Ruth se alegró de que así fuera, pues eso le permitía comunicarse de manera fluida con ella, algo complicado con los tailandeses, pues la mayoría no suele hablar inglés. Mientras esperaban, también le explicó que en casa vivían con su madre viuda, su hermano, y su hermana con el marido. Ruth pensó en lo difícil que les resultaría a los occidentales vivir todos en la misma casa una vez los hijos alcanzan la edad adulta, y por supuesto les sería inimaginable dormir en la misma habitación, como a menudo hacían los tailandeses.

La furgoneta tardó una hora en llegar. El pueblo en realidad apareció como unas cuantas casas diseminadas en el paisaje. La de la familia de Dao estaba ubicada al lado del río, sobre pilotes, totalmente construida en madera. Antes de subir las escaleras, vio a la chica descalzarse, y ella la imitó.

La casa era muy amplia, más de lo que hubiera imaginado, con varias habitaciones. Lo que más llamó su atención es que los pocos muebles del salón-comedor estaban apartados contra las paredes, como si hubieran preparado la casa para un baile. Además no vislumbró ni una sola silla, sillón o sofá. Le resultó muy curioso también advertir tantas fotos de la familia real colgadas en las paredes, ¡más que de la propia familia!... "Es que respetamos mucho a nuestros reyes", constató casi con reverencia.

Se acercó a escudriñar una de cerca. Se había tomado en una celebración; allí estaban inmortalizados representantes de las casas reales de otros países. Ruth no pudo evitar soltar una carcajada cuando vio a la reina Sofía de España con cara solemne en aquella foto. ¡Nunca habría imaginado encontrarla en una casa en plena campiña tailandesa!

Sin ofrecerse a enseñarle las otras habitaciones —aunque sí le indicó a quién correspondía cada una—, pasó a mostrarle la suya. Se trataba de una estancia espaciosa, con una silla, un espejo, y una cama grande en el suelo, protegida por una mosquitera. Le pareció estupenda.

Después Dao le preguntó si montaba en bici, y al comprobar que así era, se ofreció a llevarla de paseo por los alrededores, para que conociera la región. Durante largos minutos pedalearon a pleno sol a lo largo del río, rodearon casas, esquivaron perros, avistaron búfalos de agua y al final llegaron a un gran templo. Estaba abarrotado de gente. Dao se enteró que esperaban a uno de los príncipes que venía a inaugurar una *estupa* que acababan de construir. Muchos campesinos de las inmediaciones habían acudido a la celebración, y también algunos vendedores. Se sentaron en las sillas destartaladas de un puesto a tomar unos *noodles* recién preparados, mientras observaban el movimiento de gentes expectantes ante la inminente aparición de tan ilustre personaje, algo inaudito para aquellas personas humildes apartadas de la gran urbe. Ellas decidieron partir antes del gran revuelo que se armaría con su llegada, y continuar con el paseo tranquilo durante el cual las plantaciones de campos de arroz de nuevo parecían extenderse hasta el infinito, como en un monotema cromático. El verde intenso pintaba sus miradas sin artificios, y la quietud no permitía digresiones, anclaba el presente como única esencia, quizás como prerrogativa que solo posee la naturaleza.

—¿Estás cansada? —Le pregunta Dao cuando Ruth se apea para tomar una foto de unos lugareños apostados bajo la sombra de un árbol.

—Pues un poco, la verdad. No llevo reloj, pero yo creo que salimos por lo menos hace cuatro horas...

Dao mira la posición del sol y afirma sin dudar:

—Deben ser casi las cinco. Mejor que regresemos antes de que anochezca. Así puedo echar una mano a mi madre con la cena.

Cuando llegan, efectivamente la cocina está en plena acción, sale humo y huele estupendamente a especias y pescado. Aunque cuentan con una cocinilla de gas, la madre está en cuchillas, cocinando fuera con carbón, quizás para no manchar la casa. Dao me presenta a su madre, una señora algo encorvada, probablemente debido al trabajo duro, pero su mirada es tan penetrante que da la impresión que la puede traspasar.

Después de una ducha reconfortante en el diminuto cuarto de baño que todos comparten, Dao le anuncia que la cena ya está servida. Le trae un pequeño cojín para que esté más cómoda, mientras su madre y ella se sientan directamente sobre la madera. En el suelo, sin mantel, están expuestos diversos boles, cada uno con un manjar. Dao le explica lo que contienen, y le promete que va a probar lo mejor de la cocina tailandesa, pues su madre cocina muy bien y a las dos les gusta agasajar a sus invitados.

Mientras la hija y Ruth mantienen una distendida conversación, la madre come en silencio. Hasta ahora no le ha dirigido la palabra, quizás porque de todas formas no habría entendido nada. Ruth se gira hacia ella y le agradece la exquisita cena, aunque Dao le asegura que aún no ha terminado, que además han preparado unos dulces de coco para que los deguste.

La enorme sala está sumida en el claroscuro; Las sombras se cimbrean con un vaivén regular debido al ventilador que sopla sobre sus espaldas. Fuera la negritud es absoluta, no hay farolas ni ningún tipo de alumbrado eléctrico, y las nubes cubren la luna y las estrellas esa noche.

Es solo cuando la madre aporta el postre que por fin dirige unas palabras a su hija, quien se apresura a traducirlas, pues van dirigidas a la española.

—Mamá dice que estés tranquila, que aunque van a llegar muchos cambios a tu vida, estás acompañada y protegida, qué todo irá bien.

Ruth las mira con ojos atónitos sin saber que decir. Ella desde luego no prevé cambios en su vida, al menos de momento.

—¿A qué se refiere exactamente, la puedes preguntar?

La madre cierra los ojos unos instantes y empieza a hablar pausadamente, dando el tiempo para que su Dao vaya traduciendo:

—Dice que eres una hija de las estrellas, por eso siempre has sentido que no pertenecías a esta Tierra y has echado mucho de menos tu casa... pero que viniste como voluntaria para cumplir una misión... "ellos" aprecian mucho el trabajo que haces con los niños, pero debes saber que has venido a cumplir otras tareas mayores que ayudarán a traer luz a esta humanidad... esta Tierra está cambiando de dimensión, y tu labor, como la de muchos otros, es crucial para que este planeta pueda entrar en otro estadio de evolución... has venido a ayudar en la transición... hay muchas dificultades en el camino, pero nunca dudes de tu poder, ni de que ellos te acompañan y guían en todo momento... ha llegado el momento de ponerse en acción, amada, ha llegado el momento perfecto ahora que estás preparada para que te involucres más... eres un canal y podrás traspasar el velo... eres una de las encargadas de encontrar uno de los Mercabas que activarán las puertas de energía de este planeta... desde aquí te honramos por tu valentía y compasión hacia tus hermanos... Confía.

Lágrimas de emoción empapan sus ojos y bañan las mejillas de Ruth, está conmovida, sobrecogida, anonadada, intentando digerir lo que acaba de escuchar. No sabe de dónde procede esta información, ni cómo esta anciana puede estar al corriente de tantas cosas y conocer algunos pormenores que le acaba de mencionar, pero están envueltos en un halo de profundidad y espiritualidad que le tocan el corazón.

¿Ellos? ¿Quiénes son ellos? ¿Voluntaria? Es verdad que siempre ha sentido una gran añoranza de su hogar (aunque al pensarlo racionalmente le parecía una idiotez, pues siempre se había sentido a gusto con su familia). Añoranza de otro mundo, de un lugar con más luz y con seres menos crueles que los humanos, pero jamás se lo ha contado con nadie por miedo a que la tildaran de enajenada... "En el fondo de mi corazón siempre albergué la esperanza de estar guiada desde arriba, pero nadie me lo había asegurado... ¿Yo, un canal? Como mucho tengo ciertas intuiciones que se suelen cumplir, y alguna vez he tenido algunos destellos de las almas de algunos de los niños que fallecen, pero de ahí a ser un canal va un gran trecho... ¿Tendré que encontrar un Mercaba? ¿Qué clase de Mercaba? ¿Dónde deberé buscarlo? Y encontrarlo será fundamental para el planeta entero... pero si solo soy una enfermera de oncología infantil, ¿cómo puedo yo estar llamada a tan magna tarea?... ¡Dios mío, qué barbaridad! ¡No puede ser verdad!", se agolpan así los pensamientos en su interior, casi empujándose entre sí. Surgen preguntas, y una miríada de inquietudes que le gustaría le aclarara, pero la madre ya ha se ha levantado y está recogiendo, por lo que asume que deberá dejarlo para otra ocasión. Así, con un aluvión de pensamientos en su mente y chispas en el corazón, se va a la cama, sabiendo que de todos modos se halla demasiado turbada para conciliar el sueño esta noche.

Capítulo 17

Llaman con los nudillos a su puerta. Abre los ojos con gran esfuerzo, pues tras una noche en vela, le da la impresión que apenas hace una o dos horas por fin pudo conciliar el sueño. Mira la hora en su despertador una vez toma conciencia de dónde se encuentra. Son las cinco de la mañana, ¿qué la querrán a estas horas? Se levanta, enciende la única bombilla de la habitación y abre la puerta. Es Dao.

—¡Buenos días! Dentro de un cuarto de hora viene el monje del monasterio cercano y es cuando le ofrecemos comida, pensé que quizás te gustaría participar...

—Sí, claro, gracias por avisarme. Me cambio enseguida, me lavo la cara y voy contigo.

Esta gente es la bondad personificada. La madre se levanta a las cuatro de la mañana cada día para preparar alimentos que ofrecen al monasterio, con el fin de que los monjes puedan dedicarse a su tarea espiritual. Es el apoyo que muchos laicos sienten que deben ofrecer en una sociedad budista en la que poder dar se considera una verdadera suerte, así como poder contribuir a que otros puedan estudiar y dedicarse a lo espiritual.

Además de todo lo que hace, la madre se va a trabajar al campo a las seis, pues lo de ser chamana —le explica su hija— para ella es parte de su propósito vital, apenas cobra por ello, solo lo ejerce porque su propia madre le transmitió este talento y ella es consciente de que debe ser utilizado para guiar a otros.

Cada una toma una bandeja con diferentes boles llenos de comida y una gran cuchara para servir, y salen fuera. La casa cuenta con un sencillo muelle —apenas unas maderas— que dan al río. Allí se sientan a esperar. La luz del amanecer va tiñendo la mañana en suaves tonalidades pasteles, a medida que pasan los minutos de forma parsimoniosa, como disolviendo cada instante. Es un mundo poético el que se levanta de forma sigilosa, musical en el silencio apabullante del campo, y plástico en su belleza desnuda, insinuante y pálida.

Cavila de nuevo sobre todo lo que le comunicó la anciana ayer, y sabe que muchas personas le dirían que la ficción se golpea con la realidad y les resultaría absurdo que diera importancia a lo que le transmitió. ¿Pero qué valor objetivo pueden tener las opiniones que provienen de una sociedad puramente materialista y utilitarista, sobre la cual la trivialidad se ha cernido con ganas y arraigo, que se ha dotado de un fondo serio que no es más que una capa de oscuridad, miedo y pesimismo? ¿Qué se puede esperar de una sociedad que ha vendido el alma al mejor postor? ¿Qué importancia puede concedérsele a una sociedad enferma, descreída y banal?

Hay algo muy intenso que resuena en su interior cada vez que recuerda las palabras pronunciadas anoche por la tailandesa. Algo así como una señal fundamental que hubiera estado esperando toda la vida sin saberlo, algo mágico y profundo que le hace vibrar, que la emociona y la apasiona, algo que le impele a dar un gran paso hacia adelante, aunque imagine lo que dirían algunas personas que conoce. Sabe que los proyectos irrealizables en los que nos embarcamos con fe ciega y optimismo son definidos como utopías, pero le da igual. A todos los seres humanos que se atrevieron a retar las normas y las estructuras mentales de su tiempo les tildaron de locos, les rechazaron, les despreciaron, les torturaron y a muchos llegaron incluso a asesinarlos. Al menos la época actual las consecuencias de desafiar lo comúnmente establecido y los patrones mayoritarios no serían tan brutales como antaño. No cabía en ella ni un grano de duda: Si era necesitada para el bien común, se comprometería, aunque no supiera todavía a qué. Solo esperaba poder seguir conversando con la mujer antes de marcharse para que le ayudara a resolver la multitud de preguntas que se desengranaban en su cerebro cada vez que pensaba en ello, que era cada cinco minutos.

Dao interrumpe sus momentos de introversión.

—Ahí llega. —Anuncia.

Una pequeña barca va surcando ondas en el tranquilo curso del río. Poco a poco una figura anaranjada va tomando forma ante sus ojos; Rema despacio, más como si caminara sobre un fondo de nubes, como si flotara con la elegancia de una aparición liviana y casi transparente. Se acerca a ellas, deja los remos sobre la barca, ata una cuerda a un poste, y sostiene un gran bol entre sus manos. Entre las dos, arrodilladas sobre una esterilla —como es tradición—, lo van llenando. Su madre también ha preparado unas flores que compró en el mercado y se las regalan, para que embellezcan las ofrendas al Buda. Sin mediar palabra, el monje parte hacia la casa vecina con tanta parsimonia como con la que llegó.

De regreso a la casa, Ruth indica a su anfitriona que necesita descansar un rato, pues está agotada después del insomnio nocturno. Acuerdan que vendrá a buscarla a la hora de la comida para ir juntas al colegio. Tienen convocada una gran celebración en honor a no sé quién y ella ha preparado juegos con los niños de diferentes clases en los que le gustaría que la española participase y les hablara en inglés, para que escucharan otro acento diferente.

Tras veinte minutos en bicicleta, llegan al colegio. Aparcan las bicis y pasan directamente al comedor. Para variar, la elección es noodles. Después de guardar su turno, se sirven y se sientan en unas largas mesas. Dao les presenta uno por uno. Se ha formado una cola de niños larguísima y perfectamente ordenada según edad. Todos al pasar cerca de ella la sonríen y algunos cuchichean; están entusiasmados de que una occidental visite su *cole*, y Dao le comenta que muchos desde ayer estaban ya deseando que llegaran los juegos de hoy para poder conocerla.

Tras la comida, cada niño lava religiosamente su bol, y lo coloca a secar. Son de lo más disciplinado. A continuación les conceden un rato de recreo, y luego Dao les va colocando en el patio según clases. El jaleo es inmenso, pues el ambiente de fiesta y asueto es palpable en todos. Dao termina por buscar un altavoz para hacerse oír y empezar los juegos. En cada uno de ellos Ruth tiene asignado un papel. A pesar de que comienzan a aprender inglés desde pequeños, constata que el nivel adquirido es muy bajo, pues no consigue que la entiendan. Aunque hay algunos mayorcitos que sí han aprendido algunas frases hechas, y se divierten muchísimo repitiéndole las mismas preguntas una y otra vez: *"How are you? How old are you? What is your name?"* Mientras los amiguitos ríen a carcajadas, presas de una enorme timidez.

De cada grupo sale un ganador, y Ruth es la encargada de otorgar los premios y dar las gracias al final del evento. ¡Se ha divertido casi tanto como los alumnos!

Cuando regresan a casa, de nuevo encuentran a la madre ya cocinado, esta vez junto a la hermana. Le da tiempo a ducharse y quitarse el polvo acumulado durante el día fuera, y en cuanto se ha cambiado ve la vajilla preparada en el mismo lugar de la noche anterior, en medio del salón, con un solo cojín destinado obviamente a ella.

Esta noche Ruth pide que le expliquen los ingredientes de los platos que han preparado. Comprueba que siempre está presente el arroz, y después hay pollo con curry rojo elaborado con cilantro, pimientos verdes, salsa de soja y otro condimento cuyo nombre no consigue entender. También han guisado gambas en salsa de coco, y una ensalada con salsa de plátanos y rodajas de limón. Todo tiene un aspecto delicioso.

Hoy se da cuenta de que se encuentra más taciturna, dando vueltas a cómo abordar a la anciana sin parecer insistente ni hacerse pesada. No querría importunarla, pero sabe que es su gran oportunidad para recabar más información, pues luego estará de nuevo sola ante el gran vacío, se dice.

—Me gustaría hacerle unas preguntas a tu madre... si no es demasiada molestia...—Comienza. —Y agradecerle su ayuda, ¡*khob-kun-Ka*!

—Claro que no, mi madre está acostumbrada. —Le asegura.

—¿Qué quiso decir ayer exactamente cuando se refería a que yo me hice voluntaria para venir a la Tierra a ayudar?

La madre no tarda a empezar a hablar con esos agudos cantarines tan característicos de la lengua tailandesa.

—Hay tres oleadas de voluntarios en este planeta que vinieron por elección, pues los demás habitantes están aquí reencarnándose a causa de su karma. La primera vino para preparar el terreno después de la Segunda Guerra Mundial... La segunda, a la que tú perteneces, venís a ser, a iluminar el camino de la paz y la conciencia de la unidad a otros... y la tercera son los niños que empezaron a encarnar después del año 2000, y que no tienen ninguna experiencia en esta Tierra, pero vienen de un mundo muy evolucionado... son un regalo para este planeta gracias a su alta vibración energética...

¡Qué información tan interesante!, piensa ella. Le gustaría ahondar más en ello, pero elige hacer alguna pregunta más personal para aprovechar sus consejos y aclarar las dudas que le asaltan.

—Ayer mencionabas a unos seres que me acompañaban, ¿quiénes son ellos?

—Son los maestros, algunos son seres que tuvieron vidas en la Tierra pero evolucionaron y transmutaron su karma no teniendo que encarnar más, se iluminaron... Pero también te guían seres de tu familia estelar, del lugar del que tu procedes en tus orígenes... y hay ángeles revoloteando a tu alrededor... dicen que te aman, que no dudes de lo que sientes, de lo que eres ni de lo que haces... que te fíes de tus intuiciones porque has de seguir la guía de tu corazón, a través del cual tendrás acceso a la sabiduría de tu alma...

Ruth se emociona. ¡Esas palabras tienen tanto sentido para ella! Siempre se ha sentido sola, algo incomprendida, un bicho raro por tener inquietudes y miras más allá de la rutina diaria en la que la mayoría queda absorbida durante toda la vida. Ahora se le demostraba que sus sensaciones estaban enraizadas en verdades, que estaba acompañada por seres iluminados, y se percataba que necesitaba conocer más... Pero antes de continuar con sus interrogaciones es interrumpida por la madre.

—Tu amiga la que falleció está aquí, ha venido a visitarnos y quiere decir unas palabras. —Anuncia por sorpresa.

—¿Mi amiga? —Ruth no sabe muy bien a quién se refiere la chamana.

—Tu amiga que falleció…

Ruth no sale de su asombro. ¡Ángeles! ¿De verdad se va a poder comunicar con ella? Le parece ser testigo de una sesión de ciencia ficción, de esas que solo ocurren en las películas.

—Quiero que sepa que estoy bien, estoy tranquila. Estoy asumiendo lo que me costaba asumir… ha sido una vivencia que me trastocó… me quedé aferrada a todos mis planes… quiero darle las gracias a ella porque la información y la ayuda que me ha prestado han sido muy buenas, me ayudaron a comprender… durante un tiempo me quedé enganchada a un estado que se puede llamar locura… ahora estoy serena y dispuesta a dar el paso, ahora que he aceptado que todo lo que soñé no lo voy a conseguir… ahora puedo percibir que en realidad donde voy conseguiré más que lo que dejé… esto es lo que en el estado convulso en el que estaba no entendí… quise comunicarme con alguien que me pudiera ayudar, pero estaba tan proyectada hacia mis deseos de la vida que había dejado en la materia que me lo impedía, me quedé anclada en esos deseos… sí os digo que no lo hagáis vosotras, pues es algo muy confuso y doloroso…

La madre toma un pequeño respiro antes de continuar canalizando a Ángeles.

—Me comprometo, si ella sigue ayudándome, a llegar en pocos días a la puerta del siguiente estadio, a la Luz total y traspasarla... Algunos seres la traspasan de forma inmediata, pero yo no quise reconocer a los seres blancos que venían a por mí ni aceptarlos, porque me encontraba demasiado anclada a lo terrenal aún, y enrabietada por lo que me había ocurrido... Hermana, te agradezco tu trabajo y te pido que sigas ayudándome ya que en dos o tres días podré abrir mi conciencia definitivamente en la puerta de luz y hacer la revisión de mi vida... agradezco profundamente la ayuda que estoy recibiendo de ella, y dile que cuando yo esté ya liberada y con mi esfera de luz completa, desde el otro plano la ayudaré en la nueva tarea que va a emprender, la ayudaré a encontrar el Mercaba sagrado...

Capítulo 18

La experiencia con la chamana en la campiña tailandesa la había trastocado un poco —de forma positiva—. De algún modo le animaba saber que iba a empezar a encontrar respuestas, saber quién era, de dónde venía, su verdadero propósito, qué estaba ocurriendo en la tierra a nivel espiritual en esta época convulsa, cuál era el destino de la humanidad... en fin, claves que le habían preocupado desde que era una niña, una cría que jugaba con amigos invisibles y sonreía a la vida cuando los demás compañeros del colegio se enfrascaban en pataletas y en rencillas inútiles.

Esta mañana ha tomado conciencia de lo poco que se acuerda de Fernando aquí. Se han escrito un par de veces, pero ella ha eludido hablar con él por teléfono. Es como quisiera poner una distancia entre su mundo en Europa, y lo que está viviendo en este país. Tampoco ha pensado casi en los niños ni en su trabajo en el hospital. La vida reanudará su curso normal a su regreso, aquí ha de aprovechar al máximo su tiempo, pues ya le van quedando pocos días.

Anna ha convocado una cena con algunos de sus amigos espirituales, a todos ellos Ruth les conoció en aquel encuentro del grupo al que acudió. En esta ocasión se reunen solo diez en un restaurante japonés. Raj está presente y se las arregla para sentarse a su lado, está deseando que le cuente cómo le fue con la chamana, a la que también tiene el placer de conocer. Ruth se anima a relatarle cosas que, de vuelta a su país, a casi nadie haría partícipe, pero sabe que él —como todos los que están sentados en aquella mesa— hablan su mismo idioma. En algunos momentos de su relato hace esfuerzos denodados por no emocionarse, si bien el indio observa con ternura cómo sus ojos se tornan cristalinos y traslúcidos.

Esta chica le tiene embelesado y espera impacientemente encontrar a su amigo Jettrin para poder llevarla al Monte Doi Tha. Es su oportunidad de pasar más tiempo con ella, y de paso regresar a un lugar tan energético le hará mucho bien. De pronto recuerda unas palabras que la chamana le dijo hace unos meses cuando fue a consultarla: "Una mujer de alta evolución aparecerá en tu vida y la alterará... Llegará en momentos bajos tuyos, te recordará lo que realmente es importante y te devolverá la alegría de vivir". Se quedó tan intrigado, que quiso saber más sobre esta misteriosa mujer. ¿Qué sucedería con ella? La anciana fue muy reservada al respecto. "No está escrito; dependerá de vosotros". Ahora aquellas predicciones le encajaban. ¡Esa mujer es Ruth!

Se encuentra muy contento esta noche, lleno de regocijo. A su lado se encuentra la bella española y enfrente, Mae, su amiga del alma. Le ha hablado del revuelo que esta chica ha causado en su corazón desde que la conoció, y estaba deseando de que la viera más cerca para que le diera su opinión y la leyera, pues Mae es clarividente, y de algún modo la figura espiritual más potente dentro de los círculos de desarrollo personal más abiertos y avanzados de Bangkok, que tampoco son tantos, pues Tailandia es un país muy tradicional aún.

Mae es una mujer sociable, con don de gentes, a la que le gusta llevar la voz cantante y se la ve acostumbrada al protagonismo. No es muy guapa, pero posee tal grado de autoestima que se mueve con el porte de una reina. Procede de familia pudiente, por lo que se educó en Australia y vivió un par de años en Estados Unidos. Como consecuencia de ello, su inglés es perfecto y su formación impecable. Se nota que es una mujer acostumbrada al éxito, y con una fuerte personalidad poco común en las asiáticas, pues se divorció de su infiel marido y saca adelante sola a sus dos hijos. Tiene un negocio de academias de inglés que le funciona estupendamente y le permite ejercer de *coach* gratuitamente durante parte de su tiempo. A Ruth le parece una mujer ejemplar.

—Ruth, me ha dicho Raj que has pasado unos días con la familia de la chamana, ¿qué te ha contado? —Le pregunta a bocajarro Mae.

Ruth se siente un poco desconcertada, pues aunque no tiene inconveniente de compartir algunos detalles con Raj, no le apetece hacerlo en voz alta, con personas con las que no tiene ninguna intimidad.

—Pues algunas cosas sobre la evolución de la Tierra y mis siguientes pasos a dar... —menciona de forma abstracta.

—La verdad es que es una buena mujer, pero no entiendo por qué tenéis todos tanto afán con conocer el futuro... ya sabemos que solo existe el presente, que el pasado desapareció y que el futuro no está ni hay que preocuparse por él... Ay, nos lo llevan diciendo miles de años y aún la gente sigue visitando a los videntes para que les hablen del futuro... —Explica en un tono de profesor de universidad irritado.

—Eso lo dices tú porque tienes dotes de clarividencia y clariaudiencia, pero para los demás que no los tenemos nos ayuda... —Protesta Raj tímidamente.

—Bueno, es posible, pero todos podéis desarrollar estos talentos, son inherentes al ser humano, si os molestarais en dedicarlos tiempo en lugar de tomar la salida fácil de buscar fuera lo que tenéis dentro...

—Vale Mae, que sí, que tienes razón... ya lo hablamos a veces, que es el momento del maestro interior, no de buscar fuera el gurú como antaño, pero debes reconocer que los que no escuchamos la voz interna tan claramente como tú, es natural que busquemos apoyo y guía fuera, ¿no?

—Eso es porque no meditáis lo suficiente y no estáis en realidad tan comprometidos con el camino espiritual... yo medito todas las mañanas y todas las noches, y no necesito buscar fuera lo que ya tengo dentro... Así es como se crean apegos, persiguiendo fuera la información que uno debe conseguir solo... La gente que va a ver a chamanes y videntes se queda en estados infantilizados. —Cierra, de forma contundente.

La verdad es que la española está de acuerdo con la mayoría de las afirmaciones de Mae, pero hay algo en su tono que no le place; quizás ese aire de superioridad, de estar de vuelta de todo, la impresión de estar recibiendo un discurso en lugar de mantener una conversación amigable. Es tan tajante que impide cualquier comentario ni ningún tipo de intercambio exento de juicio.

—¿No te acuerdas Raj cuando aquellos indios que venían durante un tiempo a nuestro grupo estaban empeñados en hacerme su líder espiritual? Tendría que haberles dicho que sí y haberme hecho con su *pasta*, como ocurre con tantos falsos gurús... jajajaja. ¿Cuándo vais a tomar vuestro propio poder? —Reta a los que la están escuchando, sobre todo a Raj y Ruth que tiene enfrente.

El indio le pide que cuente a Ruth sus encuentros con los ángeles y cómo ha desarrollado la capacidad de hablar con ellos de forma natural. La tailandesa se explaya en su propio relato. Es obvio que le gusta hablar de sí misma, y continua con la alocución, solo interrumpida por comentarios y recordatorios de su amigo, lo cual le estimula a seguir, sin percatarse que es una historia que las personas que tiene a su alrededor han tenido la suerte de poder escuchar en varias ocasiones y que Ruth no hace ni una sola pregunta porque la está empezando a aburrir.

—¿Sabes que posiblemente Ruth y yo iremos a la Montaña sagrada? —Informa Raj a su amiga.

—¿De verdad? ¿Cuántos días vais?

—Supongo que unos tres días, Ruth tiene el billete de regreso a su país y aún no he podido localizar a Jettrin...

—Es una gran experiencia hacer un peregrinaje a ese monte... durante años, cuando aún no tenía a mis hijos, yo iba sola cada pocos meses y me quedaba allí varios días, me llevaba mi tienda de campaña y hacía *trekking* por los alrededores... me iba en autobús sin decirles a mis padres dónde iba, pues no me habrían dejado... siempre fui muy valiente... conocía el monte como la palma de mi mano, me metía sin una pizca de miedo en las cuevas, y meditaba allí... pocas personas lo conocen como yo... la gente ahora va allí como si fuera parte de un tour de vacaciones, por eso no me ha apetecido volver... yo entonces sabía dónde estaban todos los puntos de mayor poder y fue allí donde me empecé a conectar con mis dones de videncia...

Ruth se levanta para ir al baño, aunque en verdad busca tomar un respiro. El discurso de Mae le empieza a cansar. No entiende por qué Raj la admira tanto. Aunque tiene el don de la elocuencia y es innegable que es una mujer excepcional plagada de talentos y virtudes, no puede evitar que provoque en ella una enorme perplejidad. ¡Cómo alguien tan desarrollado espiritualmente pueda al mismo tiempo ser tan egocéntrico y tan crítico! Por eso, cuando al final de la velada Raj la invita a quedar los tres a comer al día siguiente para que ella le lea el aura, Ruth inventa un almuerzo ficticio con unos amigos de Anna.

Se considera demasiado atrasada en el camino de la evolución para los estándares de la tailandesa, y sin duda aprovechará para reprenderla por aún necesitar de la ayuda exterior para avanzar en su proyecto vital. Es consciente de su ignorancia en un sinfín de temas y de lo mucho que le queda por desarrollar algunas áreas, pero no soporta la arrogancia de esta mujer. Prefiere mil veces bajar a la piscina de la urbanización con un buen libro antes de tener que aguantar de nuevo las enseñanzas no solicitadas que esta mujer impone a las almas menos desarrolladas que tienen la fortuna de cruzarse en la autovía por la que ella transita.

Capítulo 19

Ayer por la tarde Raj por fin pudo confirmarle que irían a Monte Doi Tha al día siguiente. Esta mañana vino a buscarla en un taxi, y ahora estaban en la furgoneta con chofer de otro amigo, un diseñador de moda a quien ella había conocido en una cena. El indio pensó que sería una buena opción, pues así evitarían tener que tomar varios autobuses para llegar hasta allí. El diseñador se ha traído además a su secretario a y a su novio. Ruth se acomodó detrás de Raj. Llevaban una hora esperando a que Jettrin apareciera, aparcados en una gasolinera, pues viene en tren desde las afueras, donde vive, y queda claro que el sentido de la puntualidad no está entre sus puntos fuertes. Ella ha sacado un libro y aprovecha para leer un rato, aunque se da cuenta que le distrae bastante tener a Raj cerca. Nota como si la energía hubiera cambiado entre ellos, como si se sintieran más relajados el uno con el otro, y Ruth —que está de espléndido humor— aprovecha para hacer bromas y tomarle el pelo.

Por fin llega el señor que les hará de guía —un hombre de edad indefinida, cabello revuelto, y aire despistado y risueño— e inician el camino. Tardan más de tres horas en llegar, y al hacerlo es la lluvia quien les recibe con los brazos abiertos. Emprenden una ruta por un camino pedregoso hasta llegar a un río. Allí meten los pies, pues la informan que hay tres aguas sagradas en el Planeta: Lourdes, Varanasi y este río. Jettrin les indica que el poder de la naturaleza en este lugar es tan grande debido a que esta zona formaba parte del continente perdido de Lemuria.

De vuelta a la furgoneta Jettrin compra unas verduras para preparar la cena de esa noche, y a continuación toman un rumbo diferente para llegar a las cascadas, donde es seguro que se mojarán. Por fortuna, el guía conoce a algunas personas en el pueblo, que apenas cuenta con unas pocas casas, y en una de ellas se pueden cambiar. El dueño les deja un par de habitaciones minúsculas donde poder hacerlo. Ruth se mete en una de ellas, y se queda solo con unos pantalones cortos y una camiseta, sin nada debajo, para tener muda seca. Cuando cierra la puerta detrás se lleva una gran sorpresa al ver que el hijo de la casa la tiene decorada con fotos eróticas de mujeres desnudas, no pensaba que las fantasías masculinas fueran tan universales.

Después caminan un buen trecho a través de campos embarrados y maleza, hasta que encuentran las escaleras que descienden a las cascadas y el lago. Son muchísimos escalones que, ante la afluencia de peregrinos, decidieron cimentar. Ya abajo Jettrin le explica:

—¿Sabes Ruth? Este lugar es el "Lourdes" de Asia... Aquí acude mucha gente de todo Tailandia, e incluso de países adyacentes, a bañarse buscando una cura a sus enfermedades...las propiedades de estas aguas son muy conocidas... y también vienen atraídos por la energía que tiene la montaña... Ahora tenéis que bañaros en el lago, aunque el agua esté fría, y pasar por debajo de cada una de las cascadas para purificaros... Toma Raj, he traído incienso para que lo encendáis y lo pongáis entre las rocas...

Cumplen religiosamente con todo el protocolo. Al terminar suben de vuelta los más de trescientos peldaños. Ruth lo hace sin detenerse para recuperar el aliento, y les espera arriba sentada en un puestecillo donde venden golosinas y bebidas a los cansados peregrinos. La lluvia aún no ha cesado, pero están tan mojados que no se molestan en abrir el paraguas. Vuelven a atravesar los campos embarrados y se llenan de lodo hasta las rodillas. Ruth se alegra de poderse lavar en casa del amigo donde habían dejado las mochilas. Los homosexuales pasan primero al baño, pues tienen prisa para volver a Bangkok. Solo Raj, el guía y ella se quedarán a dormir.

—¡Qué suerte vivir en España! —afirma uno al despedirse de ella. —Allí los *gays* están tan bien tratados... ¿Cómo se dice *gay* en español?

Cuando por fin se puede limpiar el fango y poner ropa seca, sale al porche, y se dispone a mirar las fotos que ha ido tomando con su cámara. Luego aparece Raj ya limpio, y se sienta a su lado, muy cerca, para poderlas visualizar junto a ella en la pequeña pantalla. El guía tarda en presentarse, no saben dónde se ha metido, y cuando la nota bostezar, el indio le ofrece su hombro para que apoye su cabeza y descanse. Ella acepta la invitación encantada. Al hacerlo, él sitúa su mano sobre la pierna de ella. Ruth se siente un tanto incómoda, y al mismo tiempo admite que le gusta estar muy cerca suyo.

El guía sigue sin dar señales de vida, por lo que buscan al dueño de la casa, intentando dar con su paradero. Les informa que está cocinando en otra vivienda, y se ofrece a llevarles hasta allí, iluminando el recorrido con una potente linterna, pues la noche ha caído sin avisar. Cuando llegan, ya lo tiene todo preparado.

Raj propone salir a inspeccionar los alrededores y comprobar si pueden avistar algún OVNI, ya que al tratarse de un vórtice de energía tan fuerte, ha habido muchos avistamientos en los últimos años. El amigo del indio está demasiado cansado y además tiene que hablar con unos vecinos, por lo que se van los dos solos.

La noche es negra y profunda. Las dos calles del pueblo están sin asfaltar, llenas de charcos, y carecen de alumbrado eléctrico y solo la linterna les permite ver dónde pisan. Se adentran en el monte un poco más; hay zonas con mayor espesura y otras más abiertas.

—Es posible que podamos encontrarnos con algún espíritu de la naturaleza, algún Deva o quizás un Elemental... —especula él.

—Dios mío, ¡pero qué dices! Yo no creo estar preparada para eso, me asustaría muchísimo...

Cuando llegan a un amplio claro dentro del bosque, se detienen a observar el cielo, respetando el absoluto silencio de la naturaleza; no pronuncian ni una palabra, se acoplan a la serenidad callada que les envuelve. La luna carece de esplendor esa noche, por lo que los millones de estrellas relucen y destellan en el manto oscuro de la bóveda celeste como no había contemplado jamás. A los pocos minutos unas potentes luces aparecen en el oscuro firmamento: rojas, blancas y anaranjadas. Se mueven con rapidez, y detrás a cierta distancia, otra nave le sigue, y una tercera. No hacen ruido, o al menos ellos no son capaces de escuchar nada, quizás porque la distancia que dista es mayor de lo que pueden apreciar. De repente, sin previo aviso, la primera da un giro de ciento ochenta grados, y las otras dos copian dicho movimiento, siguiéndola, hasta que se pierden detrás de las copas de los árboles y ellos ya dejan de verlos.

Están tan atónitos por lo que acaban de ser testigos que no aciertan a pronunciar palabra. Se limitan a seguir escudriñando el cielo con toda su atención, por si algún otro artefacto raro hiciera su aparición; no querrían de ningún modo distraerse. Efectivamente, otro vehículo aéreo surca el cielo surgiendo de la nada de nuevo, esta vez desde otro punto diferente, y siempre con un parpadeo de luces de idénticos colores. Esperan otro rato, y de nuevo dos naves más. Aquello parece un show puesto a su disposición para deleitarlos. Es asombroso, nunca podrían haber imaginado algo así, por mucho que les hubieran avisado de tal posibilidad. Se sienten entusiasmados como niños ante ese espectáculo único, unos privilegiados de poder asistir a tal despliegue en su primera noche allí. A ella todavía le cuesta creer la realidad de lo que acaban de visualizar.

De pronto siente un amago de contractura en el cuello, debido al esfuerzo de mirar hacia arriba ininterrumpidamente, apoya su cabeza en él para aliviar el peso de la cabeza. Sin decir nada, él la sujeta por los hombros para que pueda descansar. "Divino", piensa ella, agradecida.

No saben cuánto tiempo ha trascurrido desde que llevan contemplando el cielo, pero sienten que la tensión en las cervicales empieza a ser demasiado molesta, por lo que deciden abandonar la explanada y explorar un poco más los alrededores antes de volver a la casa donde dormirán. El terreno es agreste; han de ir mirando al suelo; todo está encharcado y hay agujeros y pedruscos que sortear. Él porta la linterna y ella la cámara, por si hubiera algo que retratar, quizás algún orb, esos círculos luminosos que se muestran en algunas fotos tomadas con cámaras digitales, las cuales denotan presencias paranormales a nivel astral. De vez en cuando se detiene a hacer alguna fotografía, más tarde las mirarán con detenimiento. De momento son muchas emociones para una sola noche.

En alguna ocasión, mientras él alumbra el suelo, le tiende la mano para saltar algún charco o subir alguna roca. Ambos pretenden que es una mano únicamente destinada a asistirla; la realidad es que los dos lo disfrutan. La experiencia de estar juntos y solos en medio de la noche ciega, mágica y hermosa, buscando signos extraordinarios, de algún modo les ha unido un paso más.

Capítulo 20

Ruth se despierta como movida por un resorte en cuanto los primeros rayos del amanecer se filtran por las ventanas. Ha compartido una cama enorme —con un colchón tan liviano solo sentía la tabla de madera debajo— con Raj. Al otro lado de la sala donde acostumbran a alojar a los peregrinos, se ubica otra cama de igual tamaño donde han descansado Jettrin y el guarda. Ahora sus ronquidos son demasiado patentes para poder conciliar el sueño de nuevo. Como ha dormido con la ropa puesta, puede salir sin hacer el menor ruido, y así no despertarlos. Quiere aprovechar la paz de la mañana para meditar en medio del bosque. Escoge uno de los caminos que exploraron anoche, pero resulta mucho menos misterioso e inquietante en la claridad de la bella mañana.

Se acomoda sobre una roca plana que encuentra, cruza las piernas, cierra los ojos y fija su atención en la respiración, como siempre que medita. Para variar, le vienen pensamientos, uno tras otro: la insólita experiencia de avistamiento de anoche, los pocos días que le quedan en este país, lo que siente por Raj... empieza a enfadarse consigo misma por su falta de concentración, y entonces recuerda la consigna: suéltalos, déjalos ir... Y así puede encontrar tranquilidad en su mente y darse una pausa.

No bien acaba de entrar en ese estado de serenidad que tanto aprecia, percibe una onda de energía brutal, como si fuera barrida por una ola de fuerza luminosa y entrara en un océano refulgente, algo inexplicable, algo que jamás había experimentado y ni siquiera había podido imaginar. El pensamiento se queda suspendido ante la irrumpida sorpresiva de estas energías impetuosas y benéficas. De repente advierte como si el corazón se abriera, como si sus pétalos florecieran ante los rayos de un sol amoroso, y observa una nube de compasión, amor y perdón que empezara a envolverla, siendo abrazada en el interior de una espiral radiante. Los sentimientos son tan intensos y profundos que las lágrimas empiezan a brotar, efecto automático ante tanto amor... No sabe lo que le está sucediendo.

De pronto, escucha una voz en su interior. Más que una voz, es como si aparecieran palabras en su mente, se empiezan a formar frases y conceptos sin que ella los esté pensando, como si alguien o algo los estuviera poniendo ahí sin su voluntad. Ella solo va tomando conciencia de lo que va apareciendo en la pizarra de su mente. Su primer impulso es de analizar la situación, sobre todo al percibir que el corazón le late muy deprisa y que le asusta no tener control sobre esta situación extraña. Pero rápidamente se recuerda que no es momento de racionalizar, que ya lo hará más tarde, que ahora debe consentir que la experiencia fluya y se produzca lo que debe ser. De algún modo, concede su permiso.

"Hija de la Luz, servidora de la Luz, desde el otro lado del velo te saludamos y alabamos la misión de tu alma infinita.

Reconocemos en ti tus ganas de ayudar a tus hermanos, y lo honramos.

Muchos sois los voluntarios que en estos tiempos convulsos y magníficos para este Planeta decidisteis encarnar para contribuir a la gran Transformación.

El tiempo ha llegado. Como ya sabes, estáis ante las puertas de la gran y esperada ascensión de la Madre Tierra y de todos los seres humanos que estáis preparados para ello; estáis recibiendo mucha ayuda desde los reinos de la Luz...

Has de saber que en un momento dado, todos nos separamos de la Fuente, saltamos al vacío, y solo más tarde, después de haber bebido hasta la última gota hipnótica del elixir del sufrimiento y el aislamiento, emprendemos el camino de regreso, escalando el pozo de oscuridad y encaminándonos hacia la Luz.

Este es el proceso por el que todos los seres han de pasar, no hay atajos.

Aunque en esta época haya una asistencia inigualable para ayudaros a ascender a los reinos superiores, sé consciente que esto es un derecho que ha de ser ganado...

Ya percibimos que te estás preguntando cómo...

Va más allá del mero deseo. Es tu actitud, tus palabras, tu conducta y tus acciones hacia los demás lo que lo determina...

Tenéis que llegar hacia un cierto nivel para que las llaves del siguiente os sean entregadas. No sería justo para los demás que se han ganado su derecho a estar aquí a través de su amor, su tolerancia, su comprensión, su bondad, su generosidad y su apoyo a los otros... pues esos son los atributos de nuestro mundo aquí, dentro los reinos superiores.

Hasta que no comprendáis esto y lo llevéis a la práctica en vuestra vida diaria, hasta que no se conviertan en parte de vuestra personalidad, el alma tiene que continuar sus estudios en la tercera dimensión de la Tierra.

El salto no puede producirse hasta que se dominan estas virtudes. No es posible. ¿Lo has comprendido, amada?"

La información sigue surgiendo en su mente sin que ella haga nada por provocarlo. Es plenamente consciente de todo lo que va apareciendo en su pantalla mental, aunque no puede ver de dónde viene, ni quién es el ser o seres que le transmiten los mensajes. Pero le parece que todo lo que piensa o siente es leído por ellos de forma automática, como si no hubiera barreras, como si la comunicación fuera enteramente telepática y en esos estadios no se pudiera esconder nada porque la transparencia es moneda de intercambio. Por lo que antes de que su pregunta o su inquietud termine de formularse en su cerebro, ellos ya la están ofreciendo una respuesta...

"Efectivamente, pequeña, el avance se realiza asistiendo a los otros... Vuestra ayuda a los que están perdidos en los túneles de la oscuridad es lo que acelera vuestro propio proceso.

No olvides que cuando estás en el centro de tu corazón, sirves de faro a los perdidos; y en modos que no puedes comprender, ellos reciben tu luz, y eso les ayuda, a través de tu intención, a buscar un lugar más elevado.

Cada esfuerzo que hacéis por ayudar a otra persona, supone un peldaño hacia arriba para vosotros. Cuanto más escaláis por la Gran espiral de retorno a la Fuente, más brillante es la Luz de la Fuente...

y entonces empezáis a recordar el propósito y la ilusión del juego de la encarnación...

Es muy bello el trabajo que haces con las criaturas que se van. Mas recuerda, sus almas no son pequeñas. Sabes bien que el momento de abandonar una vida está determinado mucho antes de comenzarla. Igual que tampoco hay nada aleatorio en el momento de su inicio.

De hecho, a pesar de las apariencias, no hay nada accidental en el teatro de la vida. Aunque cuando estáis encarnados, os resulte convincente aferraros a la idea de que las cosas suceden injusta y arbitrariamente.

Ha llegado un momento muy esperado en este Universo: el momento de elevar a la raza humana al siguiente nivel; llevarles desde el cautiverio de la supervivencia hacia la búsqueda de la iluminación.

Sí, confirmamos lo que estás pensando: Los humanos muy evolucionados son seres de Luz. Ya hay muchos entre vosotros y muchos más van a alcanzar la iluminación en el momento de vuestro emerger, que ya está cercano.

Les guiarán, os guiarán, los maestros ascendidos... estamos con vosotros.

Y tú estás llamada a ser un faro que ilumine el camino de muchos,

nuestra estrella, nuestra amada.

Ten presente que el verdadero buscador espiritual es el que tiene desprendimiento de la posesión, respeto por toda la vida, silenciamiento del parloteo de la mente y se centra en la apertura del corazón y en la Unidad...

Hace mucho te comprometiste en venir como voluntaria en esta época de transformación, y ahora te pedimos que te involucres un poco más, un paso más.

No te engañamos, el camino del que busca la iniciación no es fácil,

hay dificultades y obstáculos, pero no estás sola; nosotros te acompañamos,

te guiamos y te protegemos siempre.

Entre las varias tareas encomendadas, ya sabes que tendrás que encontrar uno de los Mercabas sagrados, te lo confirmamos.

No te preocupes, se te proporcionará más información a medida que estés lista para el siguiente paso.

Los doce Mercabas se escondieron en tiempos de la Atlántida por los iniciados, antes de que las aguas cubrieran toda la civilización, y con ella las huellas que dejaron. Sabían que vendrían miles de años de oscuridad e ignorancia en este planeta, y los Mercabas tendrían que permanecer ocultos hasta que el momento perfecto llegara. Entonces doce seres de origen estelar serían llamados a recordar. A recordar su origen, su conexión con este plano, y se les darían las pautas para poderlos descubrir. Tú eres uno de ellos.

Los doce Mercabas físicos tienen su doble etérico, por lo que si fueran encontrados por las fuerzas de la oscuridad, no podrían servirse de ellos.

Solo los que han sido capaces de alcanzar un gran desarrollo interior pueden conectar con el nivel vibratorio de su doble, y así, activarlos.

Son portadores de gran poder, por eso no podían ser descubiertos antes, porque podrían provocar destrucción en las manos equivocadas.

Cada uno de los doce estáis siendo contactados para prepararos espiritualmente y entonces comenzar su búsqueda.

Con cada descubrimiento, una puerta dimensional se podrá abrir desde la Tierra para que fluya la energía cristalina de las dimensiones vibratorias superiores.

Y en el tiempo perfecto, los doce os reuniréis con los doce Mercabas, *y entonces será la señal final para la Transición total de este planeta de la tercera a la quinta dimensión.*

Bendita seas por tu compromiso con esta hermosa misión.

Alabamos tu valentía y tu afán por ayudar a la humanidad.

Las claves irán llegando a medida que estés preparada. Estate atenta y cultiva tu interior, permanece en tu centro y en un nivel alto de vibración, pase lo que pase. Nosotros te acompañamos y te guiamos. Confía.

Que la Luz, la paz y la belleza estén contigo".

Y con estas últimas palabras, la comunicación termina y la espectacular energía en la que estaba envuelta se va disolviendo. Poco a poco va tomando conciencia del lugar físico en el que se encuentra, y por fin puede secar el río de lágrimas que cubren su rostro y cuello. Lágrimas de emoción. Lágrimas de reconocimiento. Lágrimas de alegría. Lágrimas que sellarán su primer encuentro con lo místico. ¿Habrá más?

Capítulo 21

—Ruth por Dios, ¡qué aspecto tan demacrado tienes! Tan mala noche has pasado a mi lado.... —Bromea Raj cuando llega al porche de la casa, donde está sentado.

Al comprobar que no solo no responde ni le sigue el juego como suele hacer, sino que casi se emociona al querer decir algo, él lamenta la broma.

—¿Tienes hambre? Te hemos dejado sopa de la que Jettrin nos ha puesto para desayunar hoy... ¿Te preparo un café?

Ella sigue sin poder contestar, y sin querer, las lágrimas empiezan a brotar de nuevo; se siente hipersensible, como si aún tuviera el corazón abierto. Él se pone en pie de un salto y la abraza, acariciando su cabeza como si fuera una niña a la que trata de consolar. Después se sientan en unos sillones de mimbre que hay en la entrada, sin hablar durante largos minutos, quizás horas, con la mirada perdida en la arboleda que se extiende ante ellos, cogidos de la mano.

Cuando ya se encuentra mejor, más enraizada, le narra lo que acaba de ocurrirle. Sabe que en él puede confiar y que la puede comprender, y eso la relaja mucho. La escucha anonadado y admirado. Es consciente de que lo que le ha sucedido es extraordinario, sin duda la magia del lugar ha contribuido mucho a provocarlo... Se alegra de haberla traído aquí, y así se lo comunica.

—Yo también, no sabes cómo te lo agradezco. Tengo la sensación de que esta experiencia me va a cambiar la vida, aunque aún no sé cómo... —Confiesa ella. —Ahora sí que te acepto ese café, guapo. ¡Qué sea solo esta vez!

—¿Vamos a dar un paseo? —Propone ella. —Espera que me eche el repelente, que hay demasiados mosquitos con tanta humedad en el ambiente... Bueno, también es por ti, para que no te acerques demasiado... jajajaja —Ríe ella.

—Me siento tan atraído por ti que no va a funcionar. —Contesta él sin pensarlo demasiado.

La frase desconcierta a Ruth, pues nunca ha sido tan franco con ella, sin embargo actúa de manera natural, sin darlo importancia.

Se alejan del pueblo, y poco a poco llegan a uno de los bosques; caminan despacio por una de las sendas. El aire es límpido, las nubes son insuficientes para que amenacen lluvia y el día agigantado en la lejanía, abierto hasta el infinito para ellos. Quizás seguir un tanto sensible y también el haber comprobado la calidez del acogimiento que él le ha proporcionado tras su intensa experiencia, la mueve a dar un paso más y hablarle con franqueza.

—Mira Raj, no sé lo que pasará en el futuro, pero el otro día tenía que decirte la verdad, que supieras que tengo novio... no habría sido justo ocultártelo, aunque quizás no fuera fácil para ti...

—No, no lo fue —Confirma él—, pero tenía que aceptarlo.

—Al mismo tiempo he de admitir que siento una enorme conexión contigo, y no quería que te alejaras, como hacen muchos hombres cuando saben que estoy emparejada...

—Yo solía ser uno de esos que se alejan... pero he ido abriendo la mente... Las últimas relaciones que he tenido rápidamente pasaban a un plano físico... y enseguida pensaba: ¡Esta es la mujer de mi vida!... y pronto me daba cuenta de que me estaba engañando... no había conexión, solo pasión efímera... —Comparte él—. Por eso cuando me dijiste que tenías novio, supe que tenía que aceptarlo y aun así quería verte y traerte a esta Montaña... La verdad es que me encontraba un poco aletargado, y de repente llegaste tú y me estás haciendo recordar muchas cosas, ponerme en contacto con mi propio propósito de vida...

—Gracias, es muy bonito...

—¿Sabes lo que me dijo mi madre cuando se enteró que iba a enseñarte algunas partes de Tailandia y de Bangkok? Que cómo iba a hacerlo si no tenía coche... —Le confiesa.

Tal revelación despierta en Ruth una gran compasión, pues sabe que puede tocar su orgullo masculino. Esta confesión le lleva a sentir aún más cariño por él. "Es un alma pura", reconoce.

—Te voy a contar otra cosa que dijo mi madre cuando le enseñé algunas de las fotos que nos hicimos en la cena la otra noche... Admiró tu belleza y me preguntó si eras Miss España... jajajaja —Carcajea—. En serio Ruth, cuando nos vimos la primera vez en la reunión de los Lightworkers te reconocí, y enseguida fui a contárselo a Mae, me sentía un poco abrumado...

Se topan entonces con unas grandes formaciones rocosas que les impiden avanzar, así que las rodean y encuentran donde descansar un rato. Ruth le abraza, ya no para desahogarse y serenarse, como esta mañana, sino para poderle sentir cerca, algo que lleva deseando desde la noche anterior cuando observaban el firmamento.

—Me alegro mucho de que hayamos tenido esta conversación. —Afirma ella.

Se dan cuenta de que debe ser tarde, por lo que deciden regresar, seguro que Jettrin estará buscándoles. Caminan agarrados por la cintura, cómodos en la proximidad. Llegan a un punto en el que se sienten desorientados, no saben cuál es el camino de regreso. Ven a una pareja de viejecitos sentados a la puerta de su casa, ya en el pueblo, y les preguntan.

—Ay, les veíamos caminando tan acaramelados que parecían saber adónde iban...

Cuando Raj traduce la frase, ambos rompen a carcajadas.

Efectivamente el amigo estaba un poco preocupado, temiendo que se hubieran perdido, y la comida que había preparado ya estaba fría, por lo que tuvo que calentarla para ellos. Se deshicieron en disculpas, sintiéndose un poco avergonzados por haberle hecho esperar.

—Os propongo llevaros esta tarde a dos lugares sagrados de la Montaña, Panghon y Ko Hin. En uno de ellos es dónde la gente realiza numerosas oraciones y muchos son curados de sus males. El otro es una cueva con pasadizos secretos y túneles... dicen que los que están iniciados pueden llegar a través de ellos hasta las civilizaciones intraterrenas... Bueno, la verdad es que no conozco a nadie que haya sido capaz de dar con esas civilizaciones, tampoco creo que estemos preparados para ello todavía... En cualquier caso podremos bajar hasta la entrada de la cueva, para que la veáis, pero no es aconsejable recorrerla por dentro en esta época de lluvias, pues las rocas están muy resbaladizas y ya ha habido accidentes mortales... Si salimos ahora podremos hacer todo el recorrido y estar de vuelta para la cena justo antes de que anochezca... —Les informa.

—Me parece un buen plan, tío, ¿y qué nos tienes preparado para mañana? —Pregunta el indio.

—Todo depende de la hora a la que queráis estar de vuelta en Bangkok... Recordad que mañana no tenemos vehículo propio y hay que coger dos autobuses...

—Mañana es mi último día en Tailandia. —Recuerda ella, sin poder evitar un tono triste en su voz—. Así que tendríamos que llegar por la tarde, para que me dé tiempo a hacer la maleta.

El regreso al día siguiente, efectivamente, es largo. Los vecinos les han cocido unas mazorcas de maíz para que tengan un tentempié durante el camino. Ruth sigue fascinada con lo atentos que son los tailandeses, siempre pendientes de los demás, siempre tratando a todos con tanto respeto y consideración.

Uno de los amigos del guía tiene una moto y les acerca uno a uno a la parada de furgoneta, que es el medio de locomoción público local, donde esperan juntos. Tras cuarenta minutos de baches, se apean en una carretera nacional donde tomarán el autobús que, ahora sí, les conducirá hasta la capital. Ella está deseando de que llegue esta parte del viaje para poder sentarse a solas con Raj.

Apenas pagan el importe al conductor y se instalan al final del autobús, él coloca una mano sobre su pierna. Ruth abre la suya al lado, y él no duda en asirla. Los dos tienen un Ipod, por lo que comparten cada uno su música a ratos. Ella enrolla un jersey y lo sitúa en el hombro de él a modo de almohada, y recuesta su cabeza para poder descansar. Su cercanía le supone una recarga emocional. De vez en cuando, él se gira y le da un beso en la frente, o en la mejilla, o roza suavemente su pelo con la mano.

—¿Tienes planes para esta noche? —Se interesa él.

—Sí, he quedado que cenaría con Anna, Liam y los niños. Es mi última noche y he de pasarla con ellos...

—¿Y si quedamos para tomar algo después? —Sugiere él.

—Depende de la hora que terminemos... te llamo si no se ha hecho muy tarde, ¿vale?

—Me gustaría pasar tiempo contigo... ¿A qué hora es tu avión mañana? Podría venir a buscarte y así te acompaño al aeropuerto. —Se ofrece.

—¡Estaría genial Raj! Eres un cielo...

Desde el apartamento de Anna, a esas horas de la mañana, tienen una hora de trayecto en taxi. Despedirse de Anna ha sido duro, pues son conscientes que pueden pasar otros cinco años hasta que se vuelvan a ver, aunque prometen escribirse, estar en contacto por Facebook, y hablar alguna vez por Skype.

Raj ha tomado rápidamente su mano en cuanto se han sentado en el vehículo, y luego busca la otra para agarrarla con afecto también. A veces se la lleva a los labios y la besa.

—He pasado un mes maravilloso desde que te he conocido. —Asegura él—. ¿Vendrás a la boda de mi hermana en Delhi en diciembre?

—¿No será un poco raro que yo aparezca por allí como tu invitada? ¿Qué pensará la gente?

—¿Qué más te da lo que piensen? Ya me encargaré yo de eso... Además sería una oportunidad de volver a ver a Anna y Liam, y a la gente que has conocido aquí, como Mae... y si quieres después podríamos visitar el Rajasthan, ¿lo conoces?

—No, nunca he estado en la India... es verdad que uno de mis sueños es ir a la India... podría ser la ocasión que siempre he estado esperando... ¡Con un guía de lujo además!

—Y por cierto, quiero que sepas que la próxima vez que vuelvas a Tailandia ya tendré un buen trabajo, y coche, y todo lo que haga falta, y te llevaré a conocer muchos otros lugares de mi país que te encantarán... —Le promete.

—Hecho. Me hará mucha ilusión que me lleves de paseo...

Ya en el aeropuerto, Ruth realiza el *check-in* con KLM, acarrea solo la bolsa de equipaje de mano, y buscan una cafetería agradable, apurando los últimos minutos juntos. Se sientan en el mismo lado de un sofá de cuero morado, muy cerca, pegados el uno contra el otro. Ruth extiende sus brazos y le cubre con ellos.

—¿Estás deseando besarme? —Le pregunta a él.

—Llevo deseando besarte desde ayer...

Por fin unen sus labios y se besan despacio.

—Me encanta... Me encantas... —Admite Raj.

Mas el tiempo no concede treguas, y debe dirigirse al área de control de pasaportes. Al pie de unas escaleras mecánicas se sitúan dos personas acreditadas que verifican las tarjetas de embarque. Tendrán que despedirse allí. Se funden en un abrazo como si no volvieran a verse jamás, como si todo lo sentido hubiera de registrarse en ese abrazo postrero, y en un beso interminable y pasional. Ruth siente un nudo en el estómago, como si fuera a perder algo importante que acaba de descubrir. Raj tiene la sensación de estar forzado a abrir las manos y dejar volar una mariposa única que recién acaba de hallar. No se quieren soltar.

—Me tengo que ir... Cuando llegue mañana te llamo o chateamos, ¿vale?

—Mándame un *sms* cuando hayas embarcado, *please*.

Sin mirar atrás para que él no la vea llorar y así no hacer la despedida más dura todavía, enfila con paso firme hacia el avión, hacia su futuro, hacia la nueva etapa. Aunque le duela el alma dejar atrás a Raj.

Capítulo 22

Ya ha embarcado y ha encontrado su asiento, al lado de la ventanilla casi al final del avión. Escribe el prometido mensaje a Raj antes de que la azafata le pida que apague su teléfono:

"Embarcada. El policía me ha pedido que vuelva pronto a Tailandia jajaja. Gracias de nuevo por acompañarme hoy. Ha sido una experiencia preciosa contigo. Cuando llegue te mando un *email, sweetie*".

El móvil no tarda en avisarle de la llegada de la respuesta.

"Estupendo. ¿El policía también? Jajaja Ha sido una experiencia preciosa para mí también. Cuídate. Te echaré mucho de menos mi amor".

Respira profundamente. Esa última frase le toca muy dentro, mucho.

Tiene por delante largas horas para intentar dormir —aunque hace poco que se ha levantado y no le apetece—, para cavilar y hacer recuento de todas las vivencias del último mes, para construir un puente entre lo que deja atrás y lo que se va a encontrar de vuelta...

Este trayecto en avión supone una deslinde idónea entre dos etapas y acaso el momento de cristalizar las dos realidades. Percibe la universalidad de los sentimientos, más allá de las fronteras, de las culturas y de la distancia, y cómo el límite fundamental entre su pasado reciente y su futuro inminente queda trazado por el afecto. Los afectos como líneas dibujadas sobre los capítulos del presente en su vida. Los afectos como los tesoros más valiosos para ella. Los afectos como alternativas y elecciones, como destinos que alteran el viaje de la existencia.

En verdad no es capaz de distinguir si ha sido el alejamiento físico, la pausa mental, las experiencias vividas o haber conocido a Raj lo que ha hecho que no haya echado de menos a Fernando. O puede que una mezcla de todo. No solo no le ha extrañado, sino que no le apetecía ni siquiera estar en contacto con él. Cuando lo hizo era más por obligación que movida por la ilusión. Él lo había notado. Le sentía irritado por su falta de presencia, molesto por sus silencios, enfadado por sus vacaciones sin él. No había mucho terreno libre a la imaginación, Fernando se lo había comunicado en el último *email* con palabras directas, crispadas e incisivas. Cuando lo leyó, justo antes de marchar a la Montaña sagrada, no quiso morar en ello; estaba demasiado entusiasmada con sus experiencias como para permitir que ningún nubarrón gris viniera a empañar los rayos beneficiosos que la alumbraban entonces.

Ahora las circunstancias empezaban a cambiar. Tendría que enfrentarse a ello. Tendría que afrontar algo que en el fondo intuía desde hacía días que estaba predestinado a ocurrir. Tendría que permitir que ese crepúsculo que percibía terminara por convertirse en cenizas consumidas. No había vuelta atrás. Esta relación estaba finiquitada.

No soportaba que llevara el cálculo de lo que hacía por ella y de lo que ella tenía que hacer por él para equilibrar el balance de la cuenta de resultados. Le cansaba tener que estar dando el doscientos por cien en todo momento para que él no le echara nada en cara, aun estando emocionalmente consumida por los sufrimientos que veía en el hospital o agotada físicamente. No aguantaba que le recordara regularmente lo bien que la trataba, sin dejar que saliera el agradecimiento de forma natural por su parte. No apreciaba su tacañería. No se sentía tan atraída como creía con un cuerpo deformado por el exceso de ejercicio físico. No le agradaba no poder compartir las cenas con él por su obsesión con la dieta. No le convencía nada que después de cuatro meses no le hubiera dicho ni una vez que la quería. No la excitaba especialmente su obcecación sexual con ella. No valoraba que su ansias por la actividad constante sin poder descansar y serenarse juntos. No le interesaba su gran ego...

Al repasar se dio cuenta que la lista se estaba alargando peligrosamente. ¿Cómo había podido considerar que su relación tenía algún viso de futuro? Debía estar algo obnubilada, o ciega. Fernando era un tipo estupendo para unas cuantas citas —siempre y cuando no simulara que se había dejado la cartera en casa para evitar invitarte al cine—, pero nada más. ¿Por qué no se había dado cuanta antes? ¿Por qué no había tenido el coraje de interrumpir el sinsentido de una relación con él? Quizás porque estaba tan inmersa en su propia extenuación emocional que le era imposible pensar con lucidez, y de algún modo le había servido como refugio, pues no había sido capaz de escuchar su propia voz entre tantos ecos. Para eso Tailandia le había hecho un gran favor. Y Raj también.

¿Y qué haría con Raj? ¿Pediría vacaciones en diciembre para acudir a la boda en la India y viajar juntos? ¿Intentaría una relación a distancia? ¿Se daría una oportunidad con él?

En estos momentos el futuro se le antojaba insondable, y lo que vivió en la Montaña todavía debía dejar un poso en su interior; una huella que la llevara a la posibilidad de una relectura del mundo, y con ello a contemplarlo de una manera más amplia, incluido el suyo. Y desde ahí acaso engendrar algo nuevo, algo grande, algo trascendente y significativo.

Vivimos en medio de un presente —pensó—, es lo único que poseemos o que nos posee a nosotros. Es una entelequia que se diluye, que se fragmenta y se fractura en múltiples, distantes, distintos y diversificados espacios, y a nosotros nos corresponde ir construyendo nuestros sueños con esta materia etérea y sutil. Distinguía que el suyo de alguna forma se deslizaba para recomenzar.

Cuando llega a su apartamento en Casteldefells abre las ventanas de par en par para que circule la brisa; un mes entero cerrado ha acumulado el calor en las paredes y el techo. Aunque se siente fatigada, prefiere deshacer la maleta, poner una lavadora y recogerlo todo esta misma noche. Mañana entra a trabajar en el turno de tarde y quiere levantarse tranquilamente en una casa ordenada.

Después enciende el ordenador y abre Facebook antes de escribir un mensaje al indio, como le ha prometido. Al hacerlo le ve conectado. Una gran alegría la arropa, podrá intercambiar unas palabras con él. Se saludan, le confirma que el vuelo ha estado bien, y él rápidamente entra en cuestiones más serias.

—No te lo dije, pero la noche anterior a tu partida casi no pude casi dormir... —Escribe él por el chat—. Pensando en ti... Y las dos noches en el Monte Doi Tha tampoco.

—¿Por qué?

—Porque me estaba volviendo loco en la cama...

—No me lo dijiste...

—¿Qué te iba a decir, que no podía dejar de pensar en abrazarte, en besarte, en hacerte el amor...?

Ruth se queda boquiabierta, no sabe qué responder, por lo que él sigue escribiendo.

—No hice ningún movimiento porque sabía que tenías novio, por respeto...

—Gracias.

—¿Querías lo mismo que yo? —Le pregunta él a bocajarro.

—Mi atracción hacia a ti no tiene que ver con el sexo, es más sensual que sexual. —Asegura ella—. Me siento muy a gusto contigo, me gusta tu cercanía física, pero tiene que ver más con una conexión mágica y un júbilo que no puedo mantener dentro y sale de forma expresiva.

—Te entiendo, pero soy humano.

—Me alegra que hayamos puesto las cartas sobre la mesa, que hablemos con claridad... Y que digamos lo que sentimos —Asevera ella.

—Si me hubiera acercado a ti esas dos noches... ¿cómo habrías respondido?

—No lo sé Raj. No de forma sexual, te lo aseguro.

—Después de la conversación que tuvimos en el bosque sentí que podía ser yo, que podía dejarme llevar sin medir cada paso por lo que pudieras pensar... ¿Te parezco demasiado traviesa?

—Sí, y me encanta.

—Te adoro y creo que eres un alma pura, Raj.

Él tarda en contestar, esas palabras tan profundas le pillan por sorpresa. Ella aprovecha mientras para servirse una tónica fría en la cocina.

—Mae me ha llamado para ver que tal estaba... —La informa Raj.

—¿Y qué le has dicho?

—Que te echaba mucho de menos... Ella me ha aconsejado que me olvide de ti, que solo he sido un pasatiempo para ti y que no pierda mi tiempo...

Ruth se queda atónita. Pensaba que esta mujer había alcanzado un alto grado de conocimiento espiritual y hasta de evolución interna, a pesar de sus aires de superioridad, pero lo que acaba de leer le demuestra que además es una mujer muy fría.

—¿Y qué le has contestado tú? —Pregunta ella con el corazón algo encogido.

—Que a lo mejor tiene razón... Pero he de reconocerte Ruth, que te echo de menos... aún tengo el sabor de tus labios en los míos, aún recuerdo lo deliciosos que saben...

Capítulo 23

Ha transcurrido un año y medio desde que Ruth regresó de su viaje a Tailandia. La crisis económica en Europa se ha ido haciendo más preocupante, y en los países del sur está clavando los incisivos aún de manera más fuerte: el empleo se está destruyendo a pasos agigantados y la recesión empieza a convertirse en un paisaje de fondo habitual. Si las consecuencias de tal panorama se limitaran al terreno económico —aunque importante para las personas— podría quedar acotado. Sin embargo, lo peor es que la gente se está instalando en estados mentales negativos y de miedo que les empuja a caer aún más bajo, y convierte la salida del pozo en tarea poco menos que imposible.

Ruth observa la dicotomía que está apareciendo en la población: unos se vuelven cada vez más individualistas, agresivos y temerosos de perder aún más, y los otros apoyan el cambio de mentalidad y ética, creyendo más en la cooperación que en la competición. Los primeros están convencidos que todo regresará a la normalidad en cuanto la economía se recupere; los segundos están seguros de que la humanidad se está viendo envuelta en un cambio de paradigma, y que la economía solo ha de estar al servicio de las personas y no al contrario. Los primeros piensan que son las inercias políticas ramplonas, sobre todo las propias del poder con su cotidiana y alarmante manipulación, las responsables de la hecatombe económica y financiera en Occidente. Los segundos afirman que los que detentan el poder son un mero reflejo del resto de individuos que se han dejado arrastrar por el consumo de mercancías como fin último de la existencia y han entregado su honestidad al mejor postor. Los primeros han desarrollado una posición beligerante contra los dirigentes y banqueros que se han hecho con el botín sin sufrir ninguna represalia y por momentos entran en la banalización de los argumentos; los segundos consideran que aunque los poderosos han utilizado su posición privilegiada para su único beneficio, los demás —de haber contado con dicha prerrogativa— habrían hecho lo mismo, pues no son los individuos seleccionados los culpables, sino el bajo nivel de conciencia general el que ha creado monstruitos que intentan fagocitar a los más débiles. Los primeros entran en corrientes de pesimismo y negatividad que confunden con la noche del nihilismo. Los segundos promueven la idea de un cambio de época en la que surten los rayos de una nueva aurora.

¿Dónde se encuentra Ruth? Obviamente participa de la segunda ola de pensamiento, pero admite que la negatividad le está afectando; Asimismo el temor que se respira en el ambiente; y la angustia y la ansiedad de las personas ante el futuro que se avecina oscuro; y a veces la soledad de nadar contracorriente en un entorno materialista, aferrado a lo cotidiano y fosilizado en patrones de la antigua era que no quiere saber nada de trascendencia. Ella solo desea encontrar las claves profundas de un presente que anda teñido de impotencia crítica y banalidad estetizada. Como siempre, necesita ir más allá de lo aparente.

Solo el creciente espacio que está dedicando a la meditación y el contacto con la espiritualidad la está salvando. Y haber encontrado por casualidad a María.

María es una señora de una presencia imponente, no por su constitución física —pues no sobrepasa el metro sesenta de altura— sino por la energía que emana, por su fuerza interna, por la inmensa bondad que desprende, por su mirada límpida y desprovista de juicio. Lleva el cabello corto y negro azabache, como si los años no pasaran por ella. Sus ojos oscuros parecen dos pozos de honda sabiduría y siempre va vestida de blanco, como un ángel.

María es chilena de nacimiento, venezolana por adopción y española desde que se casó. La familia de María decidió dejar su país con la subida al poder del dictador Pinochet e instalarse en Venezuela, donde tenían amigos. Allí conoció a un español del que se enamoró y por quien se mudó a España, hace ya casi treinta años.

María ya nació con un don especial de percepción, veía lo que otros no eran capaces ni de imaginar, se comunicaba con su espíritu guía y a veces intuía cuando alguien iba a fallecer. Por fortuna sus padres respetaron su idiosincrasia sin reprenderla ni burlarse de ella. En Venezuela halló un chamán que la tomó en serio, y a su lado, durante los años que allí residió, la formó, la llevó a la selva con él y le transmitió conocimientos que no se adquieren en libros, por mucho que uno estudie.

Luego, en España, decidió amoldar su formación de psicóloga con la sabiduría alcanzada, y de ese modo se especializó en un método de sofrología que a menudo incluía las regresiones a tiempos pretéritos, a otras vidas y hasta el periodo entre existencias, con el fin de ayudar a sus pacientes de forma integral, en su recorrido terrestre como parte del viaje del alma, no solo solventando los problemas psicológicos más inmediatos sino alumbrando el sentido de su vida, su misión esencial y facilitando que aprehendieran las lecciones que cada uno ha venido a recoger durante la presente encarnación.

Su estilo y su perspectiva eran desde luego originales, innovadores y únicos, como ella. Pero también había ido comprobando con los años que lo que en su momento fue tildado casi de sacrílego y descabellado, ahora se estaba convirtiendo —para un número creciente de personas poco conformistas con la decadencia de la sociedad y ávidas de saltar hacia lo nuevo— en algo natural y digno de exploración. Había aumentado tanto el número de clientes de su consulta, que apenas daba abasto. Ella sabía que algo estaba cambiando, que los tiempos de transformación de los que tanto le hablaba su chamán habían llegado, y que cada vez eran más los individuos que buscaban respuestas más convincentes a las preguntas esenciales, y más los que estaban dispuestos a prepararse para la nueva Tierra.

Entre tanta gente que acudía a verla, de vez en cuando reconocía a alguna persona algo diferente, con un destino especial; algún individuo con quien tenía que volcarse más, alguno al que debía ayudar a trabajarse porque estaba llamado a pulir las aristas y convertirse en un diamante, una joya brillante que podría iluminar a muchos otros perdidos en el laberinto de la existencia, a los hundidos en el sufrimiento, a los narcotizados en el espejismo, a los sumidos en el progresivo oscurecimiento del olvido de quiénes realmente son: seres espirituales encarnados temporalmente en un cuerpo físico.

Ruth era una de esas personas.

En ella —como en otros antes—, había visto la energía azul, la energía de los que procedían de las estrellas, y que un día decidieron bajar a la tierra para colaborar en su despertar. Conocía las dificultades por las que pasaban la mayoría de estos seres: sentían que habían sido abandonados por su verdadera familia, no acataban lo establecido en la sociedad como lo único real, padecían de soledad porque nadie podía comprender su tesitura ni la podían compartir con otros, se sentían naturalmente unidos a lo sagrado y les costaba interesarse por lo terrenal; la vida mundana no les satisfacía especialmente, y desde niños se sentían atraídos por espiritual y lo metafísico. Muchos de ellos venían con un recuerdo tan patente de su hogar y lo echaban tanto de menos, que sabían que la muerte representaba su puerta de salida para llegar a él, y de algún modo anhelaban ese momento para volver a Casa; Por eso algunos incluso consideraban seriamente el suicidio.

Una de las tareas de María era guiar a estas personas especiales a encontrar su lugar en el mundo, a enraizarse en la Tierra para así poder conectarse con el Cielo sin perder el equilibrio y con ello beneficiar un gran número de seres que en estos tiempos de perplejidad y angustia tanto lo necesitaban.

A Ruth la había ayudado primero a deshacerse de muchas cargas que arrastraba de existencias precedentes y que la estaban impidiendo florecer y volar, y ahora la apoyaba para que tomara confianza en su conexión directa con su familia estelar y con sus guías. También la estaba enseñando a aceptar su estancia en la Tierra como una labor voluntaria, sin renegar de ella como había hecho en secreto en el pasado, pues de no contemplarlo como una oportunidad para colaborar en el Plan infinito, no podría llevar a cabo la misión que su alma había elegido. Y también, cómo no, a trabajar pacientemente el ego y la vanidad —trampas en las que incluso ciertos iniciados habían caído ante la tentación— con el fin de comprender que ser única y especial no la hacía superior a otros, y que tener encargado el cometido de ayudar a muchos era fundamentalmente un privilegio, una gran responsabilidad y un servicio.

Capítulo 24

La primavera ha brotado en la ciudad, y los turistas se pasean por Barcelona en camiseta, *shorts* y sandalias, a pesar de que las temperaturas no superan los veinte grados. Ruth y su íntima amiga Elena se toman un refresco en una terraza de Las Ramblas en esta espléndida mañana de domingo. Elena es una de las pocas personas con la que puede hablar de todo y sabe que será entendida y apoyada, pues además de conocerse desde hace años, las dos han llevado caminos de evolución paralelos.

—*Jo*, Ruth, ¿tú crees que alguna vez encontraremos un hombre con el que compartir o deberíamos asumir lo irremediable?

—No lo sé... Yo aún no pierdo la esperanza, aunque los tíos que han llegado a mi vida últimamente sean perfectamente olvidables.

—Fíjate, lo de estar en pareja reconozco que me gustaría, pero es menos importante en este punto de mi vida que el ser madre... Es algo que sabes que siempre he deseado y nunca ha podido ser... y a eso no quiero renunciar. —Afirma Elena.

—¿Y qué harás si no encuentras al hombre adecuado?

—Pues mira, en los últimos meses ha estado muy presente en mi cabeza y me doy cuenta que tener un hijo es más importante para mí que esperar a que llegue *Mr. Ideal*, así que he empezado a informarme sobre los trámites de adopción para un madre soltera... Me he enterado que lleva tiempo hasta conseguir que te asignen a un niño, así que voy a comenzar el papeleo pronto... Yo ya tengo una edad, a ti te queda más tiempo... ¿No te entran ganas de ser madre?

—Pues sigo sin experimentar ese instinto maternal tan fuerte que tenéis la mayoría de las mujeres, la verdad. No es un no tajante, pero tampoco siento la menor necesidad por el momento... A mí ni se me ocurriría traer un bebé al mundo yo sola, no lo concibo... Y además en estos momentos, con la precariedad laboral en la que estoy sumida, es la última de mis preocupaciones... —Admite Ruth.

—Todos los sectores están sufriendo la crisis, ya sabes que a los profesores nos han bajado el sueldo, pero es cierto que en la Sanidad la situación es lamentable con los recortes...

—No te lo he contado aún, pero en mi hospital corren rumores que a los interinos nos van a echar. Están ya privatizando algunos servicios, y se dice que los siguientes fuera somos los que no tenemos una plaza fija... por mucho que nos puedan necesitar, se especula que en los próximos meses la Generalitat carecerá de recursos para pagar todos los salarios y que tienen que hacer recortes serios de inmediato... —Le comenta la enfermera con un tono de preocupación obvio en la voz.

—¡Ostras! Es una verdadera putada. ¿Y qué piensas hacer si al final se confirma esto?

—Pues no tengo ni idea... Lo estoy dando vueltas... Aún no le he dicho nada a mi madre para no preocuparla, pero voy a rehacer mi *curriculum* y empezar a buscar trabajo... Lo que pasa es que con el nivel de paro que hay en estos momentos, está complicadísimo... he pensado en la alternativa de irme a vivir fuera... en Estados Unidos y en Inglaterra siempre demandan enfermeros. Lo que ocurre es que conseguir un visado de trabajo en Estados Unidos ahora es tremendamente complicado, creo que sería más factible en Inglaterra... El tema es que tengo una hipoteca que pagar cada mes y no sé cómo voy a hacer... Si tardo en encontrar trabajo he pensado quizás que podría alquilar mi piso e irme a vivir una temporada con mi madre, para no angustiarme con lo material... Justo en estos momentos, con la serenidad que tengo, lo que no quiero es perder lo que he conquistado y entrar en pánico, como le está ocurriendo a tanta gente...

—Tienes razón, pero volver a vivir con tu madre, después de tantos años...

—Ya Elena, tiene sus inconvenientes, pero todo en la vida lo tiene. Aún no he tomado ninguna decisión en firme, lo de irme a Inglaterra es otra opción...

—¿Has preguntado a María?

—Pues sí, pero ya sabes cómo es, ella quiere que tomes las riendas de tu vida, y solo cuando ya has decidido, te aconseja... Reconozco que yo creía que después de lo que me pasó en Tailandia la vida iba a ser más fácil, pero está resultando todo lo contrario... Se ha vuelto más difícil, por lo menos en lo material y lo emocional... es como si hubieran aparecido más retos... —Comparte Ruth.

—A lo mejor no estás tomando el buen camino, o no estás sabiendo aplicar lo espiritual a este mundo...

—Podría ser —dice Ruth, sobre todo para no entrar en polémicas con su amiga—. A pesar de los agobios con lo que me está llegando, y que no es fácil de gestionar, hay algo que me dice que todo tiene un sentido, aunque no lo parezca, y que en el fondo es una prueba de confianza, a ver si realmente soy capaz de poner en práctica las lecciones que me han ido enseñando en los últimos tiempos...

—Sí, supongo que es así cómo tenemos que verlo todo...

—¿Sabes qué? Cada vez me llegan más mensajes. Me cuesta todavía confiar en lo que aparece en mi mente, a veces sigo pensando que soy yo la que me lo estoy inventando... Pero María insiste que no... me ha animado a ponerlo por escrito, y ya voy teniendo unas cuantas páginas... El otro día me puse a releerlo y me di cuenta que son mensajes muy profundos, cosas que a mí sola no se me ocurrirían... y es entonces cuando me doy cuenta que debe ser cierto que por fin estoy empezando a comunicarme con los seres de Luz, ¡lo que siempre he deseado!

—Me parece alucinante Ruth. Me gustaría que algún día me leyeras algo de lo que te dicen...

—Pues espera un momento, que alguna cosa tengo en el cuaderno... Ahora voy siempre con un cuaderno en el bolso, porque cuando siento que son ellos los que hablan y voy en tren por ejemplo, lo apunto, de otro modo se me olvida al instante... —Le cuenta—. Espera un *segundín*... Te voy a leer algo que me dijeron ayer: "Necesitas aprender a ser paciente, a guardar la calma en cualquier situación, y confiar... Conseguirás lo que está destinado para ti cuando estés lista, para ello has de permanecer positiva y vivir con completa consciencia de tus pensamientos y tus acciones. Todo llega en el momento perfecto... No tengas ningún temor, siempre tendrás lo suficiente para vivir, tú sabes cómo ajustar los gastos a los ingresos... Has de recordar que las bendiciones se multiplican en los corazones llenos de gratitud que desean que la voluntad del Profundo se cumpla para el bien del máximo número de seres, no para lograr los deseos infinitos del ego... La ley de la gratitud equivale a la multiplicación. Al agradecer cada una de las bendiciones recibidas, esas pequeñas bendiciones empiezan a multiplicarse... Es solo el velo de la incredulidad el que os separa; el creer que todo es posible es lo que lo hace factible..."

Y escucha esta parte cuando pregunté mentalmente qué sucede cuando consideras que tu carga es demasiado pesada o no te sientes con las suficientes herramientas o fuerzas para encarar los desafíos que la vida te trae...

—"La clave está en permitir que tu corazón se suavice, no que se endurezca a través de las experiencias... Los que se mueven en una vibración de amor y luz, aunque sea un pequeño grado, son tenidos en cuenta. Para ellos las grandes puertas se abren de par en par. La gran asamblea se vuelca en darles amor, inspiración, dirección y asistencia de todas las maneras posibles, con ayuda y ánimo constante, aunque no sea visto; proporcionan fuerza y consuelo en la medida en la que la persona pueda recibirlo... Lo que sí se pide desde este lado es que la persona sea sincera... Para todas las personas que sinceramente buscan ayuda y ponen su esfuerzo, la ayuda se manda. A veces a través de un pensamiento inspirado que llega a la mente, un artículo, un libro, una frase, o un mensaje completo dado al alma como una gran revelación... La dirección llega de manera constante a aquellos que abren la mente y el corazón hacia el fluir continuo... A menudo los que son enviados a ayudar no son vistos por el ojo humano... Aunque la mayoría permanezcan invisibles, la ayuda es real... Recuerda, cuando sientas que la tarea es demasiado difícil, simplemente pide ayuda y la ayuda vendrá".

—¡Ostras, es alucinante! ¿Escuchaste todo esto? Yo creo que estás desarrollando un talento ahí, Ruth. Lo de Tailandia fue una experiencia fabulosa para ti, pero no pensaba que ahora estuviera convirtiéndose en algo consistente... Y los mensajes son súper interesantes, no solo para ti, sino para todos... está genial que lo vayas guardando, yo creo que si esto continua así deberías escribir un libro... la gente está muy perdida y muy necesitada, y esto podría servirles de guía a muchos, estoy segura. —Asevera Elena.

—¿Tú crees? —Pregunta la enfermera algo incrédula—. No sé, hasta ahora lo escribía solo para separarlo de mis propios pensamientos, y para que no se me olvidara, pero no lo he dado mucha importancia... Aunque es cierto que el otro día cuando me puse a releerlo pensé que daban recomendaciones muy interesantes, que iban más allá de lo que a mí se me puede ocurrir, son frases de una sabiduría superior... A lo mejor tienes razón y se puede hacer algo con esto... Le preguntaré a María a ver qué opina...

—Me parece una estupenda idea. De hecho, me gustaría probar algo. ¿Por qué no quedamos uno de estos días en tu casa o en la mía? Me encantaría hacerles algunas preguntas y ver si eres capaz de canalizar las respuestas para algo así de directo... Quizás estés desarrollando esta capacidad también y a mí me vendría muy bien respuestas desde una perspectiva más elevada... ¿Qué te parece?

Parte 3

Aventura rumbo al Tíbet

"Esta es otra gran diferencia entre nuestra civilización y la vuestra. Vosotros admiráis al hombre que empuja su camino a la cima en cualquier ámbito de la vida, mientras nosotros admiramos al hombre que abandona su ego"

Pema Lhaki (En la película "Siete años en el Tíbet")

Capítulo 25

El sueño comenzaba con una sucesión de álbumes intranscendentes, pero paulatinamente se iba haciendo más nítido y preciso. Veía una carretera que atravesaba altas montañas cubiertas por la nieve de forma permanente. Se trataba de un lugar desconocido para ella. ¿Existiría en la realidad? Enfocó su atención sin moverse ni un milímetro en la cama y así mantener la visión. Se acordaba de pasar un par de monasterios con unos símbolos pintados en las paredes, se acercó para intentar interpretarlos. ¡Sí, eran símbolos budistas como los que había visto alguna vez en la Casa del Tíbet cuando acudía a alguna conferencia! Ahora tenía la certeza de que transcurría en el Tíbet. En la siguiente escena se veía en una cueva donde habían puesto estatuillas de santos tibetanos y un gran Buda. Hablaba con un monje, pero no se acordaba de lo que él le decía, aunque parecía importante... Después recordaba visitar otro monasterio, sentía que existía peligro, la espiaban desde algún sitio, sabía que tenía que encontrar una habitación... El tiempo con el que contaba era limitado, y alguien vigilaba en la puerta para avisarla... Por fin encontraba la celda, se la enseñaba un monje muy anciano. Le indicaba que ésta había sido su habitación durante gran parte de su vida, intuía que ya le quedaba muy poco, en breve llegaría su momento de dejar este mundo. Él poseía una especie de pergamino —Termo— creyó que lo llamaba él, que le había pasado su maestro, el Lama Jampa. Este documento antiguo tenía manuscrita una información muy valiosa para la humanidad y para su propia misión vital. Le pedía que no tardara mucho porque ella estaba encargada de recibirlo y él desconocía cuánto tiempo más podría asegurar su escondite antes de que lo descubrieran los chinos. En una última advertencia recordaba escucharle las siguientes palabras: "Si yo he de partir antes, busca en mi habitación, allí lo dejaré oculto para ti, pero no te demores. Hay mucho en juego para toda la humanidad". Y tras estas palabras se despertó de golpe, con la sensación de haber vivido un sueño lúcido, algo tan intenso que abolía la amnesia habitual que experimentamos al despertar.

Para ella la percepción de urgencia y de importancia del mensaje es evidente. Ha sido una llamada que la atrapa como un instante de fuego, como un fulgor que requiere su presencia y su acción rauda. Está convencida de que la imagen del afable monje y su claro encargo son trascendentales, pruebas irrefutables de realidad, más allá de cualquier imaginación fulgurante que ella hubiera podido desarrollar durante la noche. Los sueños son valiosos por sus cualidades propias de integración de las vivencias del día, y en algunas ocasiones tienen la capacidad de avisarnos de acontecimientos futuros y de prepararnos para ellos, y Ruth sabía —sin un ápice de dudas— que éste era uno de esos.

Ahora le quedaban por despejar un sinfín de dudas. ¿Cuál era el objetivo de este sueño? ¿Por qué habría surgido ahora? ¿Qué tenía que hacer ella?

—Hija mía, estoy muy preocupada —Le asegura la madre de Ruth.

—¿Por qué, Mamá?

—¡Por todo! ¿No ves cómo está la situación del país? ¿No ves lo que está pasando con los bancos? En los telediarios las noticias son todas negativas, estamos cada vez peor... El paro sigue aumentando, están desahuciando a la gente porque no puede pagar la hipoteca, cada vez hay más personas que sobreviven gracias a los comedores públicos, las medidas económicas de ajuste del gobierno son durísimas, ahora hay que pagar parte de los medicamentos... no sé a dónde vamos a parar, estoy preocupadísima.... —Se queja la madre.

—Mamá, ¿cuántas veces te he dicho que no veas tanto la *tele* y que no te tragues las noticias todos los días? La información que se da está totalmente sesgada y manipulada para crear miedo en la población...

Su madre no la permite seguir.

—Lo que dicen es verdad, es la situación que hay ahora mismo, lo queramos o no, has de ser realista hija, no puedes estar siempre en la inopia con tus cosas espirituales... —Le reprocha.

—Mamá, no estás siendo justa... no soy escapista como crees, simplemente te digo que llenarte de toda esa negatividad sin cuestionarte nada no te hace ningún bien, ¡mira en qué estado te pone! Te angustias por todo... En los medios eligen las noticias cuidadosamente, solo te cuentan lo más trágico, lo más morboso, lo más espantoso que sucede alrededor del mundo... Pero también hay muchas cosas positivas de las que no se habla... y mucha gente haciendo el bien, y tú lo sabes porque te lo cuento... Se provoca miedo para poder manipular a los ciudadanos, como hizo Bush en su día... todos los que están en el poder lo saben... pero nosotros podemos elegir...

—Bueno, vale. —Dice, más que nada para zanjar el tema—. En cualquier caso estoy muy preocupada por ti... Tu padre se fue tranquilo porque dejó a tus hermanos bien colocados en la empresa, y a ti con una profesión en la que siempre tendrías trabajo... y yo también lo estaba, pero ahora... ¿qué vas a hacer, hija?

—Pues de eso precisamente quería hablarte... Me voy a dar un tiempo, mamá. No me quiero precipitar ni angustiarme. Voy a aprovechar el dinerillo que nos dejó papá y que no he tocado, para ahora que tengo tiempo para viajar a Asia... Pero no te estreses, no me iré hasta que pueda alquilar mi piso, y cuando regrese vendré una temporada aquí contigo, siempre me has dicho que mi habitación está disponible cuando la necesite, ¿verdad? Me tendrás que aguantar un poco... —Bromea Ruth—. Prefiero ahorrar lo que me darán por el paro estos meses por si acaso, para poder ir tirando hasta que encuentre trabajo de nuevo...

—¿Y si no lo encuentras? La economía no parece que vaya a mejorar pronto...

—Pues si las cosas siguen tan mal en España me iré a Inglaterra. Hablo bien inglés, y seguro que algo encontraré... Hay que mantener el optimismo, las actitudes derrotistas no ayudan en nada y el miedo atrae lo que tanto temes... Así que por favor mamá, aunque solo sea por mí, sé un poco más optimista y confía que todo me va a salir bien, ya verás cómo termina arreglándose...

—Ojalá tengas razón, hija. —expresa a regañadientes, sin terminar de convencerse.

María está tan atareada como es habitual, si bien siempre termina por encontrar un hueco para ciertas personas como Ruth, pues sabe que forma parte de su propósito guiar a estos hijos de las estrellas. Es consciente de la importancia de sus misiones para la transformación del Planeta, y que precisan mucho apoyo espiritual que les cuesta encontrar en sus entornos. No es nada sencillo vivir en un mundo tan denso que solo aprecia lo material, lo tangible, lo comerciable.

Hoy la ha invitado a comer a su casa, y así disfrutarán de un rato tranquilo. Cuando la llamó resultó evidente que tenía prisa por verla. "Me ha pasado algo bastante extraordinario, necesito que me ayudes María, no sé exactamente qué pasos dar...", apuntó.

La vivienda de la señora está en las afueras, pero bien conectada por tren, y es lo suficientemente grande como para contar con un cuarto donde recibe a las personas que vienen a consultarla. Ahora almuerzan en el comedor, una sala amplia pero atestada de objetos, de recuerdos que ha ido acumulando, de cristales, de libros, de fotos, de velas, de ilustraciones... Un poco recargada para el gusto de Ruth, pero entiende que refleja bien el espíritu acogedor de María.

—Bueno María, ¿qué te parece el sueño? —Le pregunta la joven una vez ha expuesto todo lo que recordaba.

—Interesante, muy interesante...

—¿Qué hago ahora con todo esto? Hay una voz interna que me dice que he de ir al Tíbet a encontrar este lugar... pero al mismo tiempo me parece una locura, no tengo ni idea de dónde está este monasterio, quién es este monje, qué es lo que quiere que recoja, por qué yo.... Uffff, sé que hay mucha fuerza en este sueño, no he dudado ni un instante de su verdad, pero vaya, que no sé por dónde empezar y me queda un poco grande...

La gran señora cierra los ojos y se conecta con la fuente de sabiduría a través de la cual fluye la información relevante y pertinente para ellas en estos precisos instantes, evitando ejercer cualquier tipo de control o juicio acerca de la misma.

—"Efectivamente sería conveniente que vayas al Tíbet. Irás recibiendo las señales adecuadas, escucha tu intuición y síguela... Deberás recoger el pergamino donde el monje —que también pertenece a tu familia estelar— te lo guarde. No te preocupes, allí te estará esperando... Habrá algunos obstáculos en el camino, pues las fuerzas de la sombra siempre intentan desestabilizaros para que no cumpláis vuestros compromisos de servicio, pero recuerda que no podrán hacerte caer, mantén la serenidad y nosotros te ayudaremos... Una vez recojas lo que los tibetanos denominan *Terma*, es fundamental que lo guardes contigo, no se lo entregues a nadie bajo ningún concepto... Aunque está escrito en una lengua que tú desconoces, cuando esté en tu poder, pide que el contenido que sea significativo para ti te sea revelado... Ahí recibirás las claves para encontrar el Mercaba que se activará a través tuyo... Es importante que estés atenta a las señales, desde que pises la tierra donde durante tanto tiempo se refugió lo sagrado, irás captando percepciones que te irán guiando y con ello construirás el mapa que te llevará a este tesoro que está en tu destino localizar... Poco a poco irás uniendo las piezas y entonces podrás descifrar el mensaje... Éste es tu trabajo en la tierra de las cumbres, abrázalo".

Al término de la comunicación, las dos se quedan calladas unos minutos.

—Esto es fuerte, María...menuda aventura... ¿Qué es eso de la *Terma*?

—En el Tíbet hay textos antiguos, verdaderos tesoros, que fueron introducidos por Padmasambhava, el maestro que llevó el budismo al Tíbet, fueron escondidos con la intención de que fueran descubiertos en el futuro, una vez que la población estuviera preparada, esperando el momento oportuno, y se van hallando a lo largo del tiempo... —Le explica María—. Otros lamas posteriores también ocultaron algunos de estos textos antiguos que suelen contener enseñanzas adaptadas a cada generación... Y no los puede encontrar cualquiera, tradicionalmente han sido maestros con unas características concretas que eran guiados por medio de sueños (como te ha pasado a ti) o en visones o en meditaciones... Y solo esos elegidos pueden descodificar la información, pues estos manuscritos no solo son físicos sino que se encuentran a nivel etérico, por lo que sin la capacidad mental adecuada para descifrarlos, el contenido no es revelado...

—Uauuu, es una gran responsabilidad... ¿Sabré encontrarlo? ¿Y descifrarlo? Me parece una tarea impresionante... No me gustaría decepcionarles... Me causa un poco de vértigo, la verdad... ¡Qué fuerte!

—Es normal, nunca has vivido nada así, pero sobre todo no intentes adelantarte, Ruth, que ya te veo venir... La clave está en ir paso a paso... y a medida que avances se irá clarificando el siguiente... Si eres llamada a llevar a cabo esta labor, es porque estás preparada, cariño, no lo dudes.

—¿Sabes María? Durante tanto tiempo me he sentido diferente, nunca me gustó formar parte de grupos en la adolescencia porque me sentía obligada a perder mi individualidad para ser como todos, para que así me aceptaran como uno de ellos... Yo preferí pasar mi tiempo sola, o con una o dos amigas... Mientras la gente a mi alrededor aspiraba a terminar la carrera para conseguir un buen trabajo, y comprarse una casa, y ligar, y después casarse, y esas cosas que son normales para todo el mundo, mi sueño era convertirme en una persona sabia que pudiera beneficiar a otros... Siempre me he sentido un poco el bicho raro... Y pensaba que era yo, que por alguna razón que no lograba comprender no era como los demás, ni me satisfacían las mismas cosas que a la mayoría, ni encajaba completamente dentro de la sociedad... Gracias a ti he ido viendo que no soy tan rara, que hay otros como yo, y por fin empiezo a comprender lo que hay detrás de todo esto... ¡Te estoy tan agradecida! —Le confiesa—. Y a pesar de que materialmente no es un momento fácil, con tanta incertidumbre y tan poca estabilidad, tengo que admitir que nunca me he sentido tan feliz... Es como si el pasado empezara a cobrar sentido, como si mi vida tuviera un rumbo claro, como si las piezas del puzle comenzaran a encajar...

—No es fácil para los que venís de otros lugares de mayor conciencia, lo sé, cariño. Pero en vuestro acuerdo está olvidaros de quiénes sois para ser uno más aquí... La Tierra es un lugar de energía densa, donde la humanidad cree en la separación, y el miedo mueve el mundo, y esta forma de pensar y actuar os choca... Sois seres sensibles, muy espirituales, y para muchos de vosotros la añoranza de vuestro verdadero hogar es muy grande, lo sé... Habéis venido con la misión de ayudar al despertar de la humanidad en este periodo de tiempo tan especial y tan emocionante... Por eso es importante que sepáis de vuestros orígenes, vuestra identidad, para que podáis sanar vuestra soledad y el dolor de haber sido separados de vuestra familia estelar y encontraros en esta Tierra, donde el grado de comprensión de las verdades fundamentales es pequeño, donde se vive en la ilusión de la materialidad pura y dura, donde las personas olvidan que forman parte de la Unidad...

Mientras María pronuncia estas palabras, la joven se siente muy emocionada y no puede contener las lágrimas, pues se ve reflejada en ellas; se siente reconocida, empieza a comprender mejor... Toda esa añoranza acumulada, esa sensación de sentirse extranjera en este Planeta, esos deseos irrefrenables de construir un mundo mejor, esa empatía por el dolor ajeno a flor de piel, esa compasión por el sufrimiento de los niños del hospital que a veces le partía el corazón, esa vocación por la enfermería para poder aliviar a otros, ese rechazo por toda forma de violencia —aunque fuera en la ficción de las películas—, esa dulzura en su comunicación con los otros evitando herir a nadie, esa dificultad por acatar muchos de los tópicos establecidos, esa conexión con el mundo espiritual, esas memorias de vidas anteriores, esas visiones de lugares más luminosos y alegres que no sabía dónde ubicar, esa necesidad de buscar la paz interna a través de la meditación y el yoga, esas tentaciones pasajeras de dejar este cuerpo y esta esfera en la que los humanos se mueven por las bajas pasiones mientras se ahogan en la negatividad... Todo iba cobrando sentido en su interior. No era rara, solo diferente, pero había otros como ella, otros que habían encarnado para contribuir a la ascensión de la conciencia en los habitantes de la Tierra, otros que se habían comprometido también en aras del bien común de una humanidad demasiado anclada en la oscuridad.

—Para la mayoría de los humanos que han olvidado sus orígenes divinos, la Tierra es una escuela, han de adquirir maestría en las cuestiones y lecciones que se ofrecen en este Planeta, y eso consume todo su tiempo y energía, las rutinas diarias, vamos... y fuera de eso ningún tema trascendente tiene el menor interés para ellos porque tampoco dan más de sí... Pero para vosotros es esencial, es lo que el agua representa para las flores, ¡vuestra conexión espiritual es tan fuerte!, aunque no sepáis por qué...

—No sabes bien cuánto me estás ayudando —le agradece Ruth cuando se seca las lágrimas y recobra la compostura—. He pasado tantos momentos de no querer estar aquí... a pesar mío, porque sabía perfectamente que debía permanecer en la Tierra... Pero a veces me sentía tan sola, tan desubicada, tan incomprendida... He tenido momentos muy duros de gran desazón interna inexplicable, de tremendo vacío existencial... Ahora por fin voy aceptando estar aquí con plena voluntad... Todo va teniendo sentido... Lo que no veo tan claro aún es cómo nosotros podemos ayudar al despertar... —Se pregunta Ruth.

—Cada uno tenemos la responsabilidad individual de elevar nuestra vibración, sanando nuestros patrones emocionales, armonizando nuestra vida, sembrando paz con nuestras palabras y acciones, curando nuestros traumas... Cada uno poseemos un trozo distinto de conciencia colectiva que tenemos que despejar dentro de la Unidad, es así cómo nos liberamos de los enganches al sufrimiento y a la separación que se generan en este Planeta... Siempre ha habido grandes seres y avatares encarnados para mostrar el camino, pero cada individuo ha de caminarlo por si solo... El cambio en esta época es que muchos habéis venido de diferentes lugares del universo para dar un empujón, para liderar la transición, pero al final depende del libre albedrío de cada persona... cada uno ha de elegir si desea permanecer en estado de ceguera, separación y orgullo... o si está dispuesto a abrir el corazón para seguir evolucionando... Y esto has de recordarlo, nunca trates de convencer a nadie de nada. Si la persona no tiene la mente abierta y el corazón dispuesto, no servirá para nada. Lo entiendes, ¿verdad? —La avisa la sabia señora.

—Sí, perfectamente. No se puede ayudar a quien no quiere ser ayudado... —Parafrasea la joven—. Lo que a veces me cuesta entender es cómo se puede lograr ascender los peldaños de la conciencia cuando entramos en tal estado de amnesia al encarnar aquí...

—Porque entre una encarnación y otra revisamos, con la ayuda de algún Guía, lo que hemos llevado a cabo y lo que hemos dejado de hacer en la vida precedente, y es en ese estado en el que vemos las cosas con claridad que la mayoría de seres deciden volver a bajar a la Tierra, porque en el fondo todos anhelamos alinearnos con el propósito divino y cumplir todos los objetivos que dejamos pendientes la vez anterior... Y es así que pedimos una y otra oportunidad, y aunque sea muy despacio y a base de mucho sufrimiento vamos aprendiendo a dejar el ego de lado, a trabajar por la colectividad, a limpiar el bagaje kármico, a vivir desde el amor y no desde la envidia y el odio... y así vamos completando las diferentes fases de nuestra evolución. —Aclara María.

—Supongo que las buenas noticias es que todos los seres acaban por avanzar hacia la Luz... y las malas... ¡Qué cada uno se lo tiene que ganar a pulso!

Capítulo 26

Hoy Ruth se recuerda que el dolor es insoslayable, pero que no debe hundirse en el sufrimiento, aunque sea una de esas ocasiones en la que tenga la sensación de sobrevivir en un avispero. No acierta a comprender cómo Fernando ha podido abusar de su confianza, mentir y tratar de vengarse. No quiere otorgarle un valor que no se merece, si bien se encuentra embebida por la aridez. Sabe que pertenece a una estirpe ética que no aprueba el resarcimiento, ni siquiera el rencor, y tampoco le interesan estas emociones dañinas que hunden más en la miseria. Aunque desearía sacarse de encima la herida que le ha causado, permitirse el capricho de dejar de lado el agravio y seguir hacia adelante con paso firme, como si nada hubiera pasado. Pero no puede.

Una de sus amigas la ha llamado para ponerla al corriente sobre algo que Adela, amiga de la facultad y compañera del trabajo de ésta, le ha relatado y no ha tenido las agallas de decirle a ella.

Todavía retumba la conversación que acaba de tener por teléfono.

—Mira Ruth, no he querido contarte esto porque no quería que te disgustaras, pero al final creo que debo hacerlo... deseaba protegerte pero después de pensarlo mucho he decidido llamarte y decírtelo, sobre todo para que sepas qué clase de persona es Adela y tengas cuidado de ahora en adelante... Por desgracia la han trasladado a mi departamento y la tengo que ver cada semana... El otro día me pidió que bajara con ella a tomar un café después de una reunión, y empezó a hablarme de Fernando, y terminó contándome que este tío le ha dicho que es él quien cortó la relación contigo porque estabas como una regadera, porque después de hacer el amor le decías locuras como que veías escenas de otras vidas con él y percibías las energías de los maestros ascendidos y cosas por el estilo y que se te iba la olla y que él estaba hasta las narices de una mujer tan chiflada como tú... La paré en seco porque tenía intención de entrar en más detalles, pero le dije que eras amiga mía y no tenía ninguna necesidad de seguir escuchando tanta gilipollez... Ten cuidado con Adela, no es de fiar... Y en cuanto a este estúpido con el que saliste, no tengo palabras... solo prométeme que no volverás a salir con ningún tío de esta calaña, te mereces alguien mucho mejor Ruth...

Le ha agradecido la llamada y su cariño, pero enseguida ha colgado. Se ha quedado estupefacta al escucharla. Más todavía, asolada, descarrilada, abatida. No se esperaba una puñalada así. Su dolor es tan grande que se siente flotar en él, como en una burbuja que la ahoga y que jamás va a explotar.

"¿Por qué? ¿Por qué Fernando ha hecho algo así? ¿Cuáles son los motivos que llevan a una persona a herir a otra a conciencia? ¿Con quién más habrá intentado difamarla? ¿Qué resorte interno le ha empujado a hacerlo? ¿Qué debilidad ha querido fortalecer buscando su caída? ¿Cómo una persona a la que abrió su corazón y acogió en su intimidad puede utilizar lo expresado en total confianza para perjudicarla? ¿Qué autoestima tan baja debe tener para atacar y poner en entredicho su dignidad? ¿Con qué nivel de violencia interna debe estar conviviendo este energúmeno para perseguir la guerra fuera? ¿Tanto daño le causó que ella no quisiera continuar con la relación que ahora busca una venganza fría y denigratoria? ¿Cómo puede devolver tanto veneno cuando ella siempre le trató con cariño?...." inicia un diálogo consigo misma en su afán de entender más que condenar, aunque se percata de que nunca podrá llegar a comprender la búsqueda del resarcimiento para intentar rasgarla, a pesar de que puedan existir muchas explicaciones plausibles, siempre se quedará en el terreno de las conjeturas.

Además, tampoco considera que el conocer la raíz de movimiento tan rastrero vaya a despojarle de la herida causada. Una vez un puñal se ha clavado, averiguar cuál ha sido la mano que llevó a clavarlo no suprime la lesión.

¡Qué ganas de arrojarse en brazos de alguien que le pueda aportar un átomo de solidaridad a su vacío! Pero en estos momentos de ánimos soliviantados no tiene a nadie que la pueda salvar de su orfandad emocional; tendrá que ser capaz de instaurar la paz en su interior ella sola.

Una vez el impacto más fuerte se ha disuelto, intenta reflexionar sobre el carácter evanescente de todas las emociones —especialmente las negativas—, aunque sin resignarse a la poética de la mansedumbre, trata de trascender la amargura de la realidad del momento, y focalizarse en lo esencial y lo intemporal. Aun así, detecta que ha quedado seriamente tocada en el corazón, y sabe que no debe permitir que esa espina se quede atrapada dentro. Solo hay una persona que le puede aportar una visión más amplia y consejo que le pueda servir: María. Decide por lo tanto llamarla.

—Esto es lo que ha ocurrido, María. Aunque no albergo ningún sentimiento de animadversión hacia él ni le deseo ningún mal, ni hacia Adela por avivar las llamas de la negatividad sabiendo que fue ella la que nos presentó, tengo que reconocer que me entran serias dudas sobre mi tarea en el mundo... Si éste es el precio a pagar por ser espiritual, no sé si tengo la suficiente fuerza para soportarlo... A lo mejor no puedo ayudar como a mí me gustaría... No sé, me encuentro dolida y confundida. —Confiesa la joven.

—Es normal. Y aun así tenías que pasar por esto para comprender ciertas cosas desde la experiencia... por mucho que te avisara yo, no hubiera servido... En estos instantes te encuentras en un condicionante ideal para comprender que la sombra siempre está poniendo obstáculos, siempre está intentando derribarnos para evitar que cumplamos nuestras misiones de servicio... ¿Lo ves? No debes cuestionar tu cometido, solo tienes que hacer algunos ajustes...

—¿Qué es lo que tengo que ajustar?

—Pues sobre todo la apertura. Ya no es momento de abrir todo tu paquete de vida a cualquiera, has de tener más cuidado... Todo el mundo cuenta con su chispa divina, sin duda, pero las tentaciones del ego y la vanidad son muchas, y si no se trabajan permanentemente es fácil sucumbir a ellas, y la mayoría lo hace... No puedes permitirte ser tan incauta como para ir compartiéndolo todo con todo el mundo... —Insinúa.

—Pero entonces, ¿si no esperas lo mejor del otro caemos en la misma onda de negatividad que ha perpetuado los males de esta Tierra...? —Se cuestiona Ruth.

—Esperar lo mejor sí, pero has de ser más cautelosa. Has de aguardar a que la persona venga a ti con una actitud de verdadera búsqueda, con la mente abierta, con ganas de ir más allá del propio orgullo intelectual... ¿No te das cuenta que si no estarás malgastando tu energía y terminarás quemándote? —La advierte María—. El Universo en estos momentos críticos no se puede permitir perder ni uno solo de los servidores... Ahora que has tropezado, gracias a lo que acabas de pasar, puedes aprender a medir más tus palabras y con quién compartes tu intimidad. Ya no es momento de atender a todos, ni de mezclar tu energía con hombres que estén en una baja vibración y no sean capaces de comprender... Los que busquen, encontrarán... Cada uno lleva su ritmo para regresar a la Fuente, y tú estás aquí para alumbrar como un faro, si el faro se derrumba, ¿cómo podrá iluminar? ¿Lo entiendes?

—Sí, ahora creo que sí... Ya no puedo salir con cualquiera porque ni me va a colmar ni me sentiré segura. He de respetarme más, y si eso significa quedarme sola, pues lo aceptaré, pero no quiero volver a pasar por una traición de este tipo... Tus palabras me ayudan a ver que tengo que poner límites, que ya no puedo estar con hombres poco evolucionados ni debo confiar en cualquiera... Gracias por ayudarme a entender, María. No sé cómo podría avanzar en mi camino sin tu guía...

—Habrías encontrado a otra persona, ya sabes que nunca nos dejan solos... —Le promete.

El paseo marítimo de Sitges está concurrido en esta mañana de domingo a pesar del cielo encapotado y de un fresco inusual en esta época del año. Aun así, Elena y Ruth han decidido salir de la ciudad y pasar unas horas fuera, más en contacto con el mar. Desde que Ruth se mudó a casa de su madre al centro de Barcelona, echa de menos sus paseos regulares por la playa. El agua del mar siempre ha sido un catalizador de serenidad para ella, el sonido repetitivo de las olas al romper en la orilla le resultaban casi como un mantra relajante que contribuían a su paz mental. Ahora que no tenía tan rápido acceso a ello debía buscar otras alternativas.

—Bueno Elena, ¿te vas a animar al final a venir al Tíbet con nosotros? —Le pregunta a su amiga.

—Pues lo he estado pensando y creo que es una excelente oportunidad. Desde que me llevaste a la Casa del Tíbet hace un par de años a aquella conferencia del lama, he soñado con poder viajar allí un día... Lo único es que yo solo puedo tomarme vacaciones en agosto. He mirado los días que me quedan y podría estar fuera prácticamente todo el mes...

Ruth se alegra tanto con la decisión de su amiga que no puede contenerse y le da un gran abrazo.

—¡Qué bien, es genial! No importa, no tenemos ninguna prisa, te esperaremos e iremos en agosto. A Alberto le da igual porque se ha dicho que no va a empezar a buscar trabajo hasta la vuelta de verano, y a mí también me da lo mismo. Lo importante es que podamos obtener el visado de grupo, y me han asegurado que con tres integrantes nos lo darán. —Confirma Ruth.

—¿Ya has pensado cuál es el recorrido que vamos a hacer? ¿Cómo vas a localizar el monasterio de tu sueño? Lo veo súper complicado...

—Sí, la verdad es que no tengo ni idea por dónde empezar. Ahora que ya es seguro que tu vienes empezaré a informarme con más detalle, tengo la sensación de que tengo que planificar el recorrido en función de los días que tenemos y de lo más importante a visitar, y ellos dijeron que la intuición me guiaría, así que no me preocupa demasiado ahora mismo. —Explica Ruth—. Lo que sí creo es que tendré que ir unos días antes que vosotros a Kathmandú para organizarlo con una agencia local, pues me han dicho que sale más barato y tendremos más posibilidades de adaptar el recorrido como queramos, si tener que aceptar lo que las agencias de viajes de aquí suelen ofrecer.

—Tía, me parece increíble que vayamos a hacer un viaje así... Tengo la impresión que nos dejará una huella importante... —Comparte Elena.

—Ya lo creo. Si de verdad damos con las *Termas* y con todo lo que eso representa, habrá un antes y un después en nuestras vidas... Algo que no podemos hoy ni siquiera imaginar... ¡Qué emoción! Pero todavía nos quedan tres meses...

—Mejor, así podremos planificarlo bien y encontrar billetes de avión no muy caros... ¿Tomaremos algún avión en el Tíbet?

—Yo había pensado cruzar el Himalaya en todo-terreno y hacer todo el camino hasta Lhasa, y la vuelta desde la capital a Kathmandú en avión para que no sea demasiado duro, pues ya me han avisado que el viaje no es fácil ni cómodo, tenemos que prepararnos mentalmente para ello... —Le avisa Ruth.

—Ya lo supongo, pero qué le vamos a hacer... Es el viaje de una vida, como quien dice... Hay que aprovechar esta oportunidad y además, al compartir los gastos entre los tres nos saldrá más barato...

—Por supuesto. Ahora que ya es seguro que vienes, voy a buscar información sobre los lugares a visitar, y os lo iré mandando por *email*, ¿vale? —propone Ruth.

Las dos callan y se sumen en sus propias visualizaciones, tratando de imaginar cómo será ese viaje mágico que suscita su curiosidad, durante el cual lugares y tiempos muy distintos se cruzarán y dará paso a una genuina experiencia esencial, etérea e inolvidable.

Capítulo 27

Ruth deambula por Thamel, el barrio turístico de Katmandú por donde se mueven los extranjeros. Las tiendecillas se apilan unas junto a otras: se venden tés, mantas, ropa para hacer senderismo en la vecindad del Himalaya, baratijas, manualidades, y todo tipo de objetos que suponen pueden interesar a los occidentales. También multitud de restaurantes y bares encuentran su hueco en sus calles estrechas y abarrotadas. Huele a incienso y basura, según en la calle en la que te encuentres. A Ruth le llama la atención lo variopinto de los viandantes con los que se cruza: desde parejas muy mayores, hasta hippies en busca de aventura, familias bien y tipos raros vestidos como jamás lo harían en sus países. Asimismo los nepalíes forman parte de esta mezcla caleidoscópica e interesante, casi todos hombres y algunos grupos de niños mendigos que rastrean entre la basura posibles tesoros desechados. Todos parecen encontrar su lugar aquí.

Ruth hace unos días que aterrizó con el fin de poder preparar el viaje al Tíbet antes de que Elena y Alberto llegaran. Se topó con más problemas de los que imaginaba. Acostumbradas a viajes estándar, las agencias nepalíes le negaron una y otra vez la posibilidad de planear una ruta tan específica como la que ella tenía en mente, y repetidamente escuchaba: *"Not posible"*. Sin embargo, ella tenía una corazonada que no pretendía abandonar, la voz interna con la que cada vez estaba más conectada le decía que creyera en su llamada, en ese impulso que le incitaba a realizar un recorrido único, sin imposiciones externas, pues había lugares concretos que debían visitar fuera de las rutas trilladas y expeditivas de los turistas con prisas.

Al final su confianza y cabezonería dio resultados, y una agencia por fin acordó prepararles su viaje *à la carte*. Justo a tiempo para la llegada de sus amigos y con la esperanza de que los chinos les dieran el visto bueno a un visado de grupo de solo tres personas, cuando lo mínimo —les reiteraron— debían ser cuatro. No obstante, Ruth tenía el convencimiento de que su viaje estaba auspiciado por las fuerzas divinas, por lo que pensaba que los obstáculos se irían disolviendo a medida que lo fueran necesitando.

Las cuatro de la mañana. El despertador suena de forma incesante e impertinente. Levantarse tan temprano resulta una odisea, salvo cuando tiene como objetivo llegar a tiempo a la frontera con el Tíbet en el Himalaya. El conductor que les llevará hoy es puntual. Cargan los trastos y en silencio los tres se regocijan con la oportunidad de poder realizar este viaje.

Las horas en el coche se acumulan entre el verdoso follaje, las colinas inmensas y las interminables filas de camiones desvencijados que deben adelantar. Después de comer llegan a la frontera. Un puente de reciente construcción peina el río que separa Nepal del Tíbet invadido por los chinos desde 1959. Un escocés busca ser aceptado en un grupo para poder atravesar al otro lado, pues le niegan la entrada solo. Unas mujeres con el ánimo desgastado portan cestas en la cabeza donde exponen su mercancía e intentan endosarles unos dulces garrapiñados mientras repiten borrosamente: "*a hundred rupies, a hundred rupies...*" El conductor nepalí se despide de ellos y les asegura que un vehículo les espera en el otro lado para realizar la siguiente etapa de su recorrido.

Hay varios todo-terreno aparcados, y desconocen cómo distinguir el suyo. Al final un tibetano de rostro maduro y curtido por el sol de las alturas se acerca a ellos. Les ha reconocido por las fotos de los pasaportes. Se presenta con escuetas palabras y les anuncia que será su guía, pues está prohibido ruta alguna solos; incluso con un conductor. Les explica que han de apurarse para llegar a la siguiente parada, Zhanmud town, aunque les avisa que las carreteras están en malas condiciones en esta época del año debido al monzón, y en ocasiones las cierran durante horas para retirar las rocas que caen con los aluviones y las cataratas improvisadas en su paso por el Himalaya.

Efectivamente, las noticias no resultan halagüeñas al llegar al pueblo. Perciben decenas de coches y camiones estacionados en la cuneta, y presumen que no es una buena señal. El guía busca información con otros que han llegado antes, y ciertamente le confirman que el paso no se abrirá hasta la una de la madrugada. Es decir, tienen más de siete horas que llenar en una aldea con una sola calle y absolutamente nada que ver.

Dispuestos a tomárselo con filosofía, entran en un bar. Las mesas están forradas con grasientos manteles de plástico ribeteados con dibujos de flores cursis descoloridas y las sillas de madera sin cojín son de lo más incómodo. Las paredes desnudas tienen grietas y humedades. Una señora diminuta se asoma detrás de la barra, solo deja ver sus ojos achinados y un gesto de cansancio mientras les recibe con un gruñido. Sin mejores opciones a la vista, entran allí a pasar el rato.

—Ruth, a ver si explicas un poco a Alberto lo que hemos venido a hacer al Tíbet... aparte de conocer lo que podamos del país, claro... Cuando veníamos en el avión me pareció un tanto confundido, y creo que tú se lo podrás contar mejor que yo...

—Pues sí nena, es que con las historias en las que te has metido últimamente de seres de otras mundos y no sé que más gaitas, yo ya me pierdo. —Se queja el chico.

—Alberto, ¡no me digas que no te conté el sueño! ¿No te acuerdas de lo del monje anciano que custodiaba una *Terma* y que estaba cercano a dejar este mundo y que me pedía que fuera a buscarla antes de que la encontraran los chinos porque contenía una información valiosa que debía transmitirse a la humanidad?

—Pues no. Bueno quizás me dijeras algo, pero sinceramente se me había olvidado.... ¿Cómo dices que se llama eso que tenemos que encontrar? ¿Termita? ¿Y eso qué es, un animal? Ay chica, cada vez me pareces más salida de una *peli* de ciencia ficción...

Elena y Ruth rompen a carcajadas. Alberto tiene un punto gracioso y genuino que las divierte mucho. La enfermera no sabe si podrán cumplir con la misión encargada, pero de lo que está segura es que va a resultar una aventura inolvidable por lo menos el intentarlo.

—Vamos por partes, corazón. —Lo que buscamos no es un animal, es un texto sagrado que aún no sé de quién procede, pero al parecer contiene una información valiosa para la humanidad en estos momentos de cambio que se está produciendo en la Tierra... —Le explica Ruth.— ¡Y se llama *Terma*!

—La verdad es que no sé cómo me has metido en este lío... —Se lamenta Alberto en alto, solo para hacerse de rogar, pues en el fondo está encantado de salir de su pequeña vida barcelonesa, algo mediocre e insulsa, y poder aprovechar este tiempo libre que le ha quedado al salir de la empresa que casi le mata de estrés y ansiedad. Además, siempre le ha fascinado la valentía y el fuerte carácter de su amiga de instituto, y su ofrecimiento para acompañarla en este viaje le da la oportunidad de hacer algo que jamás se habría planteado él solo.— ¿Y cómo coño se supone que vamos a encontrar este pergamino? ¿Alguien te ha dado un mapa del tesoro o algo así? Aún no sé cómo conseguiste convencerme para que te acompañara en esta locura... De verdad que no sé si te lo voy a perdonar...

—Anda Albert, no seas quejica, ya verás lo bien que nos lo vamos a pasar, y así tendrás historias que contar a tus nietos... —Bromea su amiga.

—¿Nietos yo? ¡Ni soñarlo! Los niños son inaguantables... Y de todos modos, al paso que voy bastante será con que encuentre novio por fin...

—¿Por qué no le cuentas también lo del Mercaba que has de encontrar? —Le insta Elena.

—¿Merca... qué? ¡Ostías tías, no podéis dejar de utilizar palabras raras!

De nuevo las chicas se ríen con gusto.

—Mer-ca-ba —deletrea Ruth—. Es una figura sagrada con la forma de dos tetraedros superpuestos, uno hacia arriba y el otro hacia abajo. En la Torah hebrea ya se hacía referencia a este símbolo que quería decir el carro de Dios... Y en el antiguo Egipto también existía y significaba "la luz que gira y conduce el espíritu y el cuerpo de un mundo a otro"...

—Estupendo querida, pero ¿qué pintas tú en todo esto? —La interrumpe él.

—Ya te iré contando poco a poco, no seas impaciente, va a ser demasiada información de una sola vez y no quiero apabullarte... —Trata de calmarle Ruth— Yo tampoco tengo todos los datos, solo algunas pistas... Sé que hay doce Mercabas ocultos que han de ser encontrados por personas espirituales para poder activarlos al mismo tiempo, y cuando eso se produzca, la propulsión de luz que reciba la Tierra será tan fuerte que el cambio de dimensión dará su primer paso...

—Ay, no me digas que también nos tocará buscar el artefacto éste en este viaje... Me tenías que haber avisado que veníamos a participar en la Guerra de las Galaxias —dice él llevándose las manos a la cabeza con gran aspaviento.

—Alberto no seas *pesao*, pobre Ruth, que ya tiene bastante con lo suyo... para ella es una responsabilidad muy grande, lo mínimo que podemos hacer es apoyarla... —le reprende Elena.

—Vale, vale. Haremos lo que podamos querida. ¿Por dónde empezamos por la termita o por el *mercato*? ¿Dónde tienes la hoja de instrucciones? ¿Cuál es el lugar dónde te han dicho que hemos de encontrar al monje?

—No estoy segura Albert, sobre el Mercaba todavía no tengo información concreta, así que será que el momento no ha llegado... Respecto a la *Terma*, solo tengo el sueño lúcido como base, el resto me han dicho que lo iré sintiendo, que me llegarán intuiciones que habremos de seguir... —confiesa la rubia.

—Bien, pero por algo habrá que empezar, digo yo.

—Pues sí. Mirad, os voy a mostrar en el mapa el itinerario que he trazado... —Comenta mientras va señalando el trayecto con un bolígrafo—. Primero iremos al campo base del Everest, después a Shigatse, luego Tingri, hasta llegar a Lhasa. Es donde estableceremos nuestro centro de operaciones y podremos hacer varios viajes a monasterios desde allí, hay muchos en los alrededores, y lo único que sé es que el monje vive (si todavía no ha fallecido, claro) en uno de esos monasterios.

—¿No te parece un poco abstracto todo eso? —La cuestiona Elena—. Quiero decir, monasterios hay miles en el Tíbet... Necesitamos algo más preciso o no lo encontraremos... ¿No podrías preguntar a los Seres de luz? Ahora que has mostrado tu compromiso, y con lo conectada que estás últimamente, seguro que te darían alguna pista más... es que si no vamos a dar palos de ciego...

—Sí, quizás tengas razón. Pero para ello he de estar en lugar silencioso con mucha paz... Bueno, podría preguntar en sueños, cuando por fin encontremos un lugar donde descansar porque al paso que vamos, no será esta noche creo yo...

Capítulo 28

La noche era cerrada. La carretera serpenteaba por los costados del Himalaya realizando una ruta tan larga como imposible. El agua caía por las montañas en abundancia, y en ocasiones desbordaba la calzada. A pesar de su estrechez, el conductor se empeñaba en adelantar a los camiones, quizás con la intención de recuperar el tiempo perdido. Cuando los faros les permitían ver delante con una cierta claridad, los españoles se asustaban ante el panorama que vislumbraban enfrente suyo: socavones y grietas de dimensiones demasiado grandes para cualquier carretera transitable, los cuales el conductor se empeñaba en sortear en el último segundo dando fuertes golpes de volante; y despeñaderos interminables a los lados les amenazaban, en caso de que un pequeño descuido se produjera o un desplome de terreno bajo los torrentes rocosos les empujara sin remedio. Ninguno de los tres se atrevía a hacer mención alguna de las circunstancias adversas, como si al evitar evocarlas las quitaran fuerza.

Permanecían con los ojos muy abiertos y agarrados a lo que podían para mantener el equilibrio entre baches y volantazos continuos. Impensable para ellos intentar dormir siquiera un rato, aunque el guía demostraba sentirse lo suficientemente cómodo para echarse una conveniente siesta. Ellos calladamente soñaban con llegar sanos y salvos al hotel donde por fin podrían descansar.

A las seis de la mañana, justo a tiempo para ser recibidos por los primeros rayos del sol, alcanzan su primera parada. Su alegría dura poco cuando inspeccionan el lugar. No hay agua corriente, el cuarto de baño asiático (donde hay que ponerse de cuclillas) se encuentra fuera y los tres habrán de compartir la habitación. No obstante, están demasiado agotados como para hacer remilgos, simplemente confían que los siguientes alojamientos tengan un mínimo de salubridad. Sabían que algún día les tocaría adaptarse a condiciones algo más duras de las que están acostumbrados en Occidente, y quieren llevarlo con deportividad.

El descanso es corto. El guía les despierta cinco horas más tarde. Les queda mucha subida y solo pueden avanzar durante el día; conducir de noche por carreteras cada vez peores no es seguro, y no deben tomar riesgos innecesarios.

Solo toman una pausa para almorzar. No hay mucho donde elegir. Momos —una especie de empanadillas rellenas— y una sopa de contenido inimaginable. Ruth se salta la sopa, y para compensar saca una caja de galletas que compró en Kathmandú. Se congratula de haberse aprovisionado de galletas, frutos secos y chocolate en previsión de lo que pudiera faltar en el Tíbet. Así no morirá de inanición aún en las peores condiciones. Espera resistir de este modo hasta llegar a Lhasa. Ofrece a sus amigos, pero los otros optan por probar la sopa, aunque tras pocas cucharadas la dejen. Desde luego este país no les va a conquistar por su riqueza culinaria...

Antes del anochecer, un convoy de militares chinos les empuja a un lado de la calzada y les frena para comprobar la validez de sus permisos. El guía sale a hablar con ellos, mientras los españoles esperan en el coche.

—Ruth, espero por Dios que no hayas traído ningún libro ni ninguna estampita del Dalai Lama... Se me olvidó preguntarte en Katmandú, y conociéndote, eres muy capaz de haber traído alguna imagen o algún panfleto para dárselo a los tibetanos... sabes de sobra que los chinos lo tienen prohibidísimo y nos puede caer una gorda... —Le ruega Alberto.

—Eh... Bueno solo compré unas fotos suyas... son tan valiosas para los tibetanos y aquí es imposible conseguirlas... No te preocupes, las tengo bien escondidas...

—Ruth por Dios, te mato... Me va a dar un ataque al corazón como a estos militares les dé por registrar el equipaje... —Avisa el chico—. ¿Pero no te das cuenta de que nos la estamos jugando? De verdad, ¿por qué habré aceptado venir contigo? ¿Pero no eres consciente del peligro que corremos por empeñarte en hacer de buena samaritana? ¿No te das cuenta de que nos pueden meter en la cárcel a los tres y torturarnos bajo cualquier pretexto de espionaje por relacionarnos de alguna manera con el Dalai Lama? ¿Pero en qué mundo vives, joder?

—Ruth tenemos que tener cuidado, es mejor no llamar la atención o no podremos lograr nuestro propósito de dar con el manuscrito si antes nos pillan con algo sospechoso... Quizás tengas que deshacerte de las fotos en cuanto puedas, no podemos arriesgarnos... Incluso si no te las pillan los chinos, pueden descubrir que nosotros las hemos regalado si las encuentran en casa de algún tibetano y es mejor que no formemos parte de ningún acto de lo que ellos llaman traición... Es demasiado peligroso. —Le advierte Elena.

—Vale, vale. En el próximo pueblo las dejo, lo prometo.

Por fortuna el cabecilla de turno se queda satisfecho con los sellos que avalan sus permisos y les permite continuar sin más obstáculos.

El siguiente alto en el camino les resulta todavía más deprimente y desolador. El hostal mantiene el nombre como tal pero es de calidad pésima, justo cuando pensaban que las cosas iban a ir mejorando respecto a la primera noche. Seis habitaciones en un patio desnudo. El dormitorio es minúsculo y las tres camas que más bien se asemejan a ataúdes por su estrechez, están metidas a presión. La bombilla que cuelga del techo parpadea hasta que deja de funcionar. La puerta no cierra por dentro, por lo que acuerdan poner las maletas contra la misma para mantenerla cerrada durante la noche. Juntos buscan el baño compartido para todas las estancias. Es un lugar tan sórdido como sucio. En los atrases de la casa, un olor fétido les abofetea sin piedad ya varios metros antes de llegar. No hay puerta, no hay váter, no hay rastro de lavabo ni agua. Solo un agujero en el suelo, en unas maderas, desde donde cada uno va depositando sus excrementos que caen abajo, y allí se van acumulando y secando durante el día. Nunca han visto nada semejante. Elena y Ruth se sienten incapaces de visitar lugar tan asqueroso y lleno de inmundicias. Se preguntan cómo van a poder aguantar más días en condiciones tan duras... Solo la ilusión de poder encontrar el valioso documento les infunde ánimos en esta noche gélida y plúmbea.

Les despiertan aún de madrugada. La esperanza se renueva con la luz del amanecer. Hoy tendrán que dejar la carretera para tomar un camino pedregoso y embarrado de ascenso hacia el campo base del Everest. El frío se acrecienta a medida que ascienden. La nieve va haciendo su aparición. La luz blanca y borrosa se refleja sobre las montañas cada vez más tapizadas por la nieve. Por primera vez se cruzan con yaks; únicos animales amoldados a las alturas y al frío, unos formidables bovinos de pelo largo y con cuernos, emparentados con las vacas pero más parecidos a los toros. Salen a hacerse unas fotos, aunque los animales huyen en cuanto les ven. Alberto no ha traído guantes y se congela los dedos en cuestión de segundos. El aire es gélido y cortante.

La primera prueba comienza cuando llegan los ascensos deslizantes sobre barro helado. El vehículo es viejo y comprueban que no está preparado para dicho terreno. El motor lanza un aullido, las ruedas derrapan y se deslizan hacia atrás sin poder remontar la rampa. Vuelven a intentarlo, y el coche se niega de nuevo a subir. Para el tercer intento les pide el guía que salgan y empujen. Solo así consiguen sobrepasar la primera dificultad.

Lo peor llega cuando se acercan a una explanada surcada por un río y completamente encharcada. Los neumáticos que llevan no están adaptados a dicha superficie, y el flamante todo-terreno que les habían prometido al contratar el viaje demuestra ser solo una sombra deslucida de lo que una vez pudo ser. En cuanto se adentran mínimamente la pesadilla se hace realidad y se quedan atrapados. De nuevo salen a empujar. Las ruedas giran con enorme velocidad, escupen lodo cubriendo a Alberto de la cabeza a los pies, pero en lugar de salir de la trampa, se entierran aún más de lo que estaban. El chico se desespera y empieza a chillar, ellas tratan de disimular su risa ante situación tan absurda. No saben cómo saldrán de ésta. El guía sigue con su flema habitual, que a veces se asemeja al pasotismo, y les confirma que se encuentran a unas tres horas de su parada. A tres horas circulando, claro. Lo incierto es cómo saldrán de esta difícil tesitura, pues ni siquiera tienen tiendas de campaña con las que poder pasar la noche allí mismo.

Capítulo 29

Parece que los dioses están de su parte. Tras más de una hora atrapados sin salida aparente, helados a pesar de las capas de abrigo, y empezando a preocuparse seriamente por su suerte, un vehículo hizo su aparición. Sus ocupantes se brindaron a atar un cable de uno al otro, gracias a lo cual pudieron remolcarles y salir de la trampa en la que se habían metido.

Por fin llegan a un camino decente, sin asfaltar, colindando algunos despeñaderos, pero al menos el guía les asegura que han dejado atrás los terrenos encharcados, resbaladizos y traicioneros. La ciénaga embaucadora de la que les han sacado no se volverá a repetir... hasta el regreso, suponen.

Ahora pueden acomodarse tranquilos durante unas horas, sin temer una nueva sorpresa desagradable, por lo que aprovechan para sacar los tres sus respectivos *Ipods* e intentan animar la ruta con su música favorita.

A Ruth le ha correspondido por turno hoy el lado derecho, por lo que apoya un brazo en la puerta para poder contemplar mejor el magnífico paisaje que atraviesan. El cielo está pintado con brochazos discontinuos y vaporosos de blancura transparente, propios de las alturas en tiempos de monzón, aunque en su fuero interno alberga la ilusión de poder percibir la majestuosidad del gran Everest hoy o mañana. ¿Cuándo podrá rozar el techo del mundo de nuevo? ¿Cuándo volverá a tener la oportunidad de llegar a los 5.200 metros de altitud? ¿Cuándo podrá tocar el cielo con las manos? ¿Cuándo podrá involucrarse en una aventura como ésta? ¿Cuándo la existencia será menos anodina que en estos momentos?

Es como si todas las piezas de su vida empezarán a cobrar sentido; tiene la sensación de que ni un solo elemento se encuentra fuera de lugar, nada estridente ni discordante en la foto de la perfección del mundo. Aunque aún muchas de sus preguntas no hayan obtenido respuestas, aunque tenga objetivos incumplidos, aunque carezca de la claridad que le gustaría enfocando el futuro... Es como si vislumbrara en chispazos la exquisitez de todo lo que acontece, sin comprenderlo completamente, mas aceptándolo en su incompresión, abrazándolo sin desear cambiar ni una coma, ni un matiz, ni una tonalidad. En estos instantes fugaces, todo se ubica en su lugar.

Desde su encuentro directo con la trascendencia, muchas impresiones y pensamientos recurrentes que antes la agobiaban y la angustiaban se han ido disolviendo. Y ese intento de salvar la distancia entre la cotidianeidad más empolvada y recalcitrante y sus propias sensaciones espirituales —que tan frustrante le resultaba antes— había empezado a suavizarse. A medida que encontraba respuestas a sus impertérritas inquisiciones, la sed de su alma se iba calmando; estaba aprendiendo a aceptar la multiplicidad de lo particular y la necesidad de pasar por las experiencias terrenales.

Recordaba perfectamente cuando a los siete años una inmensa oleada de tristeza y soledad la sacudió, y fue consciente por primera vez de cuánto echaba de menos su Hogar. Nunca supo adjuntar una descripción a eso que añoraba, pero sabía que aun siendo tan real como ella lo sentía, no podría compartirlo con nadie, porque los que la rodeaban no podrían comprenderla, no hablaban su lenguaje ni veían la realidad como ella.

Rememora cómo hubo momentos en los que el despliegue de la nostalgia era tan fuerte, que entretuvo serios pensamientos de suicidio para poder regresar a la plenitud que había dejado atrás. Recordaba perfectamente la diferencia entre la unidad de la que procedía, y la dualidad y la separación que había tenido que consentir para encarnarse en la Tierra. Hasta que no vivió la experiencia de Tailandia y no dio con María, no había logrado entender que no se trataba de un castigo, sino de una misión voluntaria a la que había accedido para poder ayudar. Esa pugna reiterada entre lo terrenal y lo divino había empezado a apaciguarse desde entonces.

Ahora sabía que no estaba tan sola como creía. Ahora había descubierto que otros miles de compañeros de diferentes dimensiones, planetas y estrellas habían acudido como ella ante la llamada de emergencia de la Tierra. La negatividad y la tecnología habían avanzado tanto, que la posibilidad de una destrucción total del Planeta Azul con la consiguiente reverberación al resto del universo se había conformado como una realidad plausible e inquietantemente cercana. Con el fin de no interferir de forma directa en el libre albedrío de la raza humana, la estratagema acordada fue la de atraer a un gran número de seres avanzados en conciencia para juntos, expandidos por el globo terrestre, con tareas diversas pero unidos por una intención altruista común, pudieran contribuir a que un giro positivo, tan necesario como complicado se produjera.

Complicado porque todo nuevo llegado participa de las mismas reglas: su memoria se borra, el conocimiento previo se entierra, y el propósito se diluye sin remedio. Cada ser que nace aquí ha de emprender el camino de redescubrimiento de sí mismo; si se supieran las respuestas de antemano, no sería un test para nadie. Incluso aquellos con las motivaciones y las intenciones más puras están adscritos a las mismas pautas. Han de olvidar para lo que vinieron y de dónde proceden. Solo les queda un sutil anhelo por algo más profundo que los demás no sienten y la intuición de que les falta una pieza esencial. Así, bajo esta carga bulle una lección colosal para todos ellos.

Y también había dejado de sentirse tan sola porque había podido captar —y empezar a experimentar— que su ser constituía una parte de la totalidad, que no fue abandonada por sus hermanos interdimensionales, que no hubo verdadera escisión entre ella, que decidió venir al lado más denso y material, y ellos, que acordaron seguir en contacto a través del tiempo y el espacio. Las palabras que le regalaron en Tailandia la arropaban como un manto benéfico: "Nosotros te acompañamos, te guiamos y te protegemos siempre". Por fin el hechizo de su soledad se había quebrado.

Todos esos descubrimientos de los últimos dos años habían logrado suavizar las fricciones con el desconcertante, cuando no decepcionante, mundo en el que a menudo sentía no pertenecía. También había aumentado su pasión por el presente, así como la lucidez de su mirada y su discernimiento.

No obstante, numerosos interrogantes aún poblaban su mente. Entre otros, qué hacer con su vida. La crisis económica le impelía a un cuestionamiento de su antes impoluta vocación de enfermera y le estaba llevando a un progresivo difuminado de los límites de su porvenir. Quizás la única certeza con la que antes contaba: trabajar en un hospital con niños, comenzaba a desvanecerse en este periodo de luminosa y paradójica velocidad extrema y la más absoluta y vertiginosa lentitud. Sin poderse ya identificar con ninguna fórmula preconcebida, un impulso colosal la dirigía a buscar su cénit particular a través de la entrega al mayor bien común.

Todavía desconocía cómo lo lograría, pero escuchaba un susurro que aseveraba que durante este viaje muchas dudas se despejarían y que en la aparente relatividad de la incertidumbre se pone a prueba la confianza, y es justo en ese punto donde habita la belleza de lo profundo y verdadero.

Capítulo 30

Han arribado al monasterio más alto del mundo, Rongbuk, a 4.900 metros de altitud. Empiezan a notar una cierta dificultad en la respiración, pero están ansiosos por caminar los cuatro kilómetros que les separan del campo base del Everest, lugar mítico y esperado. Ruth invita a sus amigos a que se adelanten sin ella. Le han informado que en este monasterio habita un gran yogui —un monje que ha vivido aislado un tiempo, dedicado en exclusiva al progreso espiritual y durante el cual ha sido capaz de desarrollar la mente prodigiosamente—. Salió de su retiro de varios años y ahora reside allí; siente que debe intentar conversar con él, por lo que pide una entrevista. Ha solicitado al guía que le acompañe para traducirle, aunque antes tendrán que encontrarle.

Apenas un puñado de monjes osan morar en lugar tan inhóspito, unas cuantas habitaciones sencillas que alquilan durante los pocos meses que la ruta es transitable les proporcionan algo de dinero para su supervivencia, y un comedor zarrapastroso pero con vistas hermosísimas constituyen la totalidad de la construcción.

Ruth y el guía se sientan cerca de la estufa que calienta gracias a la combustión de excrementos de yak. Tardan un rato en entrar en calor y quitarse los abrigos. Ella toma un té de jazmín —el único que parecen ofrecer en todo el país— y él, el tradicional té tibetano, preparado con hojas de té negro, mantequilla de yak y sal que a ella le resulta repulsivo y grasiento. Los minutos se eternizan hasta que aparece un joven monje de baja estatura y andares inseguros para anunciarles que el yogui está dispuesto a recibirlos.

Para llegar al monasterio han de subir una escarpada cuesta engalanada con multitud de banderitas de oración como las que han observado en todos los puertos de gran altura. Tienen cinco colores diferentes: rojo, amarillo, blanco, azul y verde, y corresponden a los cinco elementos de la tierra (el fuego, la tierra, el aire, el cielo y el agua). Cada una de ellas tiene inscrita oraciones y mantras. Los tibetanos las colocan ahí porque creen que cuando el viento sopla, las plegarias se extienden y se murmuran a lo largo y ancho del planeta, bendiciendo a todos los seres que lo habitan, promoviendo paz y felicidad a todos. ¡Qué deseo tan hermoso!

Cuando consiguen remontar la pendiente, encuentran entreabierta, invitándoles a entrar, una sencilla puerta de madera de un rojo apagado y con símbolos descoloridos por la fuerza de las heladas. Dentro, bajo la penumbra, aciertan a observar una estancia de dimensiones pequeñas en la que se apiñan unos cuantos cojines donde rezan los monjes, un altar con una estatua de Buda dorada, demasiado grande para el reducido tamaño de la sala; A los lados dos más pequeñas de Padmasambhava y Tsong Khapa —dos maestros muy reverenciados por los tibetanos a lo largo de los siglos— presiden el lugar. Solo un par de velas contribuyen a iluminar, pues las estrechas ventanas apenas permiten el paso de la pálida luz de la tarde.

En una esquina, sentado en flor de loto, les recibe sin mediar palabra un personaje que podría haber salido de un documental minoritario. Tiene el pelo largo, algo inusual en los monjes pero que algunos yoguis se permiten, enredado en una trenza y una especie de moño por encima de la coronilla. Va ataviado con los tradicionales hábitos burdeos, un jersey de idéntico color, y muestra una mueca divertida, no sabe si porque no está acostumbrado a recibir a una occidental como ella o si se trata de una actitud general cuando la sabiduría te ha bañado tras decenas de años de prácticas espirituales serias y solitarias.

Los dos realizan las tres postraciones habituales como signo de respeto ante un maestro, y él les invita a que se asienten cerca suyo.

Ahora que la vista se va acostumbrando a la lobreguez, Ruth comprueba los surcos que pueblan la cara de este señor, denotando la avanzada edad de su cuerpo. No obstante, sus ojos muestran una vivacidad y una jovialidad inaudita, como si lanzaran chispas al mirarla, como si pudieran ver a través de ella, como si revelaran un sexto sentido tras la aparente decadencia de un vehículo físico en ocaso.

—Te esperaba. —Le espeta por sorpresa.

Ruth tarda unos minutos en encajar la frase. ¿La esperaba? ¿A ella? Debe haberse equivocado...

—Es la primera vez que vengo al Tíbet... —Se excusa intentando sacarle de su error.

—Lo sabía, vienes con un propósito importante, no existe la casualidad.

—¿Cómo lo sabe usted? —Le pregunta quizás inoportunamente, pero no puede evitar un enorme asombro.

—Una mente desarrollada es capaz de lograr cualquier cosa, nada es imposible... Debes aprender a creer...

—Tiene razón, disculpe mi torpeza... Usted me va ayudar, ¿verdad? —Le dice con convicción.

—Las cosas están cambiando mucho y más rápido de lo aparente... a mí me queda poco de estar aquí, pero estoy contento de poder percibirlo antes de marchar... La gente necesita realizar ajustes al cambio que está ocurriendo, y por eso personas como tú son muy necesarias en esta época, en diferentes lugares... No te subestimes... Hasta que no creas en ti misma, no podrás formar parte de proyectos más grandes en los que se te espera... No lo olvides, tú has venido a expandir luz...

Ruth hace esfuerzos por retener las lágrimas que empiezan a inundar sus ojos. En verdad este monje tiene un mensaje para ella; lo que le comunica le roza el corazón más de lo hubiera podido prever.

—¿Por qué es ahora que los cambios están sucediendo en la Tierra? —Se interesa ella.

—Los humanos no han conseguido el equilibrio del corazón. No ha habido gran evolución en términos de compasión, y eso ha supuesto un gran desastre... Ahora es el tiempo en el que el corazón evolucione para alinearse con el conocimiento... En el pasado muchas y grandes civilizaciones transitaron por este planeta, alcanzaron altos grados de desarrollo, pero cayeron muy bajo debido a la codicia de poder... Ahora es el momento del gran cambio. —Asegura.

—Entiendo. Me gustaría aprovechar su gran sabiduría para pedirle algún consejo sobre mi vida, por favor. —Le ruega ella.

—No temas brillar con luz propia, no temas ser poderosa, no temas ser diferente y especial... Lo importante es que el ego no tome el dominio...

—Es cierto, por eso nunca he querido sentirme especial, porque no quería que se me subiera a la cabeza...

—Has visto tantos egos destruir un buen trabajo y no quieres que eso te ocurra a ti. Es cierto que hasta las grandes almas se pueden perder y quedarse atascadas en la trampa de pasiones más materiales, y acumular mucho karma... Simplemente has de estar atenta para no entrar en esa tentación... —La avisa—. Pero es necesario que creas en ti... Tu misión crecerá mucho en el futuro, no temas, tienes mucha ayuda y guía de Buda, Tara verde y los Boddhisattvas.

—Gracias... T'oo-je-che, t'oo-je-che. —Murmura, emocionada. Le cuesta volver a pronunciar palabra. Desearía hacerle tantas preguntas y aprovechar la sublime ocasión de ser recibida por alguien tan elevado espiritualmente, pero muchas de ellas le parecen demasiado banales para un ser de tanta sabiduría.

—Tengo muchas dudas, maestro. Entre otras no sé a qué dedicarme... Quiero seguir ayudando a los que lo necesitan, siento que es lo que he venido a hacer en esta encarnación, pero creo que el hospital no es mi lugar ya... Estoy un poco confundida... —Confiesa.

El yogui se queda pensativo unos instantes, con los ojos cerrados, como si buscara la respuesta en su interior.

—Has estado realizando un bello trabajo con los niños, pero ya no es tiempo de ir de uno en uno, de pocos en pocos... es el tiempo ahora de llegar al mayor número de personas... Busca la manera de hacerlo... No te preocupes, vas a sentir dónde dirigir tus fuerzas y energía... Serás guiada... —Le asegura.

Un silencio benéfico se instala entre ellos. Ella siente como si estuviera en presencia de un padre bondadoso y magnánimo. Aprecia cómo su energía la conforta, la abraza, la calma. Piensa en cómo le gustaría parecerse a él cuando envejezca, ser capaz de emanar tanta compasión y sabiduría. Agradece internamente la excepcional oportunidad de conocer a alguien de su estatura espiritual y comprobar así el grado de evolución que se puede alcanzar en este mundo, algo poco común de presenciar en un Occidente en el que solo importan los brillos de las posesiones, el margen de maniobra para la manipulación y las apariencias más insubstanciales.

El guía interrumpe sus elucubraciones y armonía, quizás impaciente por volver al comedor a cenar, y le pide si tiene más preguntas.

—Una última. —Ataja ella antes de que el otro dé por concluida la sesión.— He venido a su país para encontrar un documento sagrado... ¿Usted me podría dar alguna indicación para encontrarlo?

—Niña, lo encontrarás. No dudes. Has de pasar la prueba de la confianza... la *Terma* te espera. Tú vas a hacer una gran labor en este mundo, vienes a traer mucha luz... Yo te bendigo, alma valiente...

Capítulo 31

—¡No puedo respirar! —Les despierta Elena.— ¡No puedo tumbarme! ¡Me ahogo!

Ruth y Alberto se incorporan en sus camas, sin salir del todo. El peso de las tres sólidas mantas que tienen encima se lo impide. Además del frío glacial de la habitación que convierte en humo blanco sus propias exhalaciones.

—¿Qué te pasa exactamente? —Pregunta el chico alumbrándola con la linterna.

—Es el mal de altura, seguro. Cuando me pongo en horizontal me falta el aire, es como si los pulmones no dieran de si... —Se queja Elena.

—¿Y si vamos a buscar al guía? —Propone Ruth.

—¿Para qué? Con lo soso que es... lo veo incapaz de resolver ningún problema, ya visteis lo pasota que estaba ayer cuando nos quedamos atrapados en el barro, ¡como si no fuera con él!... Además teníamos que haberle exigido llevar una bombona de oxígeno, ya lo había pensado yo...

—Jo Alberto, si lo habías pensado, ¿por qué no lo dijiste antes cuando aún podríamos haber hecho algo al respecto? —Le indica Ruth.— Ahora ya no tiene remedio... He leído en la Lonely Planet que lo único que se puede hacer en estos casos es descender, que no existe otra alternativa, porque el organismo tiende a aportar más oxígeno a las células generando más glóbulos rojos para compensar la menor presión atmosférica a esta altura, y claro, con demasiados glóbulos rojos pueden surgir edemas en la sangre... y no sé cuántas cosas más en las que prefiero no pensar...

—Ya os dije que era demasiado arriesgado subir a tanta altura en tan pocos días... No hemos dejado acostumbrarse a los cuerpos... También he leído que cada año mueren varias personas que van a hacer montañismo a Nepal por esto...— Señala el chico. —Ay, ¡cómo nos toque a nosotros!

—Genial Albert, tú anima a Elena.... Ya no tiene remedio lo de no habernos tomado más tiempo para aclimatarnos, ¿vale? Tenemos que bajar, pero no podremos hacerlo hasta que amanezca, por lo que estamos obligados a esperar... ¿Qué hora es? Nos quedan cuatro horas más. En cuanto salga el sol despertamos al guía y al conductor y les pedimos regresar... ¿Crees que si te ponemos unos cojines para estar más incorporada podrías intentar descansar un poco hasta entonces, Elena? —Planea Ruth.

Elena sale sigilosa a recibir la primera claridad fuera, harta de la larga y agonizante espera en la que empezaba a temer seriamente por su salud. Lo que no imaginaba es que la recepción del nuevo día iba a producirse con un espléndido manto blanco. ¡Había caído una nevada en pleno mes de agosto!

Se apresura a despertar a sus amigos, preocupada por las dificultades que puedan aparecer en el descenso con la nieve, dado que el vehículo que les transporta ha demostrado no estar preparado para enfrentarse a las inclemencias del tiempo.

—Venga chicos, ¡arriba! Tenemos que bajar echando leches, yo sigo respirando fatal y no os lo vais a creer... ¡esta noche ha nevado!

—¡Qué dices tía! ¿Y cómo vamos a salir de aquí con la mierda de coche que tenemos? —Les recuerda Alberto, por si las chicas lo han olvidado.

—Ay, ay, ay... es horrible, la cabeza parece que me va a estallar... Qué dolor... es cómo si el cerebro quisiera salir de la cabeza... ¡Dios mío! —Se lamenta Ruth.— Chicos, tenemos que bajar cuanto antes, ¡esto no lo soporto!

—Yo no sé vosotras, pero yo hablaría con el guía para hoy hacernos más horas de ruta y llegar de un tirón a Shigatse, en lugar de parar por el camino en otra cabaña cochambrosa... No aguanto más días sin ducharme, lavándonos con palanganas como lo perros, y cagando en agujeros asquerosos... —Sugiere Alberto.

—Muy de acuerdo Alberto, pero no nos hagamos ilusiones, primero tenemos que salir de aquí, y no sabemos cuánto nos llevará, y si nos quedaremos atascados de nuevo... no quiero ni pensar en lo que nos espera... —Apunta Elena.

Lo lograron. Pudieron hacer de una tirada el camino que les separaba de Shigatse, una urbe de gran tamaño con hoteles chinos recién estrenados. Al ver las habitaciones amplias, impolutas y relucientes, los tres dieron saltos de alegría, y más aún cuando entraron en sus baños individuales y comprobaron que tendrían ducha impecable, agua caliente y váteres occidentales. Después de lo vivido en los previos días, creyeron llegar al paraíso.

Elena se recuperó bien de sus problemas respiratorios, pero Ruth seguía tocada. Aunque dormir en una cama limpia le había reconfortado, al levantarse a la mañana siguiente se sentía revuelta y había vomitado, así que prefirió quedarse en reposo mientras sus dos amigos se iban a inspeccionar los alrededores, pues en principio habían planeado permanecer en esta ciudad dos o tres días.

—Ruth, ¿cómo te encuentras? —Pregunta Elena cuando entran en la habitación, mientras ambos se sientan al borde de su cama.

—Pues mejor, creo. Hacía días que no dormía tantas horas, creo que es lo que el cuerpo necesitaba para recuperarse... Ahora sí que me está entrando hambre, quizás en esta ciudad podamos encontrar algo decente que comer aparte los malditos momos... estoy hasta las narices de comer siempre lo mismo... Bueno, contadme, ¿qué habéis visto? ¿Hay algún monasterio que explorar para ver si pudiera ser el de mi sueño?

—¡Sí! Hemos averiguado que hay tres monasterios importantísimos: el de Tashilumpo del Panchen Lama, el Sakya que es el central en todo el Tíbet para los de esta rama del budismo, y el de Samye, que tiene una forma especial y única que simboliza el centro del universo y dicen que fue el primero que se construyó en este país... ¿Qué te parece? No me digas que no hemos hecho un buen trabajo... parecemos investigadores profesionales. —Se pavonea Alberto con gracia.

—¡Ya lo creo!

—¿Hay alguno que por el nombre te suene que puede tener que ver con lo que buscamos? ¿Te dio alguna información al respecto el monje ayer? —Se interesa Elena.

—No, la verdad es que no reconozco los nombres y el yogui no me adelantó nada... Yo creo que o encontramos alguna pista antes o quizás lo pueda reconocer cuando lo vea, así que vamos a tener que ir visitando los monasterios uno por uno... ¡Lo bueno es que me aseguró que lo encontraríamos!

—Oye, además de los monasterios, me gustaría que pasásemos por el mercado... Lo hemos visto de lejos Elena y yo y me gustaría comprar algunos cachivaches para mi nuevo piso, ¿vale chicas?

—Sí, claro. Y si una noche nos apetece podríamos incluso ir a ver una ópera tibetana, que me dijeron que aquí es el lugar donde nació... aunque yo ni sabía que los tibetanos tuvieran ningún tipo de ópera... —Confiesa Ruth.— dadme un cuarto de hora para prepararme y os veo en la entrada enseguida.

Capítulo 32

En los albores de la mañana, nada hacía presagiar que se estaba preparando una hoguera primordial en el corazón de dos seres tan angustiados como valientes. Imposible imaginar desde fuera lo sublimatorio de sus actos y la extensión de su desesperación cuando las personas sienten la futilidad y la relatividad de su vida, cuando piensan que nada responde a las demandas y necesidades imperantes, cuando se ha sucumbido al zarpazo de las fuerzas latentes y claramente reinantes, sentimientos que prevalecen cada vez más en el interior de los tibetanos a medida que van perdiendo la veracidad de su cultura, la integridad de su libertad. Abducidos de su dignidad, separados de la pureza de su religión y de su director espiritual, muchos desesperan.

Los tres amigos salen temprano y se pierden por las calles asfaltadas perfectamente cuadriculadas, repletas de edificios de recién construcción, de estética claramente china.

No es la parte que más les interesa, por lo que se van alejando del centro —donde reina la etnia china Han, que ha ido colonizando las ciudades tibetanas gracias a las numerosas ayudas estatales— hacia donde han ido empujando a los tibetanos. Allí encuentran las típicas y pintorescas casas cuadradas de adobe con diminutas ventanas y banderitas en las esquinas del tejado. Las personas que se encuentran al paso son joviales, les saludan con una sonrisa acogedora, con amabilidad. Les llama la atención cómo van adornados algunos hombres, tan diferente a lo han podido ver en otros lugares, con largas trenzas y cordones rojos atados a los cabellos, y collares de turquesas que en este país son considerados de gran valor.

Llegan a un monasterio, imaginan que es uno de los principales de la ciudad por su excelso tamaño. Han de remontar numerosas escaleras; a Alberto le pesan los 3.800 metros a los que se sitúan, y sube con dificultad y parsimonia. A medida que ascienden, un sonido profundo se va haciendo cada vez más patente, como si una magia les estuviera recibiendo. Tras atravesar el patio, se asoman a la sala de donde proceden los roncos sones. Decenas de zapatos se superponen en la entrada; dentro observan como los monjes están llevando a cabo una puja o ceremonia, y los sonidos extraños y guturales proceden de las largas trompetas que tres de ellos tocan. Todos están alineados por filas, sentados sobre cojines con las piernas cruzadas, concentrados en recitar los textos que repasan en hojas alargadas y avejentadas. Las voces de los monjes suenan en el mismo tono gutural, acompañando a las trompetas y al gong, recitando oraciones repetitivas que son incapaces de descifrar pero que transmiten una tremenda paz. Ellos se quedan discretamente sentados en una esquina, eclipsados por el rito tibetano hasta que finaliza.

Al terminar, los monjes abandonan la sala en tropel, se calzan y desaparecen hacia sus estancias. Los tres se pasean curiosos por los alrededores e intentan comunicarse con algunos de los religiosos con los que se topan, pero la barrera lingüística se lo impide; allí nadie habla inglés, por lo que lamentan no haber acudido con el guía que les sirviera de traductor, sobre todo porque Ruth habría deseado poder entrevistarse con el abad regente, un lama anciano que seguro poseía gran sabiduría.

Al abandonar el monasterio se cruzan con un grupo de turistas chinos. Un militar les custodia, como si llegaran a un lugar peligroso. ¿O quizás está vigilando a los monjes? Han oído que la situación desde las agitaciones políticas del 2008 ha empeorado bastante. Ellos han comprobado las dificultades que ponen a la llegada de turismo occidental al país, y han tenido que pasar numerosos controles policiales en los que comprobaban una y otra vez la vigencia de los permisos para visitar cada lugar. Les han dicho están aumentando el número de cámaras en las calles y monasterios, y obligan a los monjes a pasar por la reeducación —que no es más que un fanático adoctrinamiento— sobre las bondades del sistema comunista que tanto bien ha engendrado y mostrar lealtad a la madre China. Puro lavado de cerebro para los pobres religiosos que solo aspiran a dedicarse a estudiar los textos sagrados, a desarrollar la mente y beneficiar a los seres vivos. También les han avisado que no pregunten sobre temas políticos de ningún tipo a los tibetanos para evitar ponerles en un aprieto, pues hay espías infiltrados en todos los estratos de la sociedad y a la mínima que alguno pueda estar aspirando a la libertad, es secuestrado y desaparece en las terribles cárceles chinas; algo que les recuerda a lo que ocurrió durante la dictadura Argentina, salvo que en el Tíbet dura ya cincuenta años.

Distraídos en su conversación, no se percatan de lo que está sucediendo enfrente suyo cuando apenas se han alejado medio kilómetro del monasterio. Hasta que el revuelo les sacude.

Justo delante suyo, dos personas se están prendiendo fuego, en un acto de autoinmolación como los que se están llevando cabo desde el 2009. Al principio por monjes y monjas que sienten que su libertad religiosa está siendo pisoteada, sus derechos humanos básicos anulados y han de denunciar a su reverenciado líder espiritual, el Dalai Lama. En los últimos tiempos también habían surgido casos de adolescentes, madres de familia y campesinos incluso. Ruth había leído que ya iban ciento y pico muertos.

Con rapidez, una multitud parece surgir de la nada, vecinos del barrio y religiosos de color burdeos se apresuran a lanzar sus vestimentas encima de los dos desesperados que se están quemando para morir y no quieren ser salvados. Los europeos se quedan petrificados al ser testigos de tan espantosa escena, incapaces de moverse ni de reaccionar. Alberto acierta a sacar la cámara del bolsillo y robar algunas fotos. Uno de los cuerpos cae al suelo y deja de moverse; el otro trata de zafarse de la ayuda mientras grita "¡Tíbet libre!".

Antes de que se percaten de su llegada, unas furgonetas con militares se presentan de forma fulminante, se despliegan entre la muchedumbre y empiezan a golpear con porras a todo aquel que pillan a su paso. Algunos se bajan de los vehículos en marcha y empiezan a detener a algunos de los que allí se han reunido, aterrorizados ante el suceso, y de los que están tratando de salvar la vida de los atormentados suicidas.

Cuando la gente percibe lo que está aconteciendo, empiezan a huir en todas las direcciones, levantando una polvareda a lo largo del camino sin asfaltar.

Los tres se dan cuenta que su integridad física corre grave peligro, más si los militares ven que hay testigos extranjeros del suceso, por lo que podría trascender a Occidente. Algo que han estado sorteando, empeñándose en suprimir toda información fuera de las fronteras y tapando sus maniobras de represión e intimidación con el fin de no manchar más su imagen. No han permitido que ningún ojo occidental pudiera observar la realidad de sus viles acciones, y harán todo lo posible por que las noticias sin sesgo no lleguen a Occidente.

Sin mediar palabra salen corriendo, sin mirar atrás, asustados y sobrecogidos, espoleados por un miedo real y palpable que dispara el palpitar del corazón y llena de sangre sus piernas, con el brío que inyecta saber con toda seguridad, que su vida está amenazada seriamente. Corren a la desesperada, sin más pensamiento que intentar salvarse de la garra de los crueles militares chinos.

Capítulo 33

Consiguen llegar al hotel, extenuados, llenos de polvo, horrorizados, pero de una pieza. Buscan al guía sin dilación y le comunican precipitadamente lo que ha sucedido. El guía, por lo general adusto e impávido, no puede disimular su nerviosismo y preocupación.

—Es muy peligroso, mucho. —Se limita a afirmar.

—Ya, ya imaginamos... ¿Qué hacemos?

—No tenemos tiempo que perder, coged vuestras maletas rápidamente, tenemos que salir de la ciudad antes de que cierren las salidas por carretera e impongan la ley marcial, como ha pasado en otros lugares...

En pocos minutos, con los bártulos ya en el vehículo, salen por un camino comarcal. El guía les comunica la estrategia que ha ideado: evitar la carretera principal, tomar vías alternativas menos transitadas y también con menos controles, no atravesar ni pernoctar en ninguna ciudad, solo en aldeas, hasta alcanzar Lhasa. Ha resuelto que una vez allí se podrán mezclar con otros turistas y no se les podrá relacionar con el episodio de Shigatse. Hasta entonces buscarán pasar desapercibidos y simplemente conducir tantas horas cada día como les sea posible para alcanzar la capital lo más pronto que puedan.

Ruth se queda muy apenada porque eso significa que tendrán que saltarse la visita a algunos monasterios que tenía previsto ver. Le pide al guía que le enseñe en el mapa el recorrido que ha planificado.

—¿En cuántos días crees que podríamos llegar a Lhasa? —Le pregunta.

—Si no somos detenidos y todo va bien, mi idea sería llegar en tres días...

—Ojalá... Veo que el último día, si entramos por dónde has señalado, pasaríamos por la cueva de Guru Rinpoche. ¿Podríamos parar allí por favor? Me hace mucha ilusión visitarla... —Implora.

—Ya veremos. No te puedo prometer nada. Lo más importante es poderos llevar sanos y salvos a Lhasa, y ahora mismo, no os voy a engañar, está muy complicado...

Los tres permanecen con el ánimo alicaído y con pocas ganas de hablar. Cada uno se sume en sus propias preocupaciones, y sienten que el hecho de no mencionarlas en alto acaso pueda quitarlas poder. Saben que de nuevo van a tener que adaptarse a condiciones duras, que van a tener que dormir donde buenamente les acojan, que estarán obligados a comer lo que se les ofrezca, y deberán aguantar trajines por caminos tortuosos e infinitas horas de coche sin descansar. Además, puede que alguno de los monasterios en los que no podrán pararse sea el que esconde el secreto, y en ese sentido el viaje será baldío. Aun así, hay momentos en los que se debe renunciar a las comodidades y a los proyectos en pos de un bien más fundamental: la propia supervivencia que ahora mismo está en juego.

Todavía se encuentran bajo estado de *shock* y desasosiego ante lo que han presenciado hace pocas horas: el drama de la exasperación más grande y la zozobra visceral. Les resulta algo opaco y audaz que estas personas puedan lanzarse a tan terrible fin a causa de la odisea que viven, sitiados por una vertiginosa atmósfera que se les antoja claustrofóbica, incapaces de soportar la densidad del sufrimiento latente en que se ha convertido la vida para muchos de ellos en su propio país. Quizás desde una perspectiva más completa, ninguno de los casos, por muy efímeros y dramáticos que resulten, son actos estériles. Sobre todo porque no se trata de la violencia que busca dañar a otro, ni siquiera del suicidio que persigue la pura evasión de los problemas vitales, sino que la motivación de estas pobres gentes parece entroncarse con el sacrificio personal por un bien mayor, por una causa nada egoísta, lo cual sería coherente con las creencias budistas.

Mahatma Gandhi lideró el movimiento indio de independencia de la colonia británica a través de la no violencia, pero con la firmeza de declarar en varias ocasiones huelgas de hambre que podrían haber desencadenado su muerte. ¿Le hace eso un ser violento? En toda lucha por la libertad —violenta y pacífica— las personas pierden una parte de sí mismas en pos de un objetivo superior.

¿Para cuándo la consolidación de un concepto de bienestar, respeto y libertad que pueda ser compartido por los gobiernos de todas las naciones? ¿Para cuándo se dejarán de sacrificar a los seres humanos en los vertederos del poder insaciable y diabólico? ¿Para cuándo se evitará fagocitar a los individuos en aras de mantener una apariencia de normalidad conveniente a las esferas de la manipulación y desprecio por los derechos básicos de la vida y la dignidad? ¿Para cuándo los países llamados desarrollados de verdad defenderán los derechos humanos en lugar de callar impunemente todas las aberraciones que de primera mano saben que se están cometiendo por el gigante oriental porque están demasiado ocupados agarrándose el bolsillo? Por mucho que se engañen, no hay prosperidad duradera sin justicia y sin paz. No puede pervivir eternamente el olvido letal ni la indiferencia sin que exista un precio a pagar por todos.

Los paisajes que recorren resultan de verdadera inspiración: espectaculares lagos reflejan glaciares y nieves perpetuas, planicies y mesetas infinitas que la mirada no osa abrazar por miedo a perderse en su inmensidad, cielos eternos de un azul ininterrumpido y translúcido como jamás han contemplado, cascadas límpidas y potentes que provienen de los glaciales y los manantiales más altos del mundo, nacimientos de los grandes ríos asiáticos, ocres desérticos apenas jalonados por algún punto verde, pues a tan tremenda altura, los árboles se asfixian y se niegan a crecer.

La belleza en la aridez y la dureza, la riqueza del interior —constante del carácter y cultura tibetanos— valorada como la joya más preciada del firmamento del *samsara*, la rueda de encarnaciones de la que solo se puede salir a través de la compasión, la disolución del ego y la iluminación final.

Todo lo que surge ante sus maravillados ojos se muestra como evocaciones de lo fugaz y lo ilimitado, pureza inconmovible de una naturaleza espléndida que pretende sin duda la total cesación de la crueldad en la raza humana y la pacífica convivencia con todos los seres con quienes comparten hogar.

Qué difícil mantener el vitalismo y la positividad cuando sientes que te deslizas por la cuneta de la amenaza, cuando no puedes alejar de tu cabeza los pensamientos oscuros; y aparecen sin querer, de forma reiterada, un nutrido número de razones por las cuales tu futuro podría sufrir una aciaga estrangulación en breve.

A los tres amigos les cuesta evadirse del entramado de variaciones y recurrentes inquietudes. Alberto, por lo general tan locuaz y ocurrente, permanece igualmente cabizbajo y abatido. Elena saca a ratos un libro para intentar distraerse y pensar en otra cosa, pero los baches y la falta de concentración la llevan a tener que releer la misma página varias veces sin haber digerido el contenido. Ruth mantiene en su mano el *mala* que compró en Kathmandú y que le bendijo el *yogui* en el monasterio de Rongbuk. Va pasando las cuentas recitando mantras para serenar su mente; apenas lo consigue. Cuando le inundan los pensamientos negativos, pide a sus guías que les protejan y les permitan salir de esta odisea para poder cumplir con el propósito que siente tiene destinado.

Parecen las sombras de los que comenzaron el viaje ilusionados hace tan solo una semana. Son conscientes de que pueden salir indemnes de esta andanza y también que pueden ser capturados y sufrir todo tipo de torturas en las temibles cárceles chinas si fueran asociados de algún modo con el suceso de Shigatse. Ambas hipótesis son plausibles y en modo alguno incompatibles. Y ambas pugnan por imponerse, bailando a ratos entre la esperanza y el peligro acechante.

Pasan horas sin intercambiar palabra. Solo la noche anterior, cuando se alojaron en una austera y pobre choza que unos campesinos generosamente compartieron con ellos, durmiendo apiñados en una habitación lúgubre sobre esterillas en el suelo, con toda la ropa puesta para no padecer de congelación, habiendo consumido las últimas galletas que les quedaban y un caldo que la dueña de la casa les había preparado, Alberto acertó a hacer uso de su humor negro antes de dormir:

—A ver nenas, no queríais aventura... ¡Pues toma aventura!

—Ya, gracias. Ahora mismo corremos el riesgo de sobredosis, la verdad... —Afirma lacónicamente Ruth.

Se están acercando a uno de los pasos más altos del país, el de Kampa, a 4.800 metros de altitud. Notan la presión en sus oídos y tratan de bostezar para disminuir la incomodidad. Las vistas son tan espectaculares durante el ascenso, que no perciben un camión militar atravesado, imposibilitando el tránsito, hasta que su conductor frena en seco. La peor de sus visiones se manifiesta ante ellos por sorpresa y con alevosía. Se quedan inmovilizados en sus asientos, encogidos por el temor ante la materialización de su peor pesadilla, acongojados ante lo que pueda suceder.

Un hombre bajito, de gesto adusto, andares ondulantes y puños cerrados, con una gorra verde ajustada hasta la nuca que le confiere un aire absurdo y cómico, porta un rifle en ristre. Se acerca raudo a ellos. Su conductor baja la ventanilla e intercambia unas palabras también con el guía. Los tres tienen el corazón en un puño y casi retienen la respiración. No osan mover un músculo.

El guía muestra sus pasaportes y los documentos con los permisos y los sellos. Rezan todas las oraciones que recuerdan en un intento desesperado de suplicar a las almas grandes su intercesión para que les permitan proseguir sin dilación. La tensión es tan férrea que se mastica y les deja sabor a hierro. La sensación de vértigo se acentúa cuando el guía les comunica que han de bajar del coche.

—¿Qué ocurre? ¿Qué te ha dicho? —Pregunta alterado Alberto al guía.

—Me ha preguntado si hemos estado en Shigatse en los últimos días y lo he negado...

—¿Y pueden comprobar que es mentira? —Vuelve a preguntar el chico.

—Sí, si tienen la lista de todas las personas alojadas en hoteles de esa ciudad el día del suceso... Pero tenemos que correr el riesgo... —Les avisa.— Ahora tenemos que sacar las maletas... Debéis abrirlas porque las quiere registrar.... Espero que llevéis nada relacionado con Su Santidad...

—¡Dios mío, Ruth, asegúrame que sacaste las estampillas como prometiste! —Implora su amigo.

Capítulo 34

Lhasa, por fin Lhasa. La que fuera capital prohibida y cerrada a los extranjeros desde tiempo inmemorial, hoy les saluda con los brazos abiertos, y al hacerlo su júbilo se desborda. Dejan atrás los días más duros que jamás hayan vivido, la angustia permanente, el miedo en cada curva por lo que pudieran encontrar, la amenaza constante a ser descubiertos y desaparecer en los agujeros negros de un sistema implacable con los disidentes, con los curiosos, con los librepensantes, con los defensores de la libertad.

Es como si renacieran a una nueva oportunidad, como si recuperaran la capacidad de disfrute y el entusiasmo por un viaje que prometía ser una exploración divertida y entretenida, y terminó por convertirse en una pesadilla espantosa. A partir de ahora podrían recobrar la calma, la serenidad y la alegría.

Lhasa, tradicionalmente una imagen fiel del Shangri-la perdido y mágico, por tantos soñado. Con la ocupación china, la ciudad ha perdido gran parte de su añejo misterio, pero no su carácter sagrado y espiritual. Sigue siendo objeto de peregrinación devota, corazón y alma del Tíbet, una capital asombrosa, pese a las incursiones abusivas de la influencia china moderna.

El icono de la ciudad que les saluda desde lo alto, como observador privilegiado, como mediador entre lo espiritual y lo terrenal, es el celebérrimo Potala, que en tibetano significa la morada de Avalokiteśvara o Buda de la Compasión, una amplia fortaleza ocre y blanca que planea desde una pequeña colina, morada del máximo líder espiritual del país, el Dalai Lama, durante muchos siglos, hasta que la invasión china le forzó —y a muchos después de él— a escapar al exilio en 1959.

Poco a poco se van haciendo con el pulso de la metrópoli que siempre recordarán como su lugar de acogida y salvación. El antiguo barrio tibetano ocupa solo un pequeño fragmento, habiendo sido absorbido en su mayoría por la parte china en creciente auge, más todavía desde que se construyó una nueva línea ferroviaria desde Pekín; la cual ha estimulado el aumento masivo del turismo, de nuevos hoteles, tiendas y supermercados, así como colonizadores provenientes de diversas regiones chinas atraídos por condiciones ventajosas: Los tibetanos son relegados a los trabajos que los chinos no quieren, mientras que éstos últimos son los que ocupan los trabajos oficiales. Lhasa es ahora un híbrido cultural extraño y fascinante, cuya diversidad étnica bulle en sus calles. Mientras el Potala domina el horizonte y se impone como una visión imponente, el templo Jokhang surge como el auténtico corazón espiritual de la ciudad. Construido en el año 640 para albergar una imagen del Buda Sakyamuni, mezcla mística de lámparas de mantequilla, olor a incienso y devotos procedentes de todo el país postrándose con devoción y de manera ininterrumpida, el Jokhang es probablemente el santuario más sagrado y arraigado de todo el país. Pero quizás donde ellos terminan de enamorarse del Tíbet es realizando el circuito de peregrinación del templo Barkhor, durante el cual pueden observar mucho de la enraizada cultura y tradiciones budistas. Los numerosos peregrinos que hasta allí llegan realizan cientos de circunvalaciones a su alrededor entonando el *mantra* "OM mani padme hung" (que invoca la poderosa y benevolente atención de Chenrezig, la expresión de la compasión de Buda) el cual les ayuda a conectar con las capas más profundas de la conciencia y centrar su atención. y sonriendo, en un estado meditativo de oración y fe como en pocos lugares se puede percibir. Resulta tan fascinante ver esas muestras de profunda devoción y reverencia que después de horas contemplando esa especie de elipsis hipnótica, escuchando la constante música de veneración y plegarias, ellos mismos se ven impelidos a mezclarse con el río incesante de gentes y dar algunas vueltas con los tibetanos, conscientes de que tienen mucho que agradecer por poder estar allí a salvo después de las tremendas peripecias que les ha tocado vivir.

Lo que también perciben deambulando por la capital es la enorme presencia policial: en cada cruce de calles hay cabinas de guardias chinos apostados en diferentes direcciones para mantener la vigilancia; A menudo se les ve haciendo maniobras, cambiando la guardia, o simplemente paseando para que se sienta su presencia. Además hay cámaras de video en los tejados de manera general con el fin de grabar a los que caminan por la calle y tenerlo todo bajo control. ¿Cómo pueden vivir los tibetanos bajo esta presión, como si fueran extranjeros sospechosos dentro de su propio país?

Es también vagabundeando y hablando con los locales que manejan un decente nivel de inglés como comprueban que el experimento chino de las últimas décadas —diametralmente opuesto de la sabiduría profunda y ancestral que les caracterizó durante numerosísimos siglos— parece consistir en vaciar al individuo de reflexión y autorreflexión, vaciar la vida humana de contenido y de sentido. E intentar llenar ese vacío con lo único importante: el dinero.

—Bueno chicos, ¿por dónde continuamos nuestras pesquisas? Espero que a pesar de lo que hemos pasado aún os queden ganas de retomar nuestra búsqueda... —Sugiere Ruth una noche, ya repuestos, mientras se zampan una hamburguesa de carne de yak.

—Sí, sí, yo creo que necesitábamos estos días tranquilos para recuperarnos, pero por mí, cuando queráis, mañana mismo, podemos empezar a visitar los monasterios de los alrededores. —Plantea Elena.

—¡Genial! Lo que me gustaría proponeros es ir antes a las cuevas de Chim-puk, donde el maestro Guru Rinpoche meditó durante largo tiempo... Son muy sagradas para los tibetanos, y creo que merecería la pena ir, ya sabéis las ganas que tenía cuando aún teníamos guía, pero creo que fue una buena decisión no detenernos y llegar aquí cuanto antes...

—¡Vale! A mí también me apetece salir a echar un vistazo por los alrededores... Lo único es que tenemos que averiguar cómo ir... ¿A cuánto está de aquí? —Pregunta Alberto.

—En la Lonely Planet dice a unas dos horas en coche... Creo que lo mejor es que contratáramos conductor y guía para pasar el día, quizás todavía estemos a tiempo para mañana, anoche vi que algunas agencias de viajes en las calles más turistas estaban abiertas hasta tarde... —Expresa Ruth.

Después de un par de horas de conducción por un paisaje desértico, unas montañas sorprendentemente verdes y ataviadas con vegetación exuberante les reciben. Al parecer están agujereadas por múltiples cuevas —ciento ocho, les precisa el guía—. También les cuenta que es el número exacto de salidas de manantiales y de cementerios. Es el lugar que Guru Rinpoche (y otros grandes lamas) eligieron para retirarse y concentrarse en la práctica meditativa. Comprueban que se trata de un lugar único por las características climatológicas y la belleza de las vistas a medida que van remontando a los 4.300 metros de altitud. Es además estimado como la zona de mayor energía para meditar en el Tíbet.

Actualmente, las cuevas están habitadas por unos doscientos religiosos, en su mayoría monjas, con una vida tan austera que la mayoría se asustaría solo de imaginarse viviendo así. Para ellos es fuente de motivación saber que gracias a los grandes santos que meditaron allí durante años, de algún modo su energía ha quedado impregnada, y eso les ofrece la oportunidad de acelerar más sus propios logros meditativos y su desarrollo espiritual. El guía les cuenta que deben estar atentos, pues en muchas de esas cuevas que van a visitar, los venerables maestros que las habitaron dejaron impresa la huella de su mano o de su pie, algo que podrán observar hoy.

Alberto, como es habitual, asciende con bastante lentitud y Elena, que se ha levantado floja de fuerzas también, le acompaña a idéntico ritmo. Ruth parece movida por un resorte, pletórica, se adelanta a ellos deseando investigar por su cuenta este sitio emblemático que la lleva intrigando desde que supo de su existencia.

La subida termina por desembocar en algunas diminutas cuevas, entra en cada una de ellas, respira el ambiente, intenta sentir la energía y prosigue. Llega a una más espaciosa y con más parafernalia fuera, así que supone que debe ser una de las más importantes. La puerta de entrada que han colocado es muy baja, y ha de agachar la cabeza para no golpearse. Dentro tienen ocupado y decorado la mayor parte del espacio: algunos cojines de monjes alineados por el suelo, libros de oraciones apilados, y muchas estatuillas doradas, en la mayoría reconoce la imagen de Guru Rinpoche.

Cuando se ubica frente al sencillo altar, de repente una ola de energía impresionante la toma por sorpresa, la envuelve, la abraza, con la misma fuerza con la que vivió la experiencia mística en Tailandia, recordándole la imagen única y múltiple que adopta la Luz sagrada.

Rompe a llorar desconsoladamente, sin rastro alguno de tristeza o penar, sino como forma de expresar y canalizar la tremenda emoción que siente dentro. Es como una vibración luminosa de plenitud indescriptible e inefable, más allá de los estándares usuales que vivimos en la vida diaria. Una conexión con un amor infinito que siempre está presente, pero pocas veces experimentamos como tal. No puede parar.

De su espalda surge un monje, el encargado de cuidar esta cueva. Ha visto lo que le está ocurriendo a Ruth, ha solicitado a un par de personas que la estaban visitando que salieran y ha cerrado la puerta para permitirla tener intimidad. Se acerca a ella. Le trae un trozo de madera que limpia con sus hábitos y lo sitúa enfrente de la estatua de Guru Rinpoche y de la huella de su pie estampada en la roca, en el suelo, para que no se ensucie, y le pide por gestos que se siente ahí a meditar mientras le coloca las manos tocando su ombligo, una sobre otra. Después desaparece tan sigilosamente como llegó.

Ruth es incapaz de analizar la situación, se deja mecer por la experiencia mientras va calmándose gracias a la meditación que el amable monje le acaba de mostrar.

Surgen algunas imágenes en la pantalla de su mente: un monje sentado en un monasterio enseñando a sus discípulos los entresijos de la filosofía budista y de la compasión. Es un lama mayor, ha alcanzado un alto nivel de avance y es respetado por muchos. Hasta él vienen muchos religiosos jóvenes a aprender a su lado y familias laicas a pedirle consejo... Hace siglos de esto, no sabría situarlo en un momento concreto, pero sí sabe que acontece en este mismo país, en el Tíbet. Una certeza brota espontáneamente... ¡Ese lama es ella!

Su mirada interior se va difuminando, si bien la información —tan audaz como insólita— queda prendida en ella. Esto explica su conexión con el Tíbet, su familiaridad natural con el budismo, la relación con el monje que la visitó en sueños, la necesidad de regresar sobre sus huellas acaso para integrar parte de la sabiduría olvidada...

Oye unas pisadas y abre los ojos. El monje ha regresado para asegurarse de que se ha tranquilizado. Ella le sonríe tímidamente mientras se seca las lágrimas con un *kleenex*. Quiere agradecerle su cuidado, pero él no entiende nada de inglés. Bajo una apariencia anodina y semejante a la de tantos monjes con los que se ha ido cruzando en este viaje, hay algo excepcional en su mirada, un brillo profundo y penetrante que solo poseen aquellos que han dedicado gran parte de sus esfuerzos vitales al desarrollo de la mente y el corazón, y han alcanzado un grado de conciencia más elevado. Lo percibe claramente.

Es entonces cuando escucha una voz dentro que dice: "Acompáñame, nos vamos a sentar un instante". Ella no se asusta, se da cuenta que proviene del monje que se está comunicando telepáticamente con ella, de forma similar a las ocasiones en las que los Seres de Luz lo han hecho, salvo que hasta hora desconocía que hubiera seres humanos con dicha capacidad.

Se acomodan en los cojines solo destinados a los monjes y que los laicos no pueden utilizar, él se sienta enfrente suyo, le toma las manos —algo a todas luces inusual, ya que los religiosos no deben tocar a las mujeres—, y la mira fijamente a los ojos. Después inclina su cabeza para tocar su frente con la suya, código reservado a saludar a aquellos con los que tienen un vínculo afectivo grande. A ella le cuesta aguantar la inmensa emoción y la alegría que siente. Es como si reconociera a alguien muy cercano, como si se estuviera reencontrando con alguien de su familia al que no ha visto durante largo tiempo.

—Efectivamente, yo fui tu estudiante favorito, mi adorado lama, contigo aprendí a valorar los votos del Boddhisattva de la máxima compasión por encima de todo... Y pude acompañarte en las últimas horas antes de que entraras en el Bardo de la muerte y me prometiste que volveríamos a encontrarnos... ¡Ha pasado mucho tiempo pero has cumplido tu palabra! —Expresa siempre de forma telepática, pues es obvio que también ha desarrollado el don de la lectura de pensamiento, sin poder evitar las lágrimas él tampoco.

Ella desconoce cómo comunicarse a través de la mente como hace él, pero confía que podrá leerle lo que piensa.

—No lo sabía... lo acabo de ver ahora, supongo que me ha ayudado la energía de la cueva... ¡Estoy tan contenta de esta confirmación de que los lazos de amor nunca se pierden!

—Sí, es gracias a Guru Rinpoche, con el que ambos mantenemos la conexión... Por eso yo vivo aquí desde hace años... —Explica sin pronunciar ninguna palabra.

—Tú ahora sabes mucho, tienes acceso a un conocimiento superior y necesito que me ayudes... Yo aún no he podido realizar el propósito para el que vine esta vez... y no sé cómo llegar a ello. —Le ruega.

—Aunque las cosas no sean obvias desde los sentidos, no dudes que ya estás cumpliendo con tu tarea, lo estás haciendo... —La apacigua—. Tu energía modifica la energía de otros por el mero poder de la presencia... No es tan importante lo que dices con palabras, como simplemente estar ahí, gracias a tu armonía y conexión interna... eso es lo que más debes cuidar.

—Cada vez comprendo más cosas, más piezas se van poniendo en su sitio, pero delante de mí, hacia el futuro, solo veo neblina. —Se queja ella.

—Ten fe en todo lo que hagas. Haz las cosas con compromiso, manteniendo la motivación correcta de ayudar al mayor número posible de seres... No temas, todo lo que necesitas llegará exactamente en el momento preciso, de la forma adecuada... A todos los seres que como tú estáis actuando como puente en este planeta —prosigue— tenéis que saber que sois muy amados... Los demás también, pero vosotros estáis realizando un gran servicio por la Tierra y todos los Budas lo aprecian profundamente... Recuerda que has de conservar la claridad de tus intenciones, así no podrás fallar.

—Gracias, gracias, gracias... He venido al Tíbet buscando una *Terma*, algo que se me ha pedido que encuentre para poder ayudar a la humanidad... Pero estoy muy perdida, no sé dónde puede estar guardado... ¿Sabes cómo lo puedo descubrir? —Enuncia ella en silencio, del mismo modo que si estuviera manteniendo una conversación en voz alta.

—Es un *Terma* de Guru Rinpoche, un gran regalo desde ti hacia a todos, él sabía que en un futuro distante tú podrías encontrarlo, pero hay que pasar las pruebas de constancia, paciencia, altruismo y fe... Lo estás haciendo muy bien, no dudes, estás cerca... Con cada paso firme que avanza, surge el siguiente, es así que somos probados... El texto sagrado está escondido en el monasterio principal que perteneció a tu orden, a la mía, en aquel tiempo en el que los dos estuvimos juntos compartiendo el camino del budismo... Pide que el recuerdo te sea devuelto, y así será.

De nuevo ella siente tanto agradecimiento y tanto afecto por este hombre, que no sabe cómo expresarlo y hacérselo llegar. Una vez más distingue como la vida está llena de magia, aunque para la mayoría se trate únicamente de un tormento, o como mucho de una carrera de obstáculos y una lucha permanente por salir adelante e imponerse a los que te pueden quitar lo que tú quieres. Si las personas pudieran cambiar su perspectiva y apreciar la belleza intrínseca de la existencia, la luz permanente detrás de la oscuridad aparente, la interrelación de todos los seres en la red universal, y el sentido de su vida dentro del Plan infinito, este mundo sería un lugar muy diferente.

Se congratula de haber vuelto a este país después de tantos siglos... En el Tíbet se acepta que la realidad es apenas un espejismo, y las fronteras con lo sobrenatural y lo divino son únicamente un convencionalismo que importa solo a quienes creen que la verdad puede apresarse con conceptos materialistas y superficiales; mientras que en Occidente se ha abundado en un vano escepticismo, a la par que se vanagloria de su modernidad al haber eliminado la trascendencia. En Occidente se niegan los grandes enigmas de la existencia; En Oriente se incluyen en la vida con serenidad y armonía. En la nueva Tierra lo antes considerado milagroso o imposible, formará parte de lo natural y normal para todos los seres humanos que la habiten.

Capítulo 35

El Tíbet no es un lugar para recrearse en los placeres del cuerpo, sino para penetrar en la profundidad del espíritu, para escucharlo y comprenderlo a través de la simplicidad, de la belleza desnuda e inefable y el silencio sonoro que supone un repliegue de la mirada sobre uno mismo.

Los tres amigos salen cada día a visitar un monasterio diferente, y cada vez están más convencidos de que éste es el país donde la fe toca el cielo, mientras van descubriendo más y más espléndidos monasterios perdidos en escenarios naturales de una extraordinaria hermosura.

Estuvieron en el de Drepung, uno de los más importantes de la rama Gelugpa. El cual, les informaron, llegó a albergar a diez mil monjes, convirtiéndose en una gran universidad en la que se impartía la filosofía budista y disciplinas relacionadas. Recorrieron el enorme complejo, las incontables capillas y templos adyacentes, observaron las reliquias, los murales, las escrituras exhibidas, la estatua del

Buda Maitreya del futuro y las pocas piezas de arte que han sobrevivido a los destrozos de la Revolución Cultural, examinando pistas que les pudieran indicar si éste era el monasterio que buscan... Pero no las encontraron.

Lo único que vieron es que los cuatrocientos monjes y novicios que lo habitan hoy en día están estrechamente vigilados por la Oficina de Seguridad Pública china, que ha montado una garita por debajo del monasterio, mientras aquellos tratan de concentrarse en sus tareas religiosas y aislarse de la coacción a la que se ven expuestos muy a su pesar.

También se acercaron a probar suerte al monasterio de Sera, fundado en el siglo XV por un discípulo del maestro Tsong Khapa. Fue famoso a lo largo de los siglos por sus enseñanzas tántricas y por los estudios avanzados que se impartían, que duraban veinte años, obligatorios para lograr el graduado de Geshe, algo así como el doctorado.

Allí pudieron asistir a los debates sobre cuestiones filosóficas que los monjes ejercitan en el patio central: se organizan en corros o por parejas, uno propone un tema y se turnan para dar argumentos a favor y en contra, como si fuera una lucha dialéctica para desarrollar sus capacidades discursivas y demostrar que realmente han comprendido lo que estudian. Al finalizar su exposición, el que habla da una palmada al aire para respaldarla, y el otro proporciona argumentos con los que poder rebatir lo presentado. Resulta una escena de lo más genuina y divertida.

Pasaron el día entero recorriendo cada rincón, escudriñando las imágenes, escrutando las salas y colándose incluso en las habitaciones no abiertas a los turistas en busca del pergamino o al menos de alguna señal que les pudiera ayudar, aunque una vez más sin poder dar con nada de importancia.

Compartir todos estas excursiones por los alrededores de Lhasa en medios de transporte locales y mezclarse con los peregrinos tibetanos les ha proporcionado la posibilidad de conocerles mejor. Se han dado cuenta que no es nada fácil ser tibetano en el Tíbet en esta época de la historia. A pesar de sus difíciles circunstancias actuales, tienen la sonrisa a flor de piel, su pequeña estatura esconde una enorme capacidad de sacrificio, transmiten una sólida seguridad interior y conservan una mezcla irresistible de fuerza, desenvoltura y sentido del humor. Sus manos y piel curtidas muestran las huellas de las tareas físicas que llevan a cabo en una región dura y áspera a una altitud media de cinco mil metros, y sus ojos de rasgos mongoles están llenos de compasión.

Llevan una vida sencilla, aunque podrían haber sido ricos, ya que el país es sumamente abundante en minerales, pero esto nunca atrajo su interés. Para ellos, una vida religiosa y profunda, focalizada en los ritos budistas que practican con alegría, siempre ha sido el eje de sus existencias.

Es un pueblo tan devoto, que muchos viajan miles de kilómetros para postrarse ante los lugares sagrados y ofrecer respeto a sus maestros. No son de los adoran ni rezan ni solicitan el favor de sus dioses —porque en el budismo no hay ídolos, ni credos ni libros sagrados como tales—; simplemente lo realizan por la paz de su propia conciencia.

Los tibetanos de hoy se han convertido en un pueblo pobre y oprimido, resignado y sufriente, algo que les conmueve y apena. Su territorio es utilizado como cementerio de residuos nucleares, son objeto de una grave y masiva deforestación, y se han visto abocados a una explotación desenfrenada e indiscriminada de los vastos recursos naturales de los que disponían.

Es un pueblo que viaja en vagones diferentes a los de la modernidad materialista y aplastante china, y al que no se le permite entrar en el bar del tren o subir por las escaleras mecánicas en la estación de Lhasa. No obstante, al turista sí. Observan por ejemplo, que mientras los tibetanos —viejos y niños incluidos— cargan con sus paquetes por las escaleras convencionales, junto a ellos suben y bajan otras que van vacías porque se les prohíbe utilizarlas.

Les resulta curiosa la mezcla imposible de ocho millones de chinos que han colonizado un vasto territorio y han superado ya el número de habitantes tibetanos en su propio país, y cómo el vacío espiritual, intelectual y ético que parece aquejar a la sociedad china no afecta ni contamina las creencias budistas tibetanas, cimentadas en una potente base transmitida de generación en generación, con una fe inexpugnable a pesar de los desafíos, a pesar de las calamidades, a pesar de los sufrimientos, a pesar de la represión.

Un budismo que está presente desde hace muchos siglos ya y aún en boga, frente a una ideología comunista totalitarista en franca decadencia que intenta fagocitar la cultura, la libertad y la paz tibetanas. Un régimen anacrónico en el que un puñado de dirigentes intenta perpetuarse en el poder a través del miedo, el control y la fuerza sobre los disidentes, los libertarios, los diferentes dentro del gran gigante asiático. Sin embargo olvidan que aunque el agua es blanda y la piedra es dura, gota a gota se van abriendo grietas en las rocas, hasta que las parten, no a través de la fuerza sino de la persistencia. Ese momento también llegará a las gentes de esta meseta que roza el cielo, a estas tierras áridas y bellas como pocas, al país de las nieves y la espiritualidad por excelencia.

La fuerza magnética y el espíritu indomable de los tibetanos está resultando sin duda un gran ejemplo para ellos, su manera de engrandecerse y acrisolarse en la tribulación es admirable. Una inspiración su resistencia, su paciencia y su grácil alegría interna, pues se dan cuenta de que están demasiado acostumbrados a las comodidades y libertades occidentales que tienden a dar por sentadas y en general se toman como derechos inalienables en el primer mundo.

De forma sutil pero intensa, van sintiendo el Tíbet como una gran herida. Una gran herida en la epidermis del mundo, demasiado grande y doliente como para quedarse impávidos ante ella, como para no sentirse parte integrante de la misma y sinceramente desear que la crueldad para con los seres humanos que habitan este planeta concluya, de una vez por todas.

Capítulo 36

Los amigos se van dando cuenta que hay una parte suya que está empezando a frustrarse por su incapacidad para encontrar aquello que con tanta ilusión han venido buscando, y también comienzan a dudar de sus propias posibilidades, así como de poder llegar a hacer realidad el sueño de Ruth, que ahora es el sueño compartido de todos.

No obstante, aceptan que no lograrlo forma parte del juego, y que en la vida para poder ganar uno ha de arriesgarse a perder, sabiendo que no encontrar a veces significa encontrarse, que perder para conocer, no es perder sino realmente ganar, y por último que en el camino están compartiendo y aprendiendo más de lo que podrían haber imaginado.

Les quedan muy pocos días ya antes de tomar su avión de regreso a Europa. La esperanza de encontrar el manuscrito se está quedando mermada, pero se animan con la riqueza de imágenes, de experiencias, de conocimiento, de flexibilidad, de humanidad que han ido adquiriendo en el recorrido. Quizás no era el tiempo, quizás no era el lugar tal y como creían, quizás no eran los elegidos, acaso las sincronicidades no se produjeron, o los astros no se alinearon como deseaban, o algo importante se les escapó muy a su pesar. Tratan de aceptar su fracaso con humildad y un cierto desapego que los budistas les han transmitido, ese que no se resigna de mala gana sino que intenta abrazar la realidad como la mejor versión posible; a pesar de los planes, de los deseos, de los anhelos de los que hay que desprenderse.

Hoy se han levantado temprano para visitar el último monasterio, y se han dejado un par de días libres para hacer algunas compras y viajar a un lago en el norte el último día antes de volar.

Los autobuses que les transportan al monasterio de Tsurphu, al noroeste de Lhasa, parten de la siempre concurrida plaza Barkhor. A través de callejuelas con cientos de puestos y tiendecillas, caminando desembocan en el centro. Tras preguntar a varias personas, por fin comprenden cuál es el bus que les conducirá al monasterio. Cuando éste aparca y abre las puertas, una multitud se abalanza sobre la puerta pretendiendo entrar todos al mismo tiempo, sin respetar colas, orden de llegada y ni siquiera ancianidad. Apelotonados, todos quieren subir, y cuanto antes. Ante dicha avalancha, los tres prefieren quedarse a un lado, sentarse en la acera, y esperar al siguiente, aunque tarde una hora más en aparecer.

En cuanto salen de la ciudad, se dan cuenta de que los postulados estéticos de esta altiplanicie árida y fascinante y su extraordinario cielo protector se han quedado grabados en su memoria, en su retina y en su piel para siempre, y lo echarán de menos con un halo de nostalgia, conscientes de que despertará evocaciones etéreas aun cuando se hayan marchado.

La naturaleza aparece aterciopelada y fresca bajo el rocío matutino, el cielo se alarga como un lienzo infinito, de un azul traslúcido, brillante y puro. Siguen fascinados por la poesía visual de los espacios abiertos —interminables y desnudos— tan intimidantes en su palpitante soledad, que a veces piensan que hasta las piedras y los lagos podrían estar dotados de vida propia, como decía el gran yogui Milarepa, "¿No es acaso sagrado todo lo que se encuentra en el Universo?".

Se han informado sobre el último monasterio que visitan, el de hoy. Fue construido en el siglo XII por el primer Karmapa, gran lama de una de las cuatro tradiciones tibetanas, la Kagyu, dos siglos después de que el budismo se introdujera en este país, traído desde la India. Los Karmapa enseñaron a reyes chinos, mongoles y tibetanos; y además de los estudios tradicionales, en este monasterio se ponía un énfasis especial en los rituales tántricos, en el arte, la música y la meditación.

Por desgracia, el monasterio original fue destruido —como otros seis mil monasterios más— por el régimen comunista chino durante la llamada Revolución Cultural durante los años 60 del siglo XX.

Llevan dos horas en el autobús destartalado al que van subiendo más y más peregrinos durante las continuas paradas, hasta que se llena hasta la bandera. Al lado de Alberto se sube un señor de rostro bondadoso y arrugado que huele a demonios, a algo que identifican como un amasijo de fuego y boñigas de yak con las que ha debido estar calentándose o cocinando. Sus ojos están enrojecidos por el fuego al que ha estado expuesto, y además demuestra estar agotado el pobre hombre, pues en cuestión de escasos minutos se queda dormido en el hombro del chico, mientras ellas no se aguantan la risa y no paran de inmortalizar la divertida escena, prometiéndole subir las fotos a Facebook, con o sin su consentimiento.

En el camino realizan una parada adicional para mojarse las manos y la frente en un manantial que debe ser de agua bendita, pues todos los pasajeros descienden y repiten los mismos gestos. Ellos les imitan. Después se salen de la ruta, sin saber porqué. Los amigos empiezan a pensar que a lo mejor se han equivocado de autobús. Cuando ven que todos salen y se colocan en fila, de nuevo ellos les siguen. Al final comprenden que se trata de una corta visita a un lama que ese día reparte bendiciones y regala a cada uno un cordón de protección que ellos se atan a la muñeca, como todos los demás peregrinos.

Una hora más tarde por fin aparece ante sus ojos el espectacular monasterio de Tsurphu, ubicado a bastante altura, unos cuatro mil quinientos metros, pero acostumbrados ya a la altitud, lo van notando menos. Una amplia montaña protege su espalda, como velando por la serenidad del lugar. A la entrada se topan con un grupo de militares, con indisimulada cara de tedio ante la belleza arquitectónica, denostando las creencias de un pueblo que consideran bárbaro y atrasado, despreciando aquello que ignoran.

—¿Cómo nos organizamos? ¿Qué os apetece hacer? —Pregunta Elena.

—A mí me gustaría hacer la *kora* con los peregrinos, parece una caminata un poco larga, pero será mi despedida... —Expresa Alberto.

—Yo voy a buscar algún rincón donde meditar un rato, y luego ya ir a recorrer el monasterio. —Responde Ruth.

—Vale, pues yo voy contigo Ruth. ¿Qué os parece si a las cuatro nos encontramos en la puerta los tres para coger el autobús de vuelta a Lhasa? —Propone Elena.

—¡Hecho!

Las dos amigas se pierden en el laberíntico espacio de salas interiores, donde hay pocos visitantes. Hay una en la que ven unos cojines en una esquina y dos laicos sentados meditando y rezando. Suponen que debía ser la sala en la que los Karmapa recibían a los visitantes y peregrinos, pues aún se conserva el pequeño trono en el que los grandes lamas suelen sentarse para otorgar bendiciones y audiencias. Conservan en las vitrinas algunos de sus objetos: campanitas, estatuillas, cuencos y demás. En la pared mantienen colgada una gran foto del anterior Karmapa, el XVI que murió en Estados Unidos, y un retrato más pequeño del actual que vive exiliado en la India. Las dos chicas se sientan en los cojines también con las piernas cruzadas y buscan unos minutos de interiorización y calma mental.

Ruth no tarda mucho en vincularse con la potente energía del lugar y de repente siente una inesperada nostalgia de algo antiguo y olvidado. Las lágrimas empiezan a caer por sus mejillas, sin que ella ose moverse ni un centímetro, al recordar que ella ya ha estado allí, en ese monasterio. Reconoce que aquello le resulta familiar, y sin esfuerzo alguno van surgiendo imágenes evanescentes de una escena con el Karmapa de aquel tiempo en el que ella vivió, cuando era lama e impartía enseñanzas a los monjes más jóvenes.

Ha regresado por casualidad a sus raíces espirituales en la Tierra, a un lugar donde fue muy feliz y cumplió con una bella tarea. En su regazo se ha cristalizado un momento de conciencia antigua y plena, aportándola una velada y emocionada certeza de la infinitud de la vida. Luces y matices, el inolvidable y todopoderoso influjo del ayer sobre el ahora, la tierra extraña del pasado, la conexión con lo que fue para amplificar lo que ahora es.

Cuando abre los ojos y se seca la cara, ve que Elena ya ha salido. El monje que cuida la sala está sentado cerca de la ventana; la ha observado atentamente, y ahora se acerca a ella, aportándola una foto que le regala. Es del Karmapa actual. La luz es demasiado tenue allí dentro para distinguir nada más. Le da las gracias y se queda con ella. Al salir al patio el sol brillante del mediodía ciega sus vidriosos ojos; se refugia en la sombra de un edificio mientras guarda la foto entre su cuaderno para que no se doble. Es entonces cuando se fija en ella y en los detalles que aparecen detrás del gran lama. Es una construcción anodina como la que han visto por decenas, pero al escudriñarla de cerca distingue una puerta de color naranja desgastado con un símbolo budista que para ella es especial, el del nudo infinito que representa la interrelación del camino espiritual, el flujo del tiempo y el movimiento dentro de eso que es eterno, el que vincula el tiempo y el cambio, indicando al final el descanso en lo divino, en la mente iluminada.

Lo que le llama la atención no solo es que se trate de su símbolo favorito, hay algo más pero no sabe bien qué... ¡Sí! De pronto una chispa se enciende en ella, ¡es la puerta que vio en su sueño! No se lo puede creer. El corazón se le acelera y se empieza a poner nerviosa. Tiene que encontrar a Elena. ¿Qué hacer ahora? Repara en unos monjes que pasan cerca, y acelera para enseñarles la foto y preguntarles por señas dónde se ubica esa puerta. Ellos no la entienden. No sabe cómo va a poder hacerse comprender en inglés. Corriendo regresa sobre sus pasos buscando a Elena, está demasiado excitada para pensar con claridad.

Por fin la encuentra en los aledaños de la sala de pujas y oraciones, haciendo fotos. Le explica rápido su hallazgo y las dos están de acuerdo que esa puerta ha de corresponder a un pabellón emplazado por los alrededores, puesto que están en la sede central y el Karmapa solo podría haberse hecho la foto allí. Han de localizar a alguien que pueda indicarles su ubicación... y rápido, no disponen de tanto tiempo. Se aproximan a todos los monjes que pasan cerca, les enseñan la foto, señalan con el dedo la puerta de detrás y miran entorno suyo preguntando con los ojos "¿dónde?". Ellos las miran extrañados y las responden en tibetano, probablemente explicando la simbología del nudo infinito, sin llegar a comprenderse. Las barreras del lenguaje hoy son inexpugnables y frustrantes para ellas.

Inmunes al desaliento después de tantos kilómetros y peripecias en su mochila, siguen intentándolo con ahínco, es su última posibilidad, y ahora sí que sienten que la están rozando con los dedos; nunca han estado tan cerca y no están dispuestas a abandonar.

Se cruzan con un monje joven, con gafas y el aire desgarbado y despistado de los intelectuales. A él también le interceptan y le cuestionan. ¡Por suerte chapurrea unas palabras de inglés! Las suficientes para entender lo que le preguntan, mostrarles una salida a su derecha y señalarles una dirección que deberán seguir. Realizan verdaderos esfuerzos para no echársele al cuello y fundirse con él en un abrazo de agradecimiento. Se apresuran aunque sin correr, pues acaban de avistar a un militar en la otra salida, y no quieren llamar la atención y poner en peligro la operación en estos instantes en los que parecen encontrarse muy cerca del tesoro.

Avanzan por un largo pasadizo que desemboca en lo que parecen ser las celdas de los monjes. Continúan mirando a izquierda y derecha, esperando que nadie las intercepte, pues no es una zona por la que deban moverse los visitantes. De repente las dos descubren al mismo tiempo una puerta de color naranja con el nudo infinito pintado en la puerta. Se miran sin mediar palabra, emocionadas. Acuerdan que Ruth entrará, mientras Elena se quedará fuera vigilando.

Ruth llama con los nudillos. Nadie contesta. Empuja la puerta despacio y entra con sigilo. Es una habitación de reducidas dimensiones. Apenas cabe una cama estrecha, un cofre antiguo, una estantería destartalada con varios objetos religiosos y un par de fotos apoyadas, y un cojín de meditación tirado en el suelo. Se dirige a la estantería a curiosear. Toma las fotos y va hacia el ventanuco para echarlas un vistazo. Una es de Karmapa y en la otra aparece un monje anciano, con sonrisa jovial... ¡Es el mismo monje que la visitó en sueños! Nota como la mano le empieza a temblar sin poderlo evitar.

De pronto escucha unas pisadas a su espalda. Cuando se gira, un monje la mira fijamente desde la puerta, da un paso hacia delante y cierra la puerta detrás suyo. Ella se asusta un poco; no sabe quién es este hombre ni cuáles son sus intenciones. Permanece quieta, pegada a la ventana, sin atreverse a realizar ningún movimiento. Por fin, el monje le tiende las manos en señal de bienvenida y ella se aproxima para tomarlas mientras se sonríen. El monje la saluda y le da la bienvenida con el típico "Tashi Delek", que en tibetano significa: buena suerte.

Ella siente que es de confianza, y que de algún modo la esperaba.

Ruth recoge la foto del monje mayor, se la muestra y lo señala, intentando preguntar con la mirada por su paradero. El joven le hace entender que ya se ha ido, que ha muerto.

Ella siente un pinchazo en el corazón al enterarse. ¡Le hacía tanta ilusión poderse encontrar un día con él! Especialmente tras las numerosas andanzas vividas para llegar hasta aquí... Siente que todas las visicitudes caen en terreno árido y se pierden, no habrán servido de nada. El monje ha partido sin esperarla, y con él, su secreto.

Junta las manos en su pecho y baja la cabeza en señal de respeto y despedida, con gran pesadumbre en su interior, y la tristeza de pensar de haber llegado demasiado tarde a la cita con el destino —a pesar de haberlo acariciado con sus propias manos—. Ya no podrá recuperar el manuscrito sagrado ni ayudar a la humanidad como se le había solicitado. Una preciosa oportunidad perdida.

No siempre se puede conseguir lo que uno pretende, el universo ha de colaborar incondicionalmente con los anhelos y dar su visto bueno primero. Aunque no es menos cierto que en la vida la realidad en ocasiones aparece enmascarada, y hay que pasar por múltiples avatares y pruebas con el fin de posicionarse y preparar el carácter para niveles más altos, más amplios, más sublimes.

Cuando ya está abriendo la puerta para salir, ensimismada en su visión claudicante, el monje la agarra por el brazo, tirándola hacia dentro y cerrando la puerta de un portazo. Por señas la pide que espere, mientras levanta la colcha ocre y rojiza que cubre la cama, retira la almohada y mueve el colchón hacia un lado. Justo de entre la madera y el colchón saca una especie de pergamino de papel amarillento y envejecido, y se lo entrega con una reverencia, consciente del valor de ese documento que ha estado encargado de custodiar desde que su lama desencarnó, sabiendo que un día una mujer blanca vendría a recuperarlo para el mayor bien de los seres humanos. Ha podido cumplir su tarea, y ahora pide bendiciones al Buda para que el secreto que él desconoce pueda cumplir su cometido a través de esta chica venida del otro lado del mundo.

Ruth aún está bajo estado de *shock*. En el momento en el que lo creía todo perdido, la desazón ha abierto la puerta al encantamiento mientras toma conciencia del alcance del hecho: ¡el ansiado documento está en sus manos! Le da las gracias en tibetano repitiendo muchas veces su fórmula "*thuk jay chey*", lo guarda en su mochila y sale para contárselo rápidamente a Elena.

Ahora no tienen tiempo que perder. Lo ideal sería encontrar a Alberto y tomar el primer autobús de peregrinos que salga de regreso a Lhasa; es demasiado arriesgado llevar encima algo tan valioso teniendo en cuenta que hay vigilancia china en este monasterio. ¿Por dónde andará su amigo? Qué bien les habría venido disponer de sus móviles para poder estar conectados entre ellos.

No les da tiempo a hablar mucho más, cuando salen al patio, el militar apostado en una esquina les echa un ojo. Son las únicas occidentales que han visitado los aledaños durante el día de hoy, y le mosquea que viajen de forma independiente, sin formar parte de un tour organizado. Con un silbido las llama. Ellas no se dan por enteradas y continúan haciéndose las despistadas, hasta que le ven andar con paso firme hacia ellas.

—*Passport*. —Les pide con aire adusto y acento mandarín.

Ambas intentan mantener la calma y no revelar ningún miedo ni nerviosismo en sus rostros ni en sus ademanes. Ruth se alegra de haber envuelto el manuscrito en un chal y así no dejarlo al descubierto al abrir la mochila. Le cuesta mucho mantener la serenidad y no permitir que sus manos tiemblen al buscarlo. Pide fervientemente a sus guías espirituales que la apoyen de nuevo y que el militar las deje marchar sin registrarlas, o podrán verse envueltas en un gran problema. Aunque el tipo no tuviera ni idea de lo que llevan exactamente, está claro que es algo antiguo y está escrito en tibetano. Con la paranoia en la que se encuentran sumidos desde que empezaron a sublevarse pacíficamente con los suicidios, cualquier cosa que pueda parecer sospechosa podría volverse en su contra, podrían acusarlas de robo, o bien de ser espías confabuladas con los tibetanos y por lo tanto contrarias al todopoderoso sistema chino. Mientras le entregan sus pasaportes, tratan de enarbolar una falsa sonrisa de confianza. Ansían salir del monasterio cuanto antes, y así poderse perder en la muchedumbre de Lhasa. Allí su identidad se verá mezclada con la de muchos otros turistas que se pasean, hacen fotos y compran; Todos ellos ignorantes de la realidad subyacente tras la apariencia de normalidad que tanto se empeña en transmitir el Partido, mientras controla férreamente la vida de millones de chinos.

Capítulo 37

—**B**ueno chicas, ¿y ahora qué hacemos con esto? —Pregunta Alberto a sus dos amigas, refiriéndose al manuscrito que tienen expuesto encima de la cama de las chicas.

—Pues yo creo que deberíamos buscar a alguien que nos lo traduzca aquí en Lhasa, pues una vez volvamos a España, encontrar un traductor del tibetano será tarea ímproba. —Afirma Ruth.

—Ya, pero no es fácil aquí tampoco con todos los espías ahí sueltos... ¿Cómo podremos encontrar a alguien de confianza sin temer que dé el chivatazo a los chinos? —Señala Elena.

—Pues le sometemos a un interrogatorio, como en las películas...

—*Joer* Albert que no es momento de bromitas... Nos quedan dos días justos para dar con alguien en el que podamos confiar y que nos haga la traducción... —Le reprende Ruth.

—¿Y si buscamos en Internet? —Sugiere el chico.

—Anda ya, ¿y después llamamos uno por uno? ¿Y qué les decimos, que tenemos una *Terma* en nuestras manos? Lo primero es que ni nos creerían... Y lo segundo es que pocos minutos después tendríamos a la policía china echando la puerta abajo... —Asevera Elena.

—Lo único que se me ocurre es ir a la agencia de viajes del primer guía, que era de confianza, cruzar los dedos para que esté en Lhasa y pedirle que nos ponga en contacto con alguien que conozca y nos lo pueda traducir... Era poco avispado pero fiel a la causa tibetana y noble, con él no hay peligro de que nos delaten... —Apunta Ruth.

—Pues me parece buena idea. Escondamos el documento y vayamos a buscarle cuanto antes, no tenemos tiempo que perder. —Les exhorta Elena.

El monje examina con mucha atención el manuscrito. Se ha sentado encima de la cama de las chicas, con las piernas cruzadas como acostumbran, y está leyéndolo con ávido interés. Tuvieron la inmensa fortuna de encontrar de nuevo al guía que les trajo desde la frontera con Nepal, le pusieron al día de los resultados de sus pesquisas y le solicitaron ayuda manteniendo la máxima confidencialidad. Les pidió veinticuatro horas para encontrar a la persona idónea, y así pudieron contactar con este venerable monje de edad imprecisa pero aún joven, antiguo estudiante en el monasterio de Sera, y buen amigo del guía. Además, les informó que había pasado una temporada en la India —donde aprendió inglés— y ahora había vuelto temporalmente para acompañar a su padre, que estaba muriendo. Con gran altruismo les estaba haciendo un tremendo favor, aun sabiendo lo peligroso que podría ser para él, en una ciudad fuertemente vigilada donde se reprime con mano dura cualquier elemento sospechoso.

Una vez terminó de repasarlo todo, les indica:

—No hay duda de que es un documento auténtico y muy antiguo, aunque no podría deciros quién lo escribió... Mi sensación es que el mensaje es poderoso, aunque no pueda comprenderlo bien todo, algunas cosas quedan fuera de mi preparación... Si ha llegado a vuestras manos es porque está destinado a que hagáis algo con ello, pero sois vosotros los que tendréis que decidir el qué...

—¿Nos lo podrías traducir? Si lo vas haciendo despacio, yo podría ir escribiéndolo en mi cuaderno... —Le ruega Ruth, con una curiosidad que ya no puede contener.

—Sí, claro.

Los tres escuchan con todos sus sentidos, atrapados por la intriga del momento y la magia de haber logrado lo que se propusieron con tantas ganas e ilusión, lo que tanto esfuerzo les ha costado, aquello que les ha llevado a pasar por tantos avatares y vivencias inolvidables, deseando averiguar los secretos que este religioso caído del cielo va a desentrañar por fin.

—El manuscrito dice...

"Llegará el tiempo perfecto en el cual los seres humanos podrán recuperar las 12 hebras de su ADN. La reestructuración se producirá a la par que la rejilla de luz de la Tierra se prepara para la transformación.

Los cuerpos se harán más ligeros y transparentes debido a una vibración energética más rápida. Las capacidades adormecidas irán despertando y las personas cada vez necesitarán menos comunicación con palabras, ya que se hará a través del corazón y la mente directamente.

Ese momento llegará, mas no todos estarán listos. Habrá que realizar una elección porque no se podrá mantener la neutralidad ni las posiciones intermedias eternamente. Entonces la madre Tierra llevará consigo a los mejores estudiantes, dejando atrás la destrucción, la corrupción, la negatividad y la oscuridad. Así será, como parte del gran diseño del Concilio de los Nueve, desde la Fuente.

Los seres humanos se han quedado atrapados en el karma acumulado durante incontables vidas y siguen acarreando muchos pesos por su incapacidad de perdonar y soltar, y la ignorancia de no comprender su verdadera naturaleza luminosa y unida a la Mente Universal.

Durante miles de años los humanos han estado jugando y practicando con su libre albedrío, dañando gravemente el planeta que generosamente les ha acogido. Llegará un momento en el que habrá que frenar esa enfermedad para que no se extienda y perjudique a demasiados.

Cuando leas esto significará que el tiempo está muy próximo...

Todo va a cambiar en este bello y denso planeta. La vibración va a incrementarse, las frecuencias de los cuerpos y energías aumentarán, las personas vivirán con mayor armonía con el medio ambiente y con ellos mismos.

Durante siglos los humanos no han podido tener acceso a esta información porque los conceptos eran demasiado difíciles de asimilar. Pero a medida que los ciclos se vayan cumpliendo, el velo se tornará más fino y un mayor conocimiento será accesible, para aquellos que lo busquen.

Habrá momentos de caos, cuando los sistemas de creencias se despedacen y las personas empiecen a descubrir y vislumbrar nuevos elementos de la realidad que antes no percibían.

Solo los que comprendan lo que sucede serán capaces de mantener la calma y ser una fuente de consuelo en medio de la confusión.

Aseguraros que podréis transmitir la tranquilidad necesaria entonces a aquellos que quieran escucharos y que busquen una mano que les reconforte.

La época que precede al cambio será primordial para dar las oportunidades a aquellos que aún no habrán decidido qué camino tomar; de tal modo, que todo el mundo tenga la posibilidad de realizar la transición durante un período de tiempo.

Al final, el que las personas la hagan o no dependerá del individuo, de su trabajo personal y el grado de conciencia alcanzado.

Las pruebas estarán ahí para todos, para comprobar lo que son capaces de dar, cuán firme es su compromiso, cuánto están dispuestos a servir.

Os aviso de la importancia de no quedaros distraídos por el miedo, la negatividad, la tristeza ni los remordimientos que podáis ver a vuestro alrededor; vuestro foco ha de permanecer en lo positivo y en avanzar hacia adelante.

Cuantas más personas puedan crear paz y armonía, más podrán habitar la nueva Tierra de quinta dimensión. Si cada uno de vosotros es capaz de crear su propio cielo en la Tierra, entonces se podrá expandir fuera sin límite. Recordad, donde pongáis vuestro foco es lo que creáis y lo que se extenderá.

Todo el mundo tendrá que liberarse de la avaricia, la dominación y el materialismo para poder progresar a la nueva etapa. La fuerza impulsora tiene que ser trabajar desde el amor y el servicio para el mayor bien.

Estad tranquilos, no existe el tiempo, los que no lo hagan ahora escogerán la velocidad de su avance, dispondrán de la oportunidad de hacerlo en el futuro.

Es un gran momento, esperado por tantos y tantos seres. El planeta entero entrará pues en una nueva dimensión que cambiará eventualmente todo. Aquellos espiritualmente preparados realizarán la transición fácilmente. No hay nada de lo que preocuparse, solo ocuparse en lo importante y lo esencial, lo demás vendrá dado.

No mucho más puede ser adelantado, nombrado ni explicado porque no existen conceptos en nuestra mente humana para permitirnos comprender las complejidades de este cambio que acontecerá. Es por ello que nunca aparecerán todas las respuestas.

Si has llegado hasta aquí y se te ha entregado esta información secreta es porque el esperado momento ya ha llegado y tú eres uno de los doce.

Alinea tu mente y tu corazón con el propósito de servicio a la humanidad con el que has venido. Libérate de todas las cargas del pasado y todos los karmas, porque estás destinado a volar, y con tu vuelo alumbrar a muchos perdidos en las sombras de la ilusión.

Cuando leas esto el chakra más sagrado de la Tierra ya habrá abandonado esta región de las nieves donde las estrellas están más cerca y en la que la libertad se habrá desactivado, para trasladarse a otra zona especial, un vórtice poderoso de energías sutiles.

El Mercaba lo encontrarás allí, en un lugar con forma de serpiente; pues es donde empieza a despertarse la Kundalini de la Tierra conectada con los corazones de toda la humanidad, en el otro extremo de la Tierra, un lugar de condiciones similares a éstas, salvaguardado a gran altura también, a salvo de la depredación humana, en donde las aguas no llegan nunca.

Vete a su encuentro, te estará esperando.

Desde ese espacio en el que el tiempo no existe y todo es el gran ahora, te guiaremos una vez más.

Haz de la paz tu esencia y tu camino.

Bendito seas por el servicio elegido para el mayor bien."

Parte 4

La llave del cambio

"Guarda bien tu corazón, ten cuidado con el egoísmo,

el miedo y la duda.

Mata el egoísmo con el amor universal; mata el miedo con
la fortaleza; mata la duda con el conocimiento.

Y recuerda que tú, como un ser aislado y separado puedes
hacer poco, pero como un instrumento de lo Infinito,
mucho."

Will Garver

Capítulo 38

Regreso a España. Regreso a una realidad de pesimismo colectivo, de corrupción rampante, de políticos atrapados en sus propias mentiras, de bancos que han engañado a los esperanzados contribuyentes, de desazón incontrolada, de morbo televisivo, de sumisión a lo tangible y lo material, de directrices dictadas por la más necia banalidad, una sociedad en marcada decadencia... Un canto agudo a la insatisfacción total y al amotinado navegar a ciegas. Un presente dislocado y trufado de desilusión al que Ruth siente que no pertenece y que le resulta bastante claustrofóbico.

Aunque detesta la televisión, en casa de su madre está encendida en permanencia y eso le fuerza a un mayor *shock* con la realidad del momento. Ante ella ve desfilar un rosario de ruindades que ciertos programas de cotilleo y maledicencia se empeñan en subrayar, mientras desgranan cuenta a cuenta un desencanto contumaz hasta el cansancio, hasta la hartura, hasta la más completa saturación. No obstante, los programas serios tampoco son más redentores. Se gritan, se insultan, se enfrentan con agresividad, sin dar ningún mensaje propio ni esclarecer nada. Acaso el lenguaje opaco es norma de cualquier sociedad que camina hacia su disolución. Y ahí están los *realities* en los que no conceden tregua a los personajes que en ellos participan, obligados a revolcarse en el fango y respirar un aire hostil que corrompe sus ilusiones, donde se gana al precio de la indignidad.

No le gusta lo que ve. Es como si el desarrollo capitalista se zambullera sin escafandra en las tinieblas de su aparente prosperidad y no se ofrecieran más que vidas amputadas de horizontes. Solo percibe corazones tristes y almas magulladas.

De alguna manera tiene que alejarse de la tela de araña de pegajosas y peligrosas simetrías que este sistema está urdiendo, o también quedará atrapada. Ella posee la versatilidad suficiente para poderse colar por las grietas y perderse. Perderse para encontrarse a sí misma. Buscar la paz exterior para hallar la paz interior. Si no, corre el riesgo de petrificarse, a pesar de lo vivido, a pesar de lo reconocido, a pesar de sus recuerdos profundos. Lo fácil es caer presa de los tentáculos de esta enloquecida y extraviada sociedad. Lo fácil es sumergirse en la ambigua frivolidad reinante. Lo fácil es amplificar con su consentimiento los jirones de amargura y desengaño que ve a su alrededor. ¿Pero desde cuándo ha escogido ella el camino fácil?

Su camino puede parecer un laberinto inextricable y surrealista a veces, pero es significativo para ella. Sus memorias pueden ser evanescentes y fugaces en ocasiones, pero son auténticas y resuenan en su corazón. Las salidas materialistas y mundanas no le resultan convincentes y necesita simplemente experiencias que le iluminen, que le conduzcan a algo trascendente... Todo ello para espanto de su madre, que solo aspira a que su hija sea más sensata, más convencional, más normal.

Ella, como Spinoza, piensa que la perfección y el infinito en realidad no tendrían que considerarse tan trascendentes, sino inherentes al mundo, porque todo lo finito participa de la infinitud. En Ruth ha latido siempre una cierta nostalgia de la espiritualidad perdida, y ahora que ha encontrado las raíces y la dirección, no está dispuesta a echarlas a perder.

Gracias a María ya no se siente completamente sola en este trayecto.

—¡Ay María, este viaje ha sido una experiencia tan increíble! Una aventura iniciática para mí... y creo que incluso para mis amigos... Y reconectar con quien fui y con las energías del Tíbet ha despertado algo en mí, estoy segura. — Le confía Ruth cuando por fin la señora tiene tiempo para recibirla en su casa.

—¡Claro cielo! ¿Cómo no iba a hacerlo? Ha sido durante siglos un remanso de paz y sabiduría... Y a pesar de la triste situación actual, parte de esa energía aun sigue, aunque se esté expandiendo a otras partes del mundo ahora... Los maestros tibetanos que están descendiendo de las cumbres para compartir la hermosura de su lección hablan desde la experiencia de lecciones que han vivido, por eso su transmisión es tan poderosa...

—Sí, son personas de un calibre moral, de una sabiduría que no he visto jamás. Me siento muy afortunada de todo lo vivido, a pesar del miedo que hemos pasado en algunas ocasiones. —Confiesa Ruth. —Hablando de otra cosa, al volver me he estado preguntando que es posible que no sea un hecho fortuito el encontrarme en paro en estos momentos... Mi madre está muy agobiada, pero yo no. Siento que me viene bien para darme un tiempo, para repensar lo que quiero hacer ahora que se abren nuevas puertas ante mí... de hecho creo que me permite un respiro, al menos mientras siga cobrando, para replantearme mi vida, mi futuro, todo...

—Me parece bien. Ya sabes que a pesar de las apariencias, no hay nada accidental en el teatro de la vida...

Aunque a veces resulte convincente la ilusión de que las cosas te están pasando sin ninguna razón lógica.

—Es verdad. Y también creo que el estar sin trabajo ahora me da la oportunidad también de realizar esta tarea que parece que me ha sido asignada, aunque a veces me sobrepasa un poco y se me hace grande. —Admite la chica.

—Para que el alma se pueda elevar hay que pasar por pruebas, y no siempre podemos conocer el propósito de cada paso que damos, pero tú sabes que estás en el camino correcto, ¿verdad? —Le pregunta la señora.

—Sí, sí, no tengo ninguna duda. Hay momentos en los que me parece increíble que esto me esté ocurriendo a mí, pero al mismo tiempo en mi interior siento que forma parte de mi plan de vida, que es algo que mi alma eligió antes de encarnar, y que simplemente ha llegado el momento de pasar a la acción... Aunque vuelvo a llegar a una encrucijada, y no sé por dónde tirar ahora... Has leído el contenido de la *Terma,* ¿tienes alguna idea de dónde tendría que ir a buscar el Mercaba? Es que tampoco puedo irme a recorrer mundo hasta dar con ello... Tengo que dirigir mi búsqueda a algún sitio en concreto, no me puedo permitir embarcarme en aventuras inverosímiles, María. No tengo edad para ir de mochilera por el mundo, ni ganas.

—Por supuesto, y por ello no te preocupes. La vida siempre apoya a los que realizan un servicio por la humanidad. ¿No has sido guiada hasta ahora? ¿No te han ido surgiendo las claves? ¿No han aparecido los recursos? Has de confiar, Ruth. Esa es una de tus pruebas.

—Tienes razón. Como me dijiste una vez "cada lección debe ser continuada por un test, así es como sabemos si la hemos aprendido". —Recalca la chica. —Pero me siento un poco perdida en estos momentos. ¿Tú sabes hacia dónde he de dirigirme? ¿O debería esperar hasta que me llegue algún signo?

—Releamos la parte del manuscrito donde da las indicaciones. —Propone María. —A ver si podemos dilucidar algo.

"El Mercaba lo encontrarás allí, en un lugar con forma de serpiente; pues es donde empieza a despertarse la Kundalini de la Tierra conectada con los corazones de toda la humanidad, en el otro extremo de la Tierra, un lugar de condiciones similares a éstas, salvaguardado a gran altura también, a salvo de la depredación humana, en donde las aguas no llegan nunca".

—¡Jo María, es imposible de averiguar! Cuántos lugares en el mundo hay con forma de serpiente... ¡cientos! — Protesta la joven.

—Espera, no te precipites. Está hablando de un lugar al otro lado del planeta... Pero no desde aquí, desde España o desde Europa... La *Terma* se escribió en el Tíbet, así que tiene que ser desde allí... El otro lado del mundo son las antípodas... ¡Oh, Dios mío... Dios mío! ¡Ya lo tengo! Me están dando escalofríos de emoción... No me lo puedo creer...

—¡Ay María, no me tengas en ascuas! ¿Dónde es?

—¡Mi tierra de nacimiento, mi querido Chile! Estoy segura, todo concuerda... es un país con forma de serpiente... Y es cierto que se especula desde unos años que el poder y la energía espiritual que se ubicaba en el país de los lamas está saliendo fuera a causa de la invasión china y los desórdenes que se están causando en esa tierra, y que con ello comienza el nuevo ciclo en este planeta... Esto significa que allí se halla ahora un vórtice de energía cósmica... y eso hace plausible el hecho de que el Mercaba que tú has de encontrar funcione como una llave para restaurar las rejillas de Luz... Siempre y cuando los otros once lo logren también... No me cabe duda que lo harán, el Plan está a punto de dar un salto hacia adelante. Ruth, va a ser una experiencia espectacular. Ánimo, yo estaré ahí para apoyarte y serás ayudada...

Capítulo 39

Ruth y Elena están comiendo en L'Hortet, uno de sus restaurantes vegetarianos favoritos, cerca de la Plaza Catalunya. Elena tiene noticias que compartir con su amiga, pero ha preferido esperar a verla para contárselo en persona.

—Bueno, suéltalo ya, ¿qué es eso que me tenías que contar? Me tienes intrigadísima desde el lunes...

—Estoy embarazada. —Le suelta sin mayor preámbulo Elena.

—¿Qué dices? Uauuu, ¡qué noticia! No me lo esperaba... Ostras, ¿y cómo ha ocurrido? ¿Quién es el padre?

—¿Te acuerdas de Eric? Aquel francés del que te hablé que conocí en Córcega cuando estuve el año pasado con unas amigas... Pues me avisó que venía unos días de vacaciones a Barcelona justo al volver nosotros del Tíbet, ¿te acuerdas que te lo dije? Pues nada, nos enrollamos de nuevo, y una de las noches lo hicimos sin protección... —Relata Elena. —Al día siguiente pensé que a lo mejor tendría que tomarme la píldora del día después por la imprudencia, pero luego pensé en lo que me había dicho hace pocos meses mi ginecóloga, que tenía ya pocas posibilidades de tener hijos porque mi útero no estaba en buen estado... Y pensé que no habría ninguna posibilidad, y si al final pasaba algo sería el destino...

—¡Y desde luego lo ha sido! ¡Me parece increíble amiga! ¿Se lo has comunicado ya a él? ¿Qué te ha dicho?

—No, no le he dicho nada. Es que la situación es complicada... No tenemos una relación, solo ha sido un affaire... Y además Eric solo tiene veinticinco años... si se lo dijera ahora a lo mejor me pide que aborte, porque le puede cambiar la vida por completo... y yo no quiero perjudicarle... Pero quiero tener este niño Ruth. Sin pareja y a mi edad creía que ya me iba a ser imposible, y siento que es un regalo... Lo voy a tener de cualquier modo.

—Sé cuánto tiempo llevas deseando ser madre, y después de lo mal que lo pasaste al romper con Pepe, y bueno, antes también, durante demasiados años...Además, para ti siempre ha sido más importante ser madre que tener pareja, así que el universo ha debido escucharte...

—Sí, desde luego. Claro que todas soñamos con encontrar la pareja ideal, tener la familia ideal y todo eso, pero creo que no existe... Creo que son cuentos que nos han contado de pequeñas y en los que aún seguimos creyendo como tontas... Hay que ser realista Ruth, y si ha venido así, pues será por algo... No creo que vaya a ser fácil sacar adelante todo yo sola, pero al menos no me pelearé con nadie... jajajaja

—¡Claro! Me encanta lo bien que te tomas las cosas... La verdad es que es tan complicado encontrar un de hombre verdad en estos momentos... No te hablo de la perfección, pero *joroba*, un tío que esté a la altura, que no ande enredado con la ex–mujer y los hijos como les ocurre a la mayoría de los divorciados, o completamente desfasado para su edad llevando vida de adolescente, y que se quiera implicar... La mayoría buscan pasarlo bien un rato, pero nada de relación seria... Ya sabes, la época de las relaciones líquidas, los hombres no quieren profundizar en nada... todo es volátil, nadie quiere compromisos... —se lamenta Ruth.

—Pues yo a partir de ahora aún peor, con un niño pequeño, ¡me dirás!...

Pero claro, tú, a tu nivel de evolución y de comprensión, no sé quién puede estar a la altura... cualquier hombre normal te aburre y no te entiende...

—Bueno, cada vez hay más hombres también en el camino del desarrollo personal... Aunque es verdad que a veces me pregunto si les sirve para algo, pues la mayoría se queda con las ideas intelectuales, se han hecho los cursos, se

han leído los libros, pero no parece que lo lleven a la práctica...
—Se lamenta Ruth. —No sé, estoy empezando a pensar que quizás tenga que renunciar a esa área de mi vida. Ya sabes que yo no tengo instinto maternal, pero me habría gustado tener una pareja estable con quien poder compartir... Pero estoy cansada de los malos rollos que me generan los tíos... Y para tener otra relación intrascendental y que salgan corriendo en cuanto puedan, pues no.

—Ya te entiendo, ya. Y yo parece que solo acierto a dar con jovencitos que aún no saben ni lo que quieren hacer con su vida... *Joder*, ¡qué mala suerte! Algún hombre interesante quedará por ahí suelto, digo yo...

—No sé... Yo estoy asumiendo que me voy a quedar sola, qué le vamos a hacer. Lo prefiero antes que seguir en este juego en el que la mayoría está y a mí no me lleva a ninguna parte... Mi vida es lo suficientemente interesante como para no necesitar un hombre para que me entretenga... Y lo fundamental ahora es mi misión, y es ahí donde debo concentrar mis fuerzas. —Asegura Ruth.

—Desde luego. No sé cómo nos las arreglamos, pero al final siempre terminamos hablando de hombres, ¡con lo poco que se lo merecen! Cuéntame, ¿cómo andan los planes de tu viaje a Chile?

—Pues de momento no he organizado nada...

—No sabes cuánto me habría gustado poder acompañarte. —le asegura Elena. —Nuestra aventura en el Tíbet fue alucinante, surrealista, y seguro que lo que te espera en Chile será extraordinario. A veces cuando me acuerdo me cuesta pensar que participáramos en algo así... Parece que esas cosas solo ocurren en las novelas y en las películas...

—Supongo que sí, pero lo cierto es que el mundo está cambiando y estamos entrando en otra fase de evolución en la Tierra, pienso que la gente ha de ser consciente de ello... Bueno, si no la mayoría, al menos los que sí tienen inquietudes más allá de la vida diaria y de las ambiciones materiales; esos tienen que tener acceso a la información... Por eso he tenido una idea últimamente... he pensado escribir un libro contando mi experiencia, estoy segura que le resonará a otros muchos que andan por ahí perdidos, pensando que son unos raros, y que no encuentran respuestas a sus preguntas, como me pasaba a mí... ¿Qué te parece?

—¡Excelente! Creo que tienes mucho que aportar, mucho que contar. Debes compartir tu experiencia. —La anima Elena. —Lo único que veo es que te pueden llover muchas críticas de esa gente cuadriculada que no quiere que les rompas sus esquemas... Quizás podrías contarlo en forma de novela, así es como muchas verdades se han camuflado y al final han llegado al público...

—Puede que tengas razón. He empezado a tomar notas en primera persona, pero quizás sea demasiado arriesgado, me expongo demasiado... Hay mucha gente que no tiene nada mejor que hacer con su vida que criticar lo que otros hacen y ellos no entienden, y no querría estar en el ojo del huracán... Yo he venido a cumplir con mi misión espiritual y a transmitir lo que pueda, pero es verdad que tengo que protegerme, si no me quedaré demasiado dañada como para poderlo hacer... Gracias amiga, es muy buen consejo.

—¿Y cómo tienes pensado enfocar lo de Chile?

—Pues no lo sé. No es que dude de las conclusiones de María, pero sin alguna señal, qué hago, llego al país, y ¿entonces qué? Me parece un poco absurdo... Ni siquiera he visitado el país antes ni conozco a nadie... es que no sabría ni por dónde empezar. —Afirma Ruth.

—Estoy segura de que algo te llegará por algún sitio. Así fue con el Tíbet, ¿te acuerdas? Poco a poco el camino se fue clarificando... Supongo que te llegará cuando sea el momento de ir... ¡Ay, qué pena no poder ir contigo esta vez!

Las dos amigas se despiden. Elena coge el metro para ir a una agencia inmobiliaria a mirar pisos, pues planea comprar uno para que su hijo, aunque carezca de padre, por lo menos tenga algo de seguridad material. Y Ruth decide ir al Fnac a comprar la Lonely Planet de Chile con la intención de conocer un poco sobre el país e ir preparándose para lo que intuye no tardará mucho en llegar.

Mientras tanto cientos de personas se afanan por el centro de la ciudad, turistas mezclados con locales, cada uno absorto en sus pensamientos, cada uno buscando colmar sus deseos, cada uno necesitando algo que no tiene pero esperando poderlo alcanzar.

Capítulo 40

—**M**uchas gracias María, por encontrar un hueco para verme, sé lo ocupada que estás siempre... —le agradece Ruth.

—La gente está muy desestabilizada últimamente, busca respuestas, y los días no me dan de sí para dar citas a todo el mundo... Algunos quieren comprender y otros simplemente que sus problemas desaparezcan, pero para ello hay que aprender la lección primero, no hay atajos...

—Cierto. Lo que ocurre es que para ver las oportunidades detrás de los problemas hace falta ya un grado de conocimiento importante... Y no sé si todo el mundo que viene a verte lo tiene. —Duda la chica.

—Bueno, la mayoría viene con un grado de apertura, sí, es el primer filtro para querer explorar lo que hay en su inconsciente y en el supra-consciente... Aunque luego se llevan sorpresas, claro, pero yo creo que a todos les sirve para dar un paso hacia adelante. No me cabe duda.

—Ay María, no sabes lo que nos ayudas… Yo no sé qué haría sin tu apoyo, la verdad. —Asegura Ruth. —Y te tengo que contar varias cosas… Me ha llegado la señal que pedía al universo para lanzarme… ¡Me han ofrecido participar en un congreso en Santiago de Chile dentro de dos meses! ¿No es genial?

—¡Es estupendo! ¿De qué va el congreso?

—Es un congreso bianual que se hace en Latinoamérica sobre las experiencias cercanas a la muerte. Una conocida mía presentó mi candidatura hace dos años y quién me iba a decir que la iban aceptar ahora, ¡justo cuando tendrá lugar en Chile! Todavía me sigo maravillando con las sincronicidades… —Admite la chica. —El tema en el que había pensado centrarme es el de mis experiencias con los niños cuando fallecen, cómo se enfrentan ellos a la muerte, para dar un enfoque quizás complementario a lo que supongo que la mayoría hablará. ¿Qué te parece?

—Me parece una estupenda idea. ¿Es un congreso lo suficientemente avanzado para que puedas hablar también de tus visiones? Yo creo que podrías aportar una perspectiva que cada vez más se ha de tener en cuenta…

—Pues es exactamente lo que había pensado… Creo que será bastante holístico: He visto que los otros ponentes son médicos, psicólogos y psiquiatras, y también habrá científicos, sociólogos y periodistas, la mayoría especializados en temas paranormales o poco convencionales, y hay alguna persona que ha pasado por la experiencia dará su testimonio... Tiene muy buena pinta... No me pagarán la ponencia, pero sí el billete y tres noches de hotel, lo cual me viene genial, y desde allí me resultará más fácil buscar el siguiente paso... —Explica Ruth. —Por cierto, hace un par de noches tuve un sueño de esos que parecen reales, lúcidos. Tenía una conversación con lo me pareció un maestro. Al despertar lo perdí casi todo, pero recordaba sus últimas palabras y las apunté... Espera que saco el cuadernillo y te las leo... "Si cada persona que está involucrada en el proyecto Unidad se ubica en el lugar del planeta en el que tiene que estar en un determinado momento, la historia cambiará. Si una persona de las doce que se necesitan no lo hace, habrá que esperar a otro punto crítico del tiempo humano futuro, en relación con el tiempo multidimensional, para que la oportunidad se produzca".

—Muy interesante.

—Pero María, somos personas normales, no sabemos que se supone que hemos de estar en un lugar determinado y llevar a cabo ciertas acciones...

—No has de preocuparte por eso. Tú y los demás estáis siendo preparados. Todos estáis conectados y siempre sabréis cuándo es el momento. Pensaréis "tengo que hacer esto o tengo que ir a este sitio", como de hecho te ha estado pasando a ti, ¿verdad? No podéis ver todas las conexiones, pero el instante ya ha sido prefijado. Lo que has de tener presente es que no está relacionado con ninguno de vosotros ni con vuestras necesidades, sino con el plan universal y planetario, y forma parte de ese Proyecto Unidad que se te nombró en el sueño. —Le aclara la señora.

—¿Y qué es exactamente el Proyecto Unidad?

—El Proyecto Unidad es el que se forjó como consecuencia de las bombas atómicas en la Segunda Guerra Mundial, ya lo hemos comentado alguna vez, cuando se puso en peligro la supervivencia del planeta, pudiendo perjudicar también a otros planetas de este universo como consecuencia, y entonces se pidió a seres más evolucionados de otros planetas y dimensiones que encarnaran para ayudar a elevar el nivel de conciencia de la humanidad. Ahora muchos de vosotros estáis tratando de recordar y poner en acción —prosiguió María— un plan que busca crear condiciones de paz y armonía similares a las de los planetas de los que venís; Sin duda una tarea admirable... Estáis aquí con el propósito de erradicar la pobreza, el racismo, la enfermedad, el sexismo, el separatismo... Y en su lugar crear una fuerza de amor incondicional unificada en este planeta. En definitiva, un mundo mejor.

—¿Y este Proyecto Unidad tiene que ver con los Mercabas y con las doce personas que en principio tenemos que encontrarlos y activarlos?

—Sí, es una parte integrante del mismo, es como la culminación. Sin la implicación de todos los voluntarios que ya están aquí, despertando y recordando su compromiso y realizando su parte, sería imposible intentar la activación porque las piezas no estarían todavía colocadas, no encajarían... —Puntualiza María. —Pero parece que se está avanzando lo suficiente...

—¿Y si lo conseguimos? Si los doce logramos descubrir a tiempo los Mercabas y somos capaces de activarlos, aunque yo aún no tenga ni idea de cómo hacerlo... ¿Qué ocurrirá si superamos todos los obstáculos y lo logramos todos?

—Ya te llegará la información Ruth, mantén tu confianza... Lo que sucederá será asombroso, no se ha visto nada igual en esta galaxia... Después de miles de años de manipulación, egoísmo, sufrimiento y esclavitud en la Tierra, por fin daremos el salto... Cuando la alineación se produzca, nuestro planeta se transformará, y eso afectará positivamente a todos los sistemas estelares... aumentará por fin la frecuencia vibratoria del planeta y de todos los que aquí vivan y estén preparados para ello... será un salto cuántico en la evolución... Aunque nos cueste comprender que un pequeño planeta como el nuestro, en una zona alejada de la galaxia pueda tener tanta importancia, la tiene. Además, estamos situados en un lugar estratégico de la geometría sagrada universal... A mi entender la experiencia será dramática: Se mandarán ondas a través del universo entero, hermosas ondas energéticas que se extenderán hasta el infinito... Será como la apertura del capullo de una flor, fluyendo por el todo el cosmos... expandiendo energía positiva...

—Va a ser maravilloso... Pero, ¡Dios mío, qué tremenda responsabilidad! Yo no sé si estoy preparada para llevar una tarea tan enorme sobre mis hombros... Ufff, siento que es demasiado para mí...

—No tengas miedo Ruth, cuando se acepta un rol en el destino de ese calibre, hay muchos seres cuidando de ti y guiándote... Todo sucederá en el momento justo, en el lugar oportuno, de forma perfecta. Confía, mi niña. —La anima la sabia señora.

Capítulo 41

El vuelo con KLM ha sido largo, llegó muy tarde por la noche, y hoy ya ha de estar en el congreso. Se alegra de no tener su conferencia hasta el día siguiente, pues entre el cansancio del viaje y el *jetlag*, se siente un tanto desubicada. La han alojado en el mismo hotel donde se celebra el congreso, en el centro financiero y cultural de la capital, lo cual le ahorra tiempo y energía.

La primera ponencia se la ha perdido, demasiado agotada para despertarse temprano. Tenía la sensación de que la cama la absorbía y era incapaz de levantarse. Tras un denodado esfuerzo, lo consiguió. El desayuno y el té ya le han permitido recobrar fuerzas, y ahora se encuentra en la sala, junto con unas trescientas personas más, escuchando una ponencia que se titula "El potencial transformativo de las NDE". La está impartiendo un hombre atractivo, de unos cuarenta y pocos años. Va vestido informal, con un polo y unos vaqueros. Tiene el cabello un tanto revuelto, de color cobrizo con mechones grises y una barba corta de pocos días.

Ahí arriba parece alto, y en buena forma física. Se mueve por el escenario utilizando pocas transparencias, y sin parar. Cuenta muchas historias que conoce de primera mano, y lo hace con carisma, entreteniendo a los asistentes. Ruth se ha quedado fascinada con el magnetismo que presenta, y piensa que si el nivel de los siguientes ponentes es tan alto, la suya quedará un poco exigua. No quiere ni pensar en lo nerviosa que se puede poner cuando tenga que subir al escenario.

Por primera vez deja de seguirle con los ojos para leer la información que dan sobre él en el folleto del programa.

"Bruno Espinoza. Psicólogo. Se ocupa desde hace años de las hipótesis paranormales de fenómenos insólitos. Involucrado en la investigación de las NDE, autor de los libros sobre el tema: "La luz y el renacer" y "Renacer del pasado", publicados por la editorial Planeta, y "Encontrar el misterio", publicado por Urano, que trata sobre de la incidencia de acontecimientos insólitos en la vida cotidiana de las personas y cómo esto les cambia."

Sigue escuchándole con atención. Cada anécdota que cuenta tiene profundidad, y le entusiasma comprobar cómo las experiencias místicas o espirituales cambian la vida de las personas sin importar su edad, su trayectoria o sus creencias, tal y como le sucedió a ella, sean experiencias cercanas a la muerte o cercanas a la vida. Por lo que cuenta este hombre, a nadie dejan indiferente. ¿Cómo podrían? Cuando el velo de alguna manera se rasga y puedes ver al otro lado, tu mirada cambia; ya sabes que nada es lo que parece: ni lo que te han enseñado, ni lo que te han inculcado, ni lo que tu cultura enuncia como verdadero. De repente sabes cosas que otros no pueden entender; conoces hechos que otros niegan, gracias a tu propia vivencia, al margen de lo que la mayoría crea. Realidades alternativas toman sentido aunque los demás las rechacen. Compruebas que cuando tu perspectiva se amplia, la realidad se expande.

Le interesa mucho lo que este chico cuenta, especialmente la lucidez a la que muchas personas llegan en los albores de la muerte, y la descripción que le dio sobre la muerte una mujer que pasó por esa milagrosa tesitura "es como tirarse a una piscina profunda, está oscuro y turbio en el fondo. Pero a medida que empiezas a subir hacia la superficie, cada vez hay más claridad, y cuando consigues salir fuera a respirar, compruebas que los rayos del sol lo inundan todo".

Le sorprende la sensibilidad con la que este conferenciante expone. Tiene la intuición de que podría comprender su historia, y quizás pudiera tener alguna idea sobre hacia dónde encarar sus pesquisas. Cuando terminan el turno de preguntas y respuestas, se acerca a él. Espera pacientemente la cola de personas que quieren hacerle alguna pregunta personal o que les firme algunos de sus libros, hasta que por fin llega su turno. Se presenta brevemente como una de las ponentes y le pide si se pueden tomar un café durante la jornada, pues hay algo que desea contarle en privado. Él accede amablemente y propone esa misma tarde durante el primer descanso.

A las cinco de la tarde se encuentran en el hall de entrada. Él le propone ir a la cafetería de la esquina para tener más tranquilidad, pues ahora las trescientas personas están en el descanso y corren el riesgo de ser interrumpidos. Solo tienen media hora antes de que empiece la siguiente ponencia, en la que van a hablar de la permanencia de la conciencia durante el proceso de la muerte, y ambos desean asistir. Ruth no se enrolla mucho en preámbulos pues, y simplemente le cuenta que se ha visto involucrada en una especie de búsqueda de un tesoro ancestral, un Mercaba de cuarzo, que se supone deberá activar unas redes energéticas y esto puede beneficiar mucho a la humanidad y al planeta. No se atreve a entrar mucho en detalle —pues aunque ha leído que él escribe sobre fenómenos insólitos— siente que carece de la confianza suficiente como para compartir algo que para ella es tan íntimo. Teme que no la tome muy en serio, y agradece el hecho de que sepa que ella también es ponente, para darle una cierta credibilidad, a pesar de lo extravagante que pueda resultar su historia para un desconocido. El chileno la escucha con el semblante serio, y le pregunta al final por qué lo está compartiendo con él.

—Porque algo me dice que tú podrías ayudarme a encontrarlo... Llámalo intuición. —Señala Ruth.

—Así de una vez no se me ocurre cómo, la verdad. Creo que tendría que conocer más a fondo la historia... —Indica el psicólogo.

—Vale, si tienes un par de horas por delante te lo contaré todo. Pero preferiría que fuera mañana después de mi charla... Es la primera vez que hablo enfrente de tanta gente y hasta que no la haya dado no se me pasarán los nervios...

—Lamentablemente, mañana no podré venir al congreso, me temo que me perderé tu participación, tengo un par de reuniones importantes que no he podido aplazar, pero si no tienes planes podríamos ir a cenar por los alrededores, hay muchos restaurantes agradables... Tú seguirás en este hotel, ¿verdad? ¿Quedamos en el hall a las ocho y media?

Por fin respira, liberada ya del estrés de su presentación. Aunque se olvidó de algunas cosas que tenía planeado decir, la gente no estaba al corriente de sus propósitos, por lo que no se notó. Hubo varias personas al concluir que se acercaron a ella para felicitarla y pedirle si tenía escritos en los que poder adentrase en el tema. Lo cual le alentó a continuar con el libro que está escribiendo. Y precisamente lo que más suscitó la atención —a tenor por las preguntas del público— fue la parte que al principio dudó en narrar, la de sus vivencias y visiones con el camino de luz, algo muy parecido a lo que relatan los que han pasado por la casi-muerte y que identifican como un túnel, solo que ella viviéndolo desde el acompañamiento al alma de los niños.

En pleno diciembre la temperatura es cálida, después de un día y medio encerrada en el hotel, esta tarde ha podido disfrutar del comienzo del verano, mientras que en Europa se encuentran en pleno invierno. Le place hallarse en el sur, le gusta el calor. Ha dado un paseo por los alrededores, hasta un parque próximo. Mañana quiere ir al centro de la capital a visitar los monumentos más importantes: la Plaza de Armas, el Mercado Central, el Cerro de Santa Lucía...

Mientras termina de arreglarse con un vestido liviano y unas sandalias de tacón, y peinarse su ahora más larga melena, se sienta un instante al borde de la cama, absorta en sus propias elucubraciones. ¿Por dónde va a empezar a relatarle su historia? ¿Hasta dónde tendría que retroceder en el tiempo? ¿Debería referirse a lo que le ocurrió en Tailandia también? Tampoco quería impresionarle demasiado ni que se sintiera intimidado, como le pasaba con la mayoría de los hombres. Aunque bien pensado, éste parecía acostumbrado a las circunstancias sorprendentes.

Cuando baja al hall, Bruno ya la está esperando. Viste una camisa verde claro, con las mangas remangadas, pantalones vaqueros y zapatillas de deporte verdes también. Todo conjuntado con sus hermosos ojos verdosos. El cabello tan alborotado como el día anterior —marca de la casa—, y uno de sus libros en la mano, pues se lo quiere regalar. La saluda con una amplia sonrisa y un beso en la mejilla.

Se fija más en Ruth hoy. No se había percatado que con tacones es tan alta como él. Enseguida la nota más relajada que durante la corta conversación de ayer, y también se da cuenta de que es más guapa de lo que recordaba.

—No he reservado en ningún sitio porque se me olvidó preguntarte que tipo de comida te gusta... ¿Te va la italiana? Podríamos ir a un italiano que me han recomendado a tres cuadras de aquí, a ver si conseguimos mesa...

El restaurante está concurrido, pero les han podido encontrar un lugar en una esquina. La música siciliana de fondo está lo suficientemente baja para lanzar la melodía sin molestar. Las luces tenues y las velas en cada mesa contribuyen a crear una atmósfera relajada y familiar.

Han compartido una ensalada *caprese*, de tomate y queso de búfala, y ahora cada uno saborea su plato de pasta. Ruth come lento, pues apenas ha parado de hablar, intentando comentarle todo lo que pudiera ser importante, todos los antecedentes principales de la búsqueda, con el fin de que él le pueda aconsejar. Las reticencias que tenía de antemano se han esfumado cuando se han sentado y han compartido una copa de buen vino chileno. Rápidamente se ha sentido a gusto con él. Durante su ponencia le encantó su manera de presentar, y ayer pensó que era una persona asequible y sencilla al acceder a escuchar a una desconocida y ofrecerse a echarle una mano, pero hoy es diferente. Le siente cercano, y verdaderamente fascinado por su historia.

—¿Qué te apetece tomar de postre, Ruth? Para mí una pannacotta, y para la señora un tiramisú, por favor. —Pide al camarero.

—Bueno, Bruno, ¿qué te parece lo que te acabo de contar? ¿Crees que es una locura intentar encontrar el Mercaba? ¿Crees que estoy como una cabra por tomarme en serio esto y sentir que forma parte de mi misión personal?

—No, para nada creo que sea una locura. No te olvides que estoy acostumbrado a investigar vivencias sorprendentes que muchos se niegan a aceptar como reales... siempre me ha interesado lo que se sale de lo común... Y lo que te ha sucedido a ti sin duda me parece asombroso... fascinante... y las aventuras del Tíbet, no había escuchado nada igual... Está claro que participar en esta especie de búsqueda del santo grial formaba parte de tu destino, y en función de las consecuencias que te han dicho que puede tener, podría ser fundamental para millones de personas... Es importante que intentes encontrarlo Ruth.

—Gracias por comprenderme. —Le dice, aliviada. —Pero el problema es que en estos momentos me encuentro perdida. Ya estoy en Chile, sé que es aquí donde se encuentra la pieza que yo he de encontrar... Pero, ¿dónde? ¿Cómo? Por favor Bruno, me tienes que ayudar...

—Mmmm, no tengo ni idea... Estoy más perdido que el teniente Bello... Tendré que reflexionarlo a ver si se me ocurre algo... —Dice, pensativo. —De momento, lo único que me viene es contactar al Dr. Green y preguntarle. Es un médico y gran estudioso en el tema de OVNIs y extraterrestres, y podría tener alguna de las respuestas que necesitas...

—¡Muchas gracias! Por lo menos es una primera pista...

—Mañana intento llamarle y te pongo al corriente en cuanto pueda hablar con él, ¿vale?

Capítulo 42

—¿Aló? Hola Ruth, soy Bruno. Por fin logro hablar contigo, te he llamado un par de veces, pero en el hotel me han dicho que estabas ausente...

—Sí, estuve todo el día haciendo turismo por la ciudad, acabo de llegar a la habitación. Gracias por llamarme, ¿has podido hablar con el doctor ese?

—Sí, esta tarde me devolvió la llamada. Le conté por encima lo tuyo, y sobre todo le pregunté si sabía algo de un Mercaba que pudiera estar oculto en algún lugar de Chile, algo de una importancia suprema para el planeta...

—¿Y qué te contestó? ¿Le sonó raro?

—Pues no. Se quedó unos instantes callado y me preguntó sobre ti... Admitió que podría tener algunas informaciones sobre ello que le habían llegado pero no eran para comunicarlas por teléfono... Y que tenía que conocerte en persona para ver si eras digna de confianza, para saber si tú eres la persona a la que él se las puede que transmitir...

—Uauuu, ¡es fantástico! Quizás hayamos dado con la persona adecuada... ¡Increíble! ¿Y cuándo podría ir a verle? ¿Cuándo me podría recibir? ¿Me das la dirección?, así en cuanto él pueda tomo un taxi a su casa.

—Ruth, no es tan fácil. El Dr. Richard Green no vive en Santiago, sino en Puerto Varas, en la región de Los Lagos, que está a unas diez horas en auto.

—Oh, vaya, qué mala suerte, la cosa se complica un poco... Supongo que todo no podía ir tan rodado... ¿Me podrás echar una mano para ver cómo puedo llegar hasta allí, en autobús o lo que sea?

—¿En micro? Sí claro. —Le asegura él. —¿Cuándo tendrías pensado viajar?

—Pues no lo sé, en cuanto encuentre billete supongo. Aquí no conozco a nadie y tampoco quiero perder tiempo.

—Espera, se me ocurre algo. Si puedes aguardar al fin de semana, quizás podríamos ir en mi auto... El martes es fiesta nacional y pensaba tomarme el lunes libre de todos modos... Tendría que ver si puedo posponer un par de citas que tengo el miércoles, pues está demasiado lejos para ir y venir de seguido... Además podría aprovechar para comentarle un asunto al Dr. Green antes de que regrese a los Estados Unidos. ¿Qué opinas?

—¡Me parece genial! Es súper amable de tu parte, no sé cómo agradecerte la gentileza que estás teniendo conmigo...

—Calla, no hay nada que agradecer. Creo que lo que estás intentando llevar a cabo es muy loable y puede ser primordial para el futuro de muchos... Parece que el destino ha querido involúcrame a mí de alguna manera también, lo menos que puedo hacer es ayudarte en lo que pueda. —Le asegura él, quitándose importancia.

A las tres de la tarde Bruno ha pasado a recoger a Ruth al hotel y ya van de camino hacia el sur, a la tierra de volcanes, lagos y naturaleza virgen. Una vez han logrado salir del atasco de fin de semana de la capital, la circulación es más fluida, y la carretera por ahora está en buen estado. Diez horas de trayecto dan para mucho, y ella no quiere dormirse para por lo menos acompañarle con su conversación.

—Estoy intrigada con este señor que vamos a ver... ¿Quién es exactamente este doctor?

—El Dr. Green es considerado el mayor experto en temas relacionados con extraterrestres, además el director del Centro Internacional sobre dichas investigaciones y que yo sepa ha logrado establecer contacto y se ha comunicado con naves extraterrestres a corta distancia... Creo que incluso ha proporcionado información a altos cargos del gobierno y militares de los Estados Unidos (y de otros países como Chile) y está relacionado con altos funcionarios de la CIA... Lo curioso es que aunque estudió medicina y fue director de un hospital durante algún tiempo, cuenta que de jovencito tuvo dos contactos con seres de otros planetas y eso le marcó... Y hace ya veinte años decidió dedicarse por completo a la investigación de estos temas... Es un genio, y un valiente.

—Bastante impresionante, desde luego. Lo que te comentó por teléfono me pareció un tanto extraño... Eso de que quería conocerme para ver si era digna de transmitirme lo que sabe... Lo que hace suponer que dispone de alguna información y que sabe que la tiene que transmitir... Bueno, no sé, a lo mejor son meras elucubraciones mías, pero no puedo dejar de darlo vueltas... —Confiesa.

—Normal, yo estuve mirando a ver lo que encontraba sobre los Mercabas, y al parecer es un vehículo espiritual increíble, y gracias a su forma tridimensional de seis estrellas tiene una energía y un campo espectacular... Dicen que la mitad superior representa la humanidad elevándose a Dios, mientras que la parte inferior de la estrella representa a Dios bajando hacia la humanidad... Qué bella metáfora, ¿verdad?... También he leído que con la intención espiritual adecuada, se puede utilizar para viajar en el tiempo e incluso de forma inter-dimensional... ¿Sabes algo más sobre el tamaño del Mercaba que tienes que encontrar, de dónde procede, si es de algún color en especial?

—Pues no. Solo sé que se trata de un Mercaba de cuarzo, y que además de dar con él, tengo que ser capaz de activarlo, que debe ser como meter la llave idónea en la cerradura para poder abrirla, y que los otros once han de hacerlo también... Si no, no servirá de nada... Y no tengo ni la menor idea de cómo hacerlo... Para colmo, me parece tan difícil que todo se produzca simultáneamente en diferentes partes del mundo, por personas que nada tenemos que ver... Lo veo muy complicado, muy complicado... Y desde luego hay que tener mucha fe. —Explica Ruth, con un tono un tanto apesadumbrado.

—¡Vamos chica! Has llegado hasta aquí y no vas a empezar a dudar ahora ¿no? Con lo que me has contado hace un rato... Esos mensajes tan poderosos que has recibido directamente de estos seres avanzados, lo de la chamana de Tailandia, las peripecias del Tíbet... ¡No es momento de dudar! —Casi le ruega Bruno, por un momento quitando la vista de la carretera y mirándola, y con ganas de zarandearla.

Se quedan unos minutos en silencio, cada uno absorto en sus propios pensamientos. Ya ha anochecido; la oscuridad de la carretera es absoluta, queda solo perforada por los faros de los vehículos con los que se cruzan. Todavía les quedan varias horas por delante. El silencio no les resulta molesto ni embarazoso. La música de la radio arrulla a Ruth, quien teme adormecerse sin querer.

—¡Qué canción tan *guay*! Me encanta Kelly Clarkson... ¿La puedes subir, *porfa*?

—¡Al tiro! ¡A mí también me gusta mucho, esta canción está bacán! —Corrobora él.

—Yo te he contado mucho de mis experiencias, pero tú apenas... ¿Cómo siendo psicólogo empezaste a interesarte por las NDE y lo esotérico? —Indaga ella. —No sé si dices algo de esto en el libro que me regalaste, pero solo tuve tiempo de ojearlo...

—Hey, no te he contado porque lo tuyo es mucho más interesante... jajajaja... En fin, me tendría que remontar al principio de los tiempos... Yo creo que ya estaba en mis genes, mi abuelo conoció al maestro místico ruso Gurdjieff en Francia, antes de que vinieran a vivir a Chile, y quedó muy influenciado por él, por lo que en mi casa se hablaba de lo espiritual con toda naturalidad, había cientos de libros extraordinarios en su biblioteca que luego se los regaló a mi mamá, que también es psicóloga... Desde pequeño leía sobre temas filosóficos y espirituales, siempre me pareció lo normal, solo me di cuenta de que no era lo mismo para todo el mundo cuando empecé a hablar de ello con los compañeros de colegio y se burlaban de mí. Ahí aprendí que ciertas cosas no se podían nombrar abiertamente... Y lo que después me marcó fue el accidente de tráfico de mi hermana cuando yo tenía veinte años y estaba estudiando la carrera de psicología. —Prosigue. —Estuvo tres días en coma y creyeron que no sobreviviría... Pero lo hizo, y nos contó cómo había salido de su cuerpo, y visitado el otro lado y cómo se había encontrado con los seres de luz y no quería volver, hasta que le hicieron ver que su tarea aún no había terminado... Todo aquello me tocó mucho, me fascinó... Entonces decidí que parte de mi trabajo lo dedicaría a investigar los casos que la ciencia no puede explicar, lo que de alguna manera toca al alma... Y es lo que he hecho en los últimos veinte años, aparte de tener mi despacho de psicología clínica claro, que es lo que me da de comer...

—Qué interesante, tengo ganas de leerme tus libros para conocer mejor los casos con los que te has topado y las conclusiones a las que llegas... Me gustaría saber si se parecen en algo a lo que yo he vivido. —Se pregunta la chica.

—Cuando quieras te hago un resumen... Aún nos quedan aproximadamente cuatro horas para llegar así que me da tiempo a condensarte por lo menos dos de los libros... Jajajaja... Por cierto, me siento un poco cansado, ¿te importa si paramos unos minutos a tomar un café y así me despejo un poco? De paso me gustaría llamar al hostal para avisarles de que llegaremos hacia las dos de la mañana....

Capítulo 43

Amanecen tarde, más cerca de la hora del almuerzo que del desayuno, en Puerto Varas. La llaman la ciudad de las rosas, en clara referencia a los hermosos y cuidados jardines repletos de flores que adornan la pequeña urbe con apariencia de pueblo. Con suma tranquilidad se preparan y acuerdan encontrase a las dos para ir a comer. El hostal se halla muy cerca de la orillas del Lago Llanquihue, y al llegar hasta allí, Ruth se sorprende al contemplar de frente la belleza del imponente volcán Osorno, con nieve en el cono a pesar de lo avanzado de la estación primaveral. Su reflejo en la anchura de la gran laguna le confiere un aire mágico. Deciden sentarse en la terraza de un restaurante enfrente del lago, para poder deleitarse con las vistas.

—No me esperaba que este pueblo estuviera en un lugar tan lindo, la verdad. —Admite Ruth.

—Me alegro que te guste... Es que en este país los paisajes y la naturaleza son espectaculares. Aunque vengas a cumplir una misión, no está de más que conozcas un poco de

Chile... Como el doctor no puede recibirnos hasta el lunes, había pensado que quizás podríamos ir de excursión mañana, para que veas los alrededores... —Propone el chico.

—¡Me parece genial! No solo me acompañas en mi aventura sino que además me haces de guía de tu país... ¿Qué más se puede pedir? —Le dice con una amplia sonrisa.

Después del almuerzo pasean por la calmosa ciudad. Compuesta de casas bajas y calles tranquilas, invita a olvidarse del coche y a recorrerla caminando. Uno tiene la impresión de estar en otro lugar y otra época, probablemente debido al aire germano de antaño que tiene la pintoresca localidad, considerada como un icono de la colonización alemana en la zona hace algo más de un siglo. Posee un cierto aliento mítico, como salida de un cuento o de una postal. Las calles son amplias y el sempiterno volcán imprime las vistas en todo lugar. En la plaza hay montada una feria de artesanía donde venden alimentos típicos y prendas de lana. A Ruth se le antoja un tarro de miel y una caja de frambuesas que no espera a ir probando mientras continúan con su paseo.

—¿Qué te parece si recorremos la costanera? Aquí es el paseo obligado para todos los locales y visitantes... —Propone Bruno.

—¡Claro! Ayer me contaste la experiencia de tu hermana, —le recuerda— pero no lo que le pasó después... ¿Se recuperó del accidente? ¿Cómo le afectó algo así?

—Hace veintidós años de aquello... Por fortuna, Carmen Gloria salió bien, y de seguro le cambió la vida... Mi hermana era una chica muy vital, y también bastante rebelde, siempre estaba dando quebraderos de cabeza a mis padres, tonteaba con las drogas, había abandonado la carrera de medicina porque era demasiado dura y ella quería divertirse más, siempre se peleaba con mis padres... Acababa de regresar de un viaje en moto con su novio de entonces por Bolivia y Perú, y estaba planeando irse a vivir una temporada a la India... Ella sobrevivió al accidente, pero su novio de entonces, con quien iba en la moto, no... —continuó el chico. —Tardó en recuperarse meses de los traumatismos físicos, pero su experiencia transformó su perspectiva de la muerte y de la vida. Se dio cuenta de muchas cosas, y decidió retomar la carrera de medicina, especializándose en psiquiatría... De alguna manera esa vivencia traumática y a la vez esperanzadora la hizo más compasiva... Ahora también presta atención a enfermos terminales y creo que ahí puede marcar una diferencia con otros doctores, pues ella puede reconfortarles como nadie... Vamos que podría haber estado en el congreso también, pero dos de la misma familia ya son multitud... Jajajaja.

—Debe ser una mujer muy interesante... —Afirma ella.
—Ayer me quedé impresionada cuando me dijiste que tu abuelo conoció y siguió las enseñanzas de Gurdjieff... Debió ser una persona muy especial, ¿no?

—Desde luego. Y creo que ha sido una de las grandes influencias en mi vida... Fue él quien me habló de las enseñanzas budistas y vedánticas, que en su época eran muy poco conocidas en Occidente... De chico me contaba fascinantes historias orientales y me hacía preguntas para reflexionar conmigo, luego de más mayor, pude darme cuenta de cómo a través de los relatos me enseñaba lecciones de manera metafórica... Hace diez años que nos dejó y aún hoy le echo de menos... Fue una persona excepcional.

—¡Qué suerte tuviste de tenerle! Yo crecí con un sentimiento profundo de soledad, de haber sido abandonada en esta Tierra, a pesar de tener una infancia feliz, el no sentirme comprendida y no lograr entender por qué la gente se afanaba tanto con cosas banales en lugar de hacer algo beneficioso con sus vidas, y no sentir la presencia de la divinidad... Siempre me he sentido una rara.

—Pobre... Ojalá nos hubiéramos conocido por entonces. Te habría asegurado que no lo eres, simplemente poco convencional, única. —Le asegura Bruno con empatía, agarrándole el brazo con calidez.

—Pues sí, haber tenido a alguien cerca que me comprendiera de verdad me habría ayudado a superar esa sensación de soledad que siempre me ha acompañado... Afortunadamente, desde que conocí a María (la señora de la que te hablé) y empecé a recibir los mensajes desde el Otro lado, mucho ha empezado a cobrar sentido a otro nivel... He empezado a comprobar que muchas cosas que había leído son una auténtica realidad... aunque me sigue dando pena la indiferencia con la que se ha recibido casi siempre todo lo espiritual.

—Te entiendo. La gente está tan metida en lo puro material, que se olvida del otro lado, de lo esencial... Estamos en una sociedad donde prima la frivolidad y la superficialidad... Una sociedad además racional donde impera la mente dualista que nos impide comprender la realidad con transparencia, y nos quedamos en las percepciones engañosas aprobadas por la mayoría, sin que haya casi espacio al cuestionamiento, a otras perspectivas... Por eso quise dedicar parte de mi vida a investigar esas experiencias minoritarias que amplían nuestra visión de quiénes somos y por qué estamos aquí... —Indica él.

—Pero, ¿por qué cuesta tanto aceptar que las cosas no son como nos han contado, que hay realidades complementarias, dimensiones paralelas como empiezan a sostener muchos científicos con la teoría de las cuerdas y la física cuántica, que no estamos solos en el universo, que no existe más que una vida...y que es completamente plausible? ¿Por qué las personas se cierran en banda a todo lo que pueda cuestionarles sus creencias? —Se interroga Ruth en voz alta.

—A las personas les asusta el pensamiento libre. Cuando les quitas las creencias que han tenido toda su vida, les quitas las bases de aquello en lo que han creído... El hombre no puede sobrevivir sin creencias, aunque sea la creencia de no creer en nada, necesita aferrarse a ellas.

—Pero, ¿por qué la gente niega aquello que no ha experimentado aún? —insiste ella.

—Es más fácil tener una actitud argumentativa, subir la voz para cerrar los oídos contra aquello que no está contenido en sus mentes cerradas, no tener que oír lo que les supondría un reajuste en su forma de pensar... Se necesita mucha valentía para ser capaz de abandonar las ideas por las cuales uno ha vivido y en las que uno se ha apoyado, y ver como se desmoronan... ¡Muy pocos están preparados para enfrentarse a esa catástrofe!

—¿Y tú piensas que sirve para algo intentar abrir la mente a la gente cuando ya sabes que las visiones alternativas no son bien consideradas? Es más, suelen ser criticadas o denigradas... ¿Tú crees que el mundo está preparado para avanzar en la conciencia?—le pregunta ella.

—Muchas veces las personas temen aquello que no entienden, y reaccionan injuriando... Es cierto que para la mayoría todo lo que no sirva para conseguir más dinero o más poder o sus metas materiales no les interesará lo más mínimo, pero cada vez hay más gente que despierta y como se siente perdida, busca... Cuando escribo lo hago para estas personas, para que puedan encontrar respuestas y una cierta dirección, cuando lo puro material ya no les llena. —Asevera Bruno.

—Sí, tienes razón. Aunque no sea mayoritario ni admitido por muchos, tenemos que vivir desde el corazón y eso conlleva llevar a cabo nuestro propósito, aunque pocos lo entiendan... por el momento... Por eso estoy finalmente escribiendo un libro relatando mis vivencias...

—Y tienes que hacerlo Ruth. Hay gente que necesita saber estas cosas, y al leerlas encenderá una chispa en su interior que les resonará... Y quizás les ayude a empezar a buscar su camino interno, saliendo de su letargo y empiecen a dejar de ser sonámbulos, como señalaba Gurdjieff... No te puedes imaginar el número de lectores que me ha escrito para agradecerme mis libros, lo que comparto en ellos... Me dicen que les da esperanza en que hay algo más, que corrobora sus intuiciones de que el alma está en un viaje durante esta vida y cómo han perdido el miedo a la muerte... No dudes que sirve, aunque a veces no sea aparente o no puedas ver cómo llega a los demás...

Regresan con el atardecer. La niebla se desplaza lentamente por el agua, entre las piedras y la orilla del lago. El volcán Osorno, al fondo, se va transformando en un limbo cromático de sutiles pinceladas, y va marcando el compás de su mirada mientras la luna comienza a surgir, enigmática y profunda, escueta y sin artificio, concentrada y concisa, densa y prometedora.

Capítulo 44

A la mañana siguiente se levantan temprano, como habían acordado, y desayunan en el hotel: Queso, jamón, tostadas, pan dulce, café, zumo natural, yogurt y dulces caseros. Listos para una jornada que promete, salen hacia los Saltos del Petrohué. El recorrido serpenteante es una delicia, bordeando el pacífico lago por una carretera poco transitada. Tras una hora de camino, llegan a los saltos. El atronador sonido de las caídas de agua les da la bienvenida, y caminan en busca del origen de dicho rumor. Un paisaje prodigioso les espera: debido a su origen glaciar, las aguas adquieren un tono turquesa surrealista. La fuerza incontenible de la corriente hace metros de espuma, les salpica al aproximarse, y sigue descendiendo por las cascadas y resbalando sobre las negras rocas volcánicas que ahora brillan bajo los rayos de la mañana. Es un buen lugar para conectarse con el brío de la naturaleza.

Desde allí se desplazan al lago "Todos los Santos" donde van a navegar en un catamarán, recorriendo la inmensidad de las aguas esmeraldas. Un sol protector asoma por la cordillera, esparciendo sus rayos sobre la pacífica extensión acuática. Trescientos sesenta grados de paisaje espectacular, una panorámica de una belleza inusitada. Resguardados de los vientos por laderas escarpadas, selváticas y salvajes en ocasiones; y en otras, por paredes abruptas de roca desnuda, rememoran el paso del glaciar hace unos miles de años. En la distancia, poderosas cumbres y cerros nevados les contemplan desde la gracia de saberse inmutables en el devenir de los tiempos. La paz es total y sublime.

Ruth y Bruno permanecen callados, compenetrados en el silencio. Quizás sobrecogidos por un paisaje tan espectacular que las palabras desdibujarían y disolverían el alcance del hechizo en su interior. Contemplan desde la cubierta el regalo que entra por los sentidos. Es la sintonía en la armonía la que consigue serenar el corazón, siempre y cuando se pueda compartir con alguien un pedazo de tiempo sin imposiciones ni expectativas.

Ruth cavila sobre cómo una vida sin examen no es digna de ser vivida, como se desaprovecha una tremenda oportunidad. Considera que el sentido de la vida tiene que ver con la responsabilidad individual para superar los tests e integrar así los aprendizajes, sanar los patrones emocionales del pasado, equilibrar la propia existencia, curar los traumas y ser capaz de dar un salto hacia delante cambiados... Ha aprendido que cada uno posee un pedazo distinto de conciencia colectiva que acordamos despejar por el bien de la humanidad y el planeta, para favorecer la definitiva liberación del enganche al sufrimiento y a la separación.

Todo saber que no está integrado por el corazón queda vacuo y sin resonancia —especula—, es la experiencia personal que aparece con las limitaciones la que nos pone a prueba en las situaciones de la vida diaria y nos complica la búsqueda de la autorrealización. No obstante, es esa la que nos empuja a mejorar. La mente racional por sí sola no nos lo permite.

Aunque todo es enigmático, y la ignorancia y el olvido forman parte del juego de la encarnación, y las verdades se ocultan y se han hecho recónditas a lo largo de la historia —solo aptas para los buscadores auténticos y obstinados—, ella sabe, ella siente, que de alguna manera ha llegado el momento en el que la claridad y las verdades universales son accesibles a todo el que las quiera conocer. Pronto la oscuridad y la idiosincrasia arcaica quedará atrás para dar paso a un deslumbramiento y un alumbramiento sin igual.

El cambio se está sedimentando, y realidades más allá de las posibilidades cognitivas de los saberes convencionales están empezando a romper el velo. Nociones hasta hace poco extrañas y de origen inescrutable surgen en diferentes partes del mundo, apoyando la percepción de que cada uno representa un fragmento de considerable envergadura en el equilibrio del conjunto. Y todo esto se está realizando sin aspavientos, sin estridencias, sin llamar la atención. Y sin embargo, de forma implacable; La transformación se producirá. La reunión de estratos del tiempo está convocada y cada fragmento está pintado con la emoción explosiva de un instante del universo en el que todo se modificará para siempre, con impecable esplendor. El horizonte de las posibilidades futuras está a punto de abrirse completamente; la esperanza y la fe se entregarán a la plenitud; el arco iris de la promesa se convertirá en una realidad, y quizás ella misma pueda contribuir a la inminencia del enigma del gran ocaso y la irradiación de la luz. Es una gran responsabilidad la que siente, y también enorme gratitud. Ruth permanece tan ensimismada en sus pensamientos que no ha notado que Bruno la observa: La viveza de sus ojos grises y su furtiva vibración, la gravedad que aploma el gesto de sus labios, los potentes rayos del sol que concentran la luz en su rostro, capturado antes de que gire su cabeza para perder la mirada en el infinito, mientras el viento marca el movedizo revuelo de su melena dorada.

Solo después de un rato se vuelve hacia él y le mira, y le ve, ya regresando de su propio mundo.

—Te habías marchado lejos ¿verdad? —Apunta él.

—Sí, la verdad es que sí. Este paisaje sublime invita a la reflexión. Me siento muy afortunada de estar aquí... ¡Y en tan buena compañía! Añade guiñándole un ojo.

—¿Te puedo hacer una pregunta personal? ¿Tienes pololo... pareja?

—No. Parece que las relaciones amorosas no son mi fuerte, y hace poco decía a una amiga que renunciaba a seguir buscando a alguien que merezca la pena... Y de las relaciones superficiales estoy hasta las narices, así que asumo mi soltería. —Le confiesa Ruth. —¿Y tú?

—Yo estuve casado diez años, pero el matrimonio no funcionó... Tuve otra relación estable con una chica después; nos separamos el año pasado. Y desde entonces algún que otro romance, pero nada serio.

—¿Tú también eres de los que huye del compromiso? —Le suelta a bocajarro.

—No, no es eso. Pero no encuentro mujeres en mi longitud de onda... No es que me crea superior, simplemente que las mujeres que conozco no comparten mis valores ni mi manera de ver la vida, y para mí esto es primordial.

—Ya. A veces pienso que cuanto más mayor te haces, también aumentas más tu nivel de exigencias... Cualquier cosa ya no te vale, y si no estás desesperado por tener compañía, entonces es complicado unirte a alguien... Porque la vida tiene que ser mejor con esa persona que sin ella, y yo desde luego eso no lo he encontrado.

El barco está arribando a Peulla, al otro extremo del lago y corta en seco de momento su conversación sobre las relaciones amorosas, aunque a él le habría gustado indagar más sobre su pasado. En la falda de la cordillera de los Andes, muy próximos a Argentina, bajan a este diminuto poblado en busca de las cascadas prometidas, los ríos que bajan desde las cumbres y los lagos que salpican la tierra. Más naturaleza salvaje, más tranquilidad y más paseos.

Capítulo 45

Son las diez de la mañana, hora a la que el Dr. Green les ha citado en su casa. Es una cabaña de madera, como las que abundan en esta pequeña ciudad. Está pintada de azul celeste, y tiene un reducido jardín muy cuidado.

Una señora de mediana edad, cara amable y el pelo oscuro recogido en un moño les abre la puerta. Les invita a sentarse en una sala hasta que su marido pueda recibirles en unos minutos. El doctor no tarda en llegar, precedido por el crujir de las tablas de madera. Es un señor muy alto, desgarbado, con gafas. Le queda muy poco pelo, pero compensa con un bigote blanco que le confiere un aire un tanto anacrónico. Lleva unos pantalones de rayas que conjuntan mal con la camisa de cuadros; resulta obvio que no presta mucha atención a su atuendo.

—Buenos días, encantado de tenerles acá. —Les saluda en perfecto castellano, si bien con un fuerte acento americano. —Por favor, síganme hasta mi despacho.

El despacho es amplio aunque oscuro, las estanterías rebosan de libros y en su mesa se apilan hojas e informes al lado de su ordenador. Les ofrece sentarse en el sofá y él lo hace en un sillón descolorido, alrededor de una mesita baja ovalada.

—¿Desean tomar algo? ¿Un café, un jugo?

Desaparece unos instantes, y él mismo aporta una bandeja con dos zumos de naranja para ellos y un café para él.

—*Very good*. Me alegro mucho de que hayan venido. —Les dice con sinceridad —Tengo muchas ganas de escuchar lo que les ha traído hasta mí... Necesito que me expliquen la *history* completa del Mercaba, cómo se vieron implicados en su búsqueda... Tengo la mañana entera reservada para ustedes...

Ruth procede a relatarle brevemente el principio de todo en Tailandia, y luego con detalle la información recibida directamente por ella, el sueño del lama, todo lo acaecido en el Tíbet, y por último cómo llegaron a la conclusión de que su localización debía estar en Chile, aunque por el momento no tenían ninguna pista del lugar exacto, y precisamente estaban allí porque intuían que él podría guiarles.

—Ustedes saben que yo me dedico a la investigación de los fenómenos extraterretres ¿verdad? *Good*, porque tengo que hablarles con pura trans-pa-ren-cia. —Señala, pronunciando esta última palabra con una cierta dificultad. — Hay que prepararse para el desvelamiento cada vez mayor de secretos y misterios, es algo incontenible y propio de esta nueva época de la evolución. Y puesto que ya veo que forman parte de la red, es absolutamente necesario que comprendan bien lo que está ocurriendo en este *planet* para poder servir de catalizadores y cumplir la misión que les ha sido encomendada. ¿Lo entienden? —Les pregunta un tanto retóricamente, asumiendo que ambos están juntos en la búsqueda.

Hace una pausa para tomarse un sorbo de su café, y enseguida continúa.

—Antes de nada, tengo que explicarles varias cosas que ustedes deben comprender bien. Lo primero es que ahora parte de la vibración espiritual de la Tierra se está centrando en torno a Chile. Esto ya estaba escrito en algunas profecías... Esta región se convertirá en un ancla espiritual. La naturaleza acá tiene vibraciones magnéticas especiales y es un fuerte polo energético. No es, desde luego, el único lugar con estas características, pero sí uno de los doce que acoge las llaves del tiempo y la transformación, y por alguna causa que desconocemos, usted señorita, parece que tiene que encontrar una de ellas en este país.

Calla unos instantes para terminar el café antes de que se enfríe, y prosigue.

—Voy a compartir con ustedes las informaciones que a mí me han llegado a través de mis contactos con seres más avanzados que nosotros, seres que están supervisando el cambio de vibración planetaria y ayudando en lo que pueden, y les dejamos. ¿Han oído hablar de las rejillas? Son estructuras etéricas que mantienen la armonía dentro del plano terrestre y en los portales de enlaces de la Tierra con las estrellas y el universo. Es similar a los meridianos del cuerpo humano, cuando están libres y fluyen, gozamos de buena salud y buenas relaciones con otras personas. Lo mismo ocurre con estas poderosas redes... Pues bien, hubo un tiempo en el que la energía de la Tierra empezó a tener una fisura, que se convirtió en un abismo, debido a que la raza humana abandona la pureza de intenciones y entramos en la trampa del poder, la vanidad y la avaricia... Tengan en cuenta que las rejillas son una herramienta muy poderosa para la manifestación y la creación —continúa, explayándose —, pero sin el grado de conciencia adecuado, se pueden utilizar para manipular a otros, y esto es muy peligroso, *very dangerous*... Por eso, en un momento dado, se tomó la decisión, desde otras dimensiones y civilizaciones más avanzadas, de grabar en la memoria de los cristales la información y las frecuencias para que no se perdiera todo lo que se había alcanzado hasta aquel momento... Así, en un tiempo futuro cuando la humanidad estuviera preparada, se pudiera volver a acceder a ellas a través de vibraciones de luz, siempre que se llevara a cabo con una mente altruista y una intención correcta... Eso es lo que se hizo antes de la destrucción de la Atlántida con el gran diluvio. Toda la geometría sagrada y los patrones de creación se guardaron en los cristales, en su ADN, por así decirlo. ¿Me siguen?

Ellos afirman que sí con su cabeza, aún inseguros de hacia dónde les quiere conducir con su larga disquisición, si bien confiados de empezar a entender algo en los próximos minutos.

—Quizás se estén preguntando por qué les describo todo esto... Pues sencillamente porque entramos en la era en la que es posible reactivar las rejillas de Luz, pues la información ya se debe restaurar... ¿Cómo? Gracias a la fusión del ADN de la persona adecuada con el Mercaba de cuarzo correspondiente, es así que se puede acceder a la información conservada en él y despertar la clave... Y una vez que la persona accede, de alguna manera queda unida a él...

—Pero, ¿por qué las rejillas de la Tierra se pueden activar gracias a esos cristales? Creo que no termino de captarlo... —Confiesa Bruno.

—Porque de alguna manera los cristales son las venas a través de las cuales fluye la energía del planeta. De hecho, cuando los doce activen las claves de los Mercabas, las rejillas se volverán a alinear y reensamblar. Será como si esas llaves abrieran una cerradura que ha estado cerrada durante miles de años.

—Si esta capacidad ya estaba presente aquí, ¿por qué desapareció? —Pregunta el psicólogo.

—La información tuvo que enterrarse antes de que las personas lo utilizaran para una destrucción masiva. La tecnología es tan poderosa que les permitiría hacerlo con total impunidad y falta de respeto hacia la vida... La única forma de evitarlo fue desintegrando las rejillas.

—¿Cuándo ocurrió eso? —Sigue interesándose Bruno.

—Mis contactos me aseguran que fue en los tiempos en los que la Atlántida tuvo que ser destruida también para frenar el abuso... Como todas las rejillas del cosmos están interconectadas, de no haberlo parado en seco, no solo la Tierra habría colapsado, sino que se habría replicado a través de la reverberación a todos los niveles, destruyendo la galaxia y los diferentes universos cercanos... Muchas personas que viven hoy también estuvieron en aquella época —especifica—. Hemos retornado al momento presente porque una vez más los humanos se están asomando al precipicio que podría llevar a las mismas consecuencias de entonces... Pero ahora hay que lograr que esto no ocurra, no podemos permitirnos los mismos *mistakes*... Por eso tantos seres han venido como voluntarios a cambiar el curso de la historia, incluida usted, Ruth.

—Y supongo que ha llegado el momento de la reactivación por el ascenso de vibración terrestre... —Apunta Ruth.

—Correcto. La nueva Tierra está naciendo y las rejillas de Luz permitirán sanar al planeta y reequilibrar el sistema otra vez... A través de ella resuena la Luz universal y abre además una puerta entre las diferentes dimensiones... Esto es algo que quienes custodian la sabiduría siempre han sabido, pero solo ahora que el tiempo esperado ha llegado se nos ha podido comunicar esta información... —Les advierte —. Cuando los doce encargados de la tarea encuentren los doce mercabas y los activen física y etéricamente, se producirá el instante perfecto en el que los códigos de la Luz se activarán al unísono... Según los mensajes que he obtenido, todo está listo... ¡El tiempo tan esperado ha llegado! —Les anuncia con total convicción Dr. Green, quien todo lo transmite con pasión y vehemencia, poniendo inteligencia y corazón detrás de cada palabra, detrás de cada dato que les comunica.

—Entonces, ¿usted cree que el cambio se dará de todas formas? ¿Qué ocurrirá si alguno de los que se supone tenemos que activar los Mercabas al mismo tiempo no somos capaces? —Inquiere la chica, siempre abrumada por el peso de tanta responsabilidad sobre sus hombros.

—Mi opinión personal es que el salto es imparable, independientemente de que alguien lo quiera o no... Al igual que el día sigue a la noche, es un evento cíclico que se producirá, uno grandioso en los anales de la *history* de este universo, y pienso que si no pudiera darse en estos momentos, surgirá otra chance en un tiempo corto. —Asevera.

—Supongamos que los doce puedan cumplir su misión ahora, que el cambio se produzca y que la Tierra ascienda a una vibración superior. Mi temor está con aquellas personas que no estén en esa misma vibración, que no hayan alcanzado un nivel de conciencia suficiente... Porque entiendo que cada uno ha de ganárselo individualmente, con su propio esfuerzo, que esto no es como esperar a ser tocados con la varita mágica, ¿no? ¿Qué pasará con esos que no están preparados? —Indaga el chico.

—Es difícil prever las consecuencias para todos. Sospecho que continuarán como dormidos, aletargados, sin darse cuenta... No significa que en otro momento no puedan tomar impulso y subir el escalón, todos lo harán tarde o temprano, pero han de elegirlo, si no están aún preparados para despertar de la ilusión no será ahora... Las líneas del tiempo no son unidireccionales sino que funcionan como una espiral, volverán a tener otra *opportunity*... Sucede como con las semillas, no todas nacen al unísono.

—Ahora sí que las cosas me empiezan a cuadrar. —Se sincera la chica —. Usted le comentó a Bruno que tenía que comprobar si yo era la persona adecuada para transmitirme la información... ¿Cree que lo soy?

—Sí. —Responde lacónicamente.

—En ese caso tendrá que decirnos cómo podemos dar con el Mercaba, pues yo sigo tan perdida en ese aspecto como antes, doctor.

—Es comprensible señorita. ¡Tiempo al tiempo! No sea impaciente.—Bromea. —¿Está usted familiarizada con la geografía chilena?

—No mucho, pero seguro que Bruno podrá ayudarme.

—*Good*. Le adelanto que no dispongo de toda la información, pues eso es algo que la persona designada para esta misión ha de descubrir por sí sola. Lo que le puedo asegurar es que se encuentra en el norte, en la zona circundante al Desierto de Atacama. Y no es casualidad... Justo opuesto al Himalaya... Es como si parte de la energía cósmica entrara en nuestro planeta por acá, recorriendo el interior y conectándose con el Tíbet... Aunque lo cierto es que una vez se activen las rejillas, la energía se cargará alrededor de todo el planeta. —Afirma —. Allí en el norte, entre el desierto y la cordillera andina, existe un valle mágico y esotérico, un lugar recóndito donde el magnetismo llega a niveles inimaginables, y en donde se suelen observar permanentemente la presencia de naves extraterrestres, entrando y saliendo de las montañas... De hecho, es en ese lugar donde yo he tenido contactos. Cuando lleguen a San Pedro de Atacama, busquen a Don Luís de Quiroga, es amigo mío, díganle que van de mi parte y que les muestre la localización de este valle.

—¿Sabe entonces si el Mercaba está escondido en este valle? —le interroga Ruth.

—Mi intuición es que sí, pero no lo sé con total certeza, ya que es usted a quien le corresponde descubrirlo. Don Luís les podrá ayudar, de eso estoy seguro, es una persona de confianza y un sabio que está en conexión con dimensiones superiores... No tengo la menor duda de que sabrá de su llegada... Déjense guiar por la intuición.

—¿Y tiene alguna idea de los plazos con los que contamos? ¿Hay alguna prisa por llegar allí? ¿Se podría posponer para otra ocasión que regrese a Chile, doctor? — Sondea ella, sopesando la idea de esperar un poco y no meterse en más líos, sintiéndose un poco agobiada por los nuevos obstáculos que superar.

—Nunca hay prisa porque todo ocurre en el instante perfecto... Pero sí le digo que si usted está acá ahora mismo, no es por casualidad. El tiempo es ahora. No olvide que usted está realizando un servicio de gran importancia para la humanidad. —La alerta con firmeza.

—Tiene razón... Bruno, ¿me acompañarás? ¿Podrás venir conmigo? ¿*Porfa*? —le implora Ruth.

Capítulo 46

Tras una larga reflexión y una charla con Bruno, Ruth decidió cambiar su billete de regreso y prolongar su estadía en Chile. Hubiera preferido poder ir al desierto de Atacama sin demorarse, pero al acercarse las navidades, la gente estaría de vacaciones y no podría sacar mucho en claro. Dudó mucho, pues habría deseado estar con su madre y hermanos para celebrar la Navidad. Además, no le apetecía quedarse sola durante esas fechas a la espera del nuevo año para poder retomar sus pesquisas, pero Bruno puso freno a esa posibilidad, pidiéndole encarecidamente que pasara las fiestas con él y su familia, a lo que ella terminó accediendo para evitar tener que volver de nuevo desde España en breve, teniendo que pagar otro billete.

—Ruth, ¿qué te falta? Hemos quedado a las ocho en casa de mis padres y puede que haya tráfico a esta hora, con la gente desplazándose para la cena de Nochebuena... —La avisa Bruno.

—Sí, sí, dame cinco minutos y ¡ya estoy!

—¿Cómo son tus padres? Cuéntame algo que deba saber... —Le pide ella una vez están de camino en el coche.

—Pues bastante normales, supongo, intelectuales... Los dos son catedráticos de la Universidad de Chile, mamá en psicología, ya sabes, y mi papá en Medicina, fue director del departamento de Bioética y Humanidades de la Facultad, aunque ahora es profesor emérito. Mamá se jubila el próximo año, aunque dice que seguirá atendiendo a clientes en su consulta...

—¿Y que les has contado de mí?

—Pues nada, que eres una amiga mía que estás de visita aquí, y enseguida me dijeron que vinieras a la cena de hoy... Pero tampoco he entrado en detalles. A mí hermana le conté más de ti, mañana cuando vayamos a su departamento podréis hablar... ella está muy interesada en conocerte.

Viven en una mansión de dos pisos situada en las afueras de Santiago, en un barrio residencial. Enseguida se instalan en el salón, una estancia amplia y muy acogedora decorada con muebles antiguos, posiblemente pertenecientes a la familia. Unas puertas correderas de cristal abiertas que dan paso a una terraza. En un rincón tienen un pequeño nacimiento y el árbol de Pascua. Han encendido luces de navidad en la terraza, y en las consolas velas en candelabros de plata. La mesa es enorme, y sobra sitio para acomodar a muchos más comensales. Después del aperitivo, acompañado por el vino chileno de la familia, la chica del servicio, aporta un pavo y unos porotos granados, un plato típico de frijoles hecho con maíz y calabaza, algo nuevo para Ruth.

—Ay que ver el calor que hace este año —se queja el padre de Bruno—. ¿Queréis que pongamos el aire acondicionado? Yo creo que no entra ni la brisa esta noche. Cada vez me afecta más la alta temperatura, me debo estar haciendo mayor...

—Anda papá, a ti nunca te ha gustado el calor, prefieres el invierno. —Le recuerda su hijo.

—Sí, es cierto. ¿No quiere un poco más de vino Ruth? Ya decía Salomón que el buen vino alegra el corazón... ¿A qué se dedica usted, también a las ciencias de la mente como mi esposa y mis hijos?

—En realidad no, soy enfermera. Estoy especializada en pediatría y he trabajado muchos años con niños oncológicos... Su hijo me ha contado que usted es profesor emérito de la Universidad de Chile... ¿Cuál era su especialidad?

—Fui cirujano, pero a mí siempre me gustó enseñar a los más jóvenes y la investigación... En mi época había pocos doctores y con la dictadura muchos emigraron; sin embargo siempre consideré que era importante quedarnos aquí y ser firmes en nuestros valores... Supongo que por eso el colegio médico me otorgó el premio a la ética médica hace algunos años... Me tentaron mucho en los Estados Unidos cuando me marché a realizar estudios de postgrado e investigar en la universidad de Cornell, pero amo demasiado mi país y dado que hacía falta una mayor investigación acá... Siempre me ha parecido primordial transmitir que la ciencia es un sistema de ideas y no un quehacer, y he mantenido un compromiso de fidelidad con el ideal universitario y sus principios... estoy convencido de que la universidad tiene que seguir abriendo horizontes y perspectivas motivadoras para las nuevas generaciones, y con el sello de compromiso por lo social que me guió durante toda mi carrera... Ah, mi aspiración está reflejada en las palabras de Heidegger: "Respecto de los aprendices, el maestro posee como único privilegio el tener que aprender todavía mucho más que ellos. A saber: el dejar aprender"... Quizás por eso sigo vinculado a la enseñanza, porque deseo seguir aprendiendo...

—Ricardo, ¿Por qué no traes la cola de mono para que Ruth lo pruebe? Es una bebida de navidad, un licor creado a partir de la mezcla de la leche, café, aguardiente, canela y azúcar, a ver si te gusta. —Le pide la madre viendo que su marido se empieza a enrollar con sus historias.

—Martina, su hijo me ha contado que su padre fue discípulo de Gurdjieff. Debió ser una experiencia extraordinaria, ¿verdad? —Se interesa la española.

—Sin duda, puro energía transformadora. Mi papá era francés, y al parecer empezó a oír hablar del señor Gurdjieff y su Trabajo a partir de una gira que hizo por los Estados Unidos que le dio renombre internacional... Pasó temporadas en el *prieuré*, una casa que tenía el maestro en Fontainebleau, al sur de París, en donde vivían algunos de sus alumnos y practicaban su método y las enseñanzas. —Explica la madre.

—¿Y en qué consistían exactamente sus enseñanzas? Porque hay gente que dice que era un excéntrico... —Menciona Ruth

—Debió ser un hombre singular, tenía una manera muy innovadora de provocar la evolución espiritual de sus discípulos... Lo que mi papá nos transmitió es que el Cuarto Camino, el que él enseñaba, es la manera de poder desarrollarse internamente y también espiritualmente en el ambiente cotidiano occidental, ya que los otros caminos (el del faquir, el del monje y el del yogui) requieren que el individuo abandone el mundo para poder encontrar el sendero del ser superior.

—El abuelo nos contaba cómo el maestro fomentaba toda clase de dificultades físicas y emocionales, como una escalera de obstáculos que debían superar para poder aumentar su desarrollo interno...

—Bueno, Bernard siempre tuvo una visión mística de la vida que supo traspasar a las siguientes generaciones como vosotros... Yo no siempre estaba de acuerdo con él y su cristianismo esotérico, pero lo que sí compartíamos es la misma pasión por el conocimiento. —Asevera el padre.

—Ya papá, porque ¡para ti no hay más Dios que la ciencia!

—No es eso. Simplemente no veo la utilidad de investigar en el más allá como os gusta, con todo lo que tenemos que conocer aquí mismo, sobre los seres humanos. —Protesta el padre.

—Es que a ti nunca te ha interesado la búsqueda de una realidad más profunda papá, pero es cierto que siempre lo has respetado...

—¿Y qué clase de pruebas les ponía? —pregunta la chica, interesada en conocer los entresijos de Gurdjieff y sus métodos.

—Tengo entendido que les hacía ejecutar unas danzas complicadísimas, una especie de gimnasia que debían armonizar bajo los acordes de alguna música que él mismo componía para fomentar la concentración y salir de los estados mentales ordinarios, a todos les hacía llevar a cabo trabajos físicos duros aunque algunos provinieran de la nobleza y no estuvieran acostumbrados a hacer nada en la vida, muchas veces les pedía la renuncia de posesiones para que aprendieran el desapego... —Explica Martina.

—Supongo que era la vía que él desarrolló para llegar a despertar —sugiere la chica—. ¿Y sabéis cómo era él?

—Mi papá siempre contaba que el señor Gurdjieff hacía lo opuesto de la mayoría de los maestros, que se rodean de una atmósfera de seriedad y superioridad para dar buena impresión a las personas que se les acercan. Él presentaba todo aquello que podía repeler incluso asustar a los seguidores, como si estuviera probando si su búsqueda era real o un mero pasatiempo... Yo creo que ha sido poco comprendido porque no buscaba impartir conocimiento ni que le adoraran, lo único que pretendía era transformar al individuo, y para ello iba directo a todo lo que había que cambiar en sus discípulos, lo cual les resultaba muy duro y provocaba resistencias y miedos... Normal, sobre todo cuando uno ha pasado una vida entera en fabricar defensas y un cierto estilo de vida... —Expone Martina.

—¿Y cómo llegó el abuelo hasta Chile? ¿Se dedicó luego a la enseñanza espiritual?

—¡Para nada! El abuelo Bernard se dedicaba al negocio familiar de vinos, pero en la Segunda Guerra Mundial el mercado en Francia muy afectado, por lo que decidió venir a probar fortuna acá, donde se asoció con una compañía vinícola local que buscaba un enólogo experimentado como él, pues hasta el setenta y cuatro se prohibió la plantación de nuevas cepas y por ello no pudo montar su propio negocio independiente... Al poco de llegar se enamoró de una chilena y ya no volvió a Europa... Él pensaba que cada persona ha de ganarse la vida, formar una familia y tener una vida normal «sin escapar de ello para convertirte en alguien espiritual», solía decir... la verdadera prueba está en estar en el mundo sin que éste te absorba y te corrompa, nos lo recordaba a menudo también, ¿verdad mamá?

—Siempre aprecié de Bertrand que a pesar de sus ideas demasiado místicas a mi entender, fue un hombre de éxito y ejemplar en su vida... Teníamos muchas discusiones debido a su visión religiosa de la vida que yo nunca llegué a compartir, pero de forma cordial porque nos apreciábamos mucho. —Cuenta el padre.

—Religiosas no, Ricardo, espirituales. —Le corrige su mujer.

—Que sepas, papá, que el abuelo es la persona que más he admirado en la vida, y sin su ejemplo y todo lo que nos transmitió yo no sería quien soy ni me dedicaría a la psicología... ni seguramente tampoco a la investigación de las experiencias cercanas a la muerte.

—¡Lo que yo habría dado por tener un abuelo así! No sabéis la fortuna que habéis tenido... — Asegura Ruth—. Yo ni siquiera he conocido a nadie así...

—¿No la has llevado a visitar a don Cristóbal? — pregunta Martina a su hijo.

—Pues no, no se me había ocurrido... Pero es verdad que es todo un personaje, fue alumno de Ouspenski y Bennett en Inglaterra, los seguidores más emblemáticos de Gurdjieff... y además podríamos aprovechar por si él pudiera darnos alguna indicación sobre tu proyecto. —Indica a Ruth con un guiño, sin querer desvelar demasiado delante de sus padres.

—Si fue alumno de Ouspenski el señor ha de ser muy mayor ¿no? ¿A qué se dedica?

—Pues sí, tendrá ochenta y tantos... pero conserva una lucidez espléndida, por lo menos la última vez que fuimos a visitarlo, ¿verdad mamá? —Hace muchos años que fundó la Escuela del Potencial Humano en la que se enseña un compendio de la filosofía y metodología basada en la perspectiva de Gurdjieff y los otros dos discípulos con los que aprendió, además de lo que él mismo ha desarrollado. Es un tipo muy interesante... Puedo llamar a ver si nos pudiera recibir, la Escuela está solo a un par de horas de Santiago, ¿te apetece Ruth?

—¡Claro que sí! Intentémoslo antes de ir al desierto de Atacama —Sugiere ella.

Capítulo 47

Ruth está acomodada en el sofá de la casa de Bruno, con las piernas estiradas, y él en su sillón favorito, uno de cuero envejecido de color ocre. Han regresado de la comida de Navidad en casa de su hermana, donde se reunieron con los hijos de ella y los padres de ambos. Ha anochecido, las luces de la ciudad centellean a través de las cortinas. Ha pasado la hora de cenar chilena, pero tras tanta comida opípara ninguno de los dos tiene apetito, así que disfrutan de una copa de vino tinto y unas aceitunas negras. Han encendido solo dos lámparas que tamizan la luminosidad y tiñen el ambiente de una suave tonalidad blanca casi transparente. Él ha conectado su Ipod a los altavoces, iniciando el archivo de música clásica. El Mesías de Händel suena, inundando el salón con los coros, las trompetas y los timbales, sumiéndoles en un estado de cavilación relajada.

Ruth tiene los ojos cerrados, mientras que él la contempla ahora que ella está interiorizando y no lo percibe.

Le agrada poder reposar su mirada sobre la chica. Se siente tentado a alargar el brazo y tocarla, rozar su exquisito rostro con la mano, recorrerlo muy despacio, descubriendo la geografía de su piel con parsimonia; o sentarse en el sofá a su lado y abrazarla, aunque teme entrometerse en su espacio y quebrar la paz del momento. Tampoco quiere hacer peligrar la excepcional amistad que está construyéndose ni la magia que tienen juntos por causa de su impaciencia ni la atracción que siente hacia ella. Más allá de su obvio atractivo, se siente fascinado por su armonía y serenidad, siente como si la conociera desde hace mucho tiempo, como si perteneciera a esta casa, como si formara parte de su hogar, de su existencia. Algo que es incapaz de explicar de manera racional, pero tampoco puede negarlo.

De repente ella empieza a hablarle en voz baja, como si compartiera un secreto, casi adivinando parte de sus pensamientos, aún con los ojos cerrados, como si todavía permaneciera con un pie en un mundo de ensueños o de realidades paralelas.

—Te veo en otro tiempo, ¿sabes? Estás subido a un caballo, eres un hombre apuesto, un caballero, estás preparándote para ir a una batalla... percibo un castillo cerca, y un bosque enorme... Yo también estoy ahí, cerca de ti, pero soy como un hada, puedo volar, soy translúcida, ¡qué curioso!

Bruno se queda inmóvil, escuchando atentamente lo que dice, sin atreverse a desplazarse ni un centímetro ni a indagar sobre lo que le está contando. ¿De qué le habla? ¿Ha tenido un sueño? ¿Es una historia que se está inventando? ¿Puede viajar en el espacio?

Se aproxima a ella muy despacio y observa que las lágrimas recorren sus mejillas. ¿Estará triste? ¿Conmovida? No se atreve a preguntarla, prefiere respetar este instante. Pero ahora sí que le coge una mano, para que sepa que él está cerca, que no está sola, que la apoya.

—No, no soy una hada, ahora lo veo... he desencarnado, he muerto, pero no te quiero dejar solo, te amaba tanto... Siento que me echas de menos, que sigues cumpliendo con tus deberes de guerrero aunque estás muy triste... Yo no quiero irme hacia la luz todavía, prefiero acompañarte... me gustaría que me sintieras, quiero decirte que estoy bien, que no debes extrañarme porque no he desaparecido y pronto nos volveremos a encontrar...

De repente Ruth rompe en sollozos, sin poder evitarlo. Le vibra el cuerpo y no puede seguir hablando. La emoción le sobrepasa y le suelta para sujetarse la frente con las manos y se acurruca en una esquina del sofá. Entonces Bruno se sienta a su lado, y la coge entre sus brazos, protegiéndola y calmándola sin mediar palabra, hasta que poco a poco va recuperándose y respirando con mayor sosiego.

—Ahora comprendo que nuestro encuentro no es ninguna casualidad—Afirma cuando ya se ha repuesto—. Ni la cercanía que tenemos, ni la conexión, ni como todo ha fluido entre nosotros... Estuvimos juntos en otra vida, parecía la época medieval, aunque no sé dónde era. Nos amábamos tanto... y me daba tanta pena verte tan triste cuando yo desencarné... Tu creías que te había abandonado, pero no lo hice, aunque tú no me pudieras sentir... ¿Te parece una locura lo que te cuento? —Le pregunta, por primera vez mirándole a través de sus ojos vidriados y suavizados por la experiencia que acaba de atravesar.

Él le toma el rostro con las dos manos y la mira fijamente a apenas un palmo de ella, en un intento de poner más énfasis a sus palabras.

—No es ninguna locura, estoy seguro de que lo que has visto está basado en una realidad antigua... Sentía escalofríos cuando contabas tu visión, me resonaba... Yo también pienso que nuestro encuentro es sincrónico, y siento que has sido parte de mí de alguna manera que se escapa a la racionalidad y que no soy capaz de ubicar, pero estoy seguro de ello, y por eso desde el principio supe que debía ayudarte todo lo que pudiera, corazón... —Confiesa, mientras le entran unas ganas irresistibles de besarla apasionadamente, de no perder esta oportunidad de tenerla tan próxima, de aprovechar esta situación de intenso vínculo que acaban de descubrir.

En la última fracción de segundo gira ligeramente la cara y le besa en la mejilla. Junta su cara con la suya, y le acaricia el cabello con tremenda dulzura. Su corazón se abre y se conecta con el de ella con un cariño que ahora sabe ha superado el tiempo y el espacio, pero solo se atreve a decirle:

—No te preocupes, te voy a regalonear todo lo que necesites, estate tranquila corazón, estate tranquila...

El sol luce soberbio en el inmenso lienzo celeste de este día de principios de verano, límpido y refulgente desde la altura privilegiada de los Andes. Ilumina un brillante retablo con cumbres nevadas al alcance de la mano, y el cerro del Morado como una privilegiada atalaya a cinco mil metros de altitud. Han decidido escapar del calor para subir al monumento natural El Morado y respirar la pureza prístina de la naturaleza de este lugar. El paseo les ha llevado casi dos horas, si bien el destino final del glaciar San Francisco y la belleza escénica que les rodeaba han merecido cada paso por las alturas. Ruth saca la cámara fotográfica de la mochila cada diez minutos para tomar alguna fotografía y conservar en instantáneas lo que ni su retina ni su memoria podrían salvaguardar con el paso del tiempo, que todo lo renueva y cambia.

Se han levantado temprano para poder conjugar la visita a don Cristóbal en un pueblo cercano con estas horas de senderismo en un paisaje de una biodiversidad y una riqueza fabulosa. Una oportunidad muy bienvenida para recargar energía después de varios días en la urbe con múltiples compromisos familiares de comidas y cenas interminables.

Durante la ruta han topado con aves desconocidas para la española, como el Chirihue dorado y el jilguero cordillerano, y alguna que otra lagartija perezosa que se calentaba sobre las rocas. A la vuelta, se paran en una aldea montañesa en los albores del parque para comprar un queso de cabra típico de la región y una mermelada casera que él quería que probara. Tras más de una hora en coche, por fin llegan al pueblo donde vive don Cristóbal, colindante con los Andes también, rodeados de un bosque de coníferas.

Al llamar a la puerta, una chica joven bajita de aire risueño les abre la puerta y les acompaña hasta una estancia de reducidas dimensiones. Una ventana pequeña con visillos da directamente al campo, y se distinguen unas vacas pastando en la ladera. Arrimado a una mesa camilla de faldones verdes y mantel bordado, se encuentra un señor de cabellos níveos y barba larga del mismo tono. Tiene una mirada sorprendentemente vital y profunda. Está bebiendo mate y revisando unas notas que pronto les explica son para su próximo libro, una biografía que hace más de una década sus estudiantes y seguidores le piden, y por fin se ha decidido a escribir.

—Me alegra volver a verle chico, ¿cómo está su madre? ¿Y qué les trae a ustedes por acá? —Les saluda tendiéndoles la mano pero sin levantarse. —Siéntense a mi lado, Mariana nos traerá el pan de pascua que acaba de preparar... ¿Les apetece un mate?... Cuénteme, cuénteme...

—Mi amiga Ruth está de visita en nuestro país, y el otro día comiendo en casa, mi mamá sugirió que viniéramos a verle... Bueno en realidad, es más que una simple visita. Mi amiga ha venido con un propósito espiritual, encontrar un Mercaba sagrado que ha de contribuir a la transformación de la humanidad... ¿Por qué no se lo cuentas tú misma? —Pide a Ruth.

Una vez la chica hace un resumen de su historia y lo que le ha traído hasta aquí, le pregunta:

—Usted que tiene tanta experiencia y sabiduría, y que ha debido ser testigo de tanto... ¿Qué piensa de todo esto que le acabo de contar?

—Interesante señorita, muy interesante. —Afirma con los ojos perdidos en el paisaje detrás de la ventana—. Tras tantos avatares que he vivido, solo me queda la certeza sensible de que somos espíritus encarnados con el propósito de trascender esta realidad material en la que nos hemos quedado atrapados... Estamos tocando fondo en esta civilización cuando damos más importancia a la plata que al ser humano, a la ostentación que a la grandeza interior... Ha llegado el momento de un cambio muy profundo...

De repente se queda unos minutos en silencio, ensimismado en sus cavilaciones; ninguno de los dos se atreve a interrumpirle. Después vuelve a conversar como si no hubiera existido ninguna pausa.

—Llegamos a un período en el que el materialismo asfixiante caerá como una losa y se perderá en la memoria de la colectividad... Ya no va a ser posible llenar el vacío existencial y la falta de sentido con sustitutos banales como la lujuria, el aplauso, plata en el banco o la acumulación de conocimientos que alimentan la vanidad... Eso debe acabar... Estamos cerca del fin... de una época, y ya no es posible recular... Todo nos ha ido disponiendo para llegar a este presente complicado y esperanzador... —Expone pausadamente, pero con gran firmeza.

—¿Y por qué cree usted que los avances tecnológicos y la ciencia no terminan de contribuir a un progreso real en la conciencia de la humanidad? —Se interesa Bruno.

—Porque las personas han cortado sus raíces. Para la gente instruida y moderna la ciencia lo explica todo, negando y rechazando aquello que no puede explicar... Pero llegará un momento en el que la ciencia se desarrolle hasta lo más alto, y entonces todas las personas serán místicos, ya que se comprobará que hay una energía subyacente que es la que sostiene la vida, aunque yo desde luego no estaré acá para verlo. —Afirma.

Don Cristóbal es como esponja que ha ido acumulando saber a lo largo de muchos años de estudio y contacto con hombres ilustrados y ha sabido transmutarlos en sabiduría a través de su propio sentir. Lidera una escuela, un movimiento que cree en el despertar del ser humano a través del Cuarto Camino que Gurdjieff inició a principios del siglo XX. Se mantiene en ese difícil equilibrio entre un pasado rico en experiencias, un presente activo y un futuro que proyecta una nueva visión a las nuevas generaciones que heredarán la Tierra. Su memoria es capaz de conservar secuencias de su pasado y traerlas de nuevo a su consciente como si fueran ráfagas, sin abandonarse a la sombra perpetua de lo que aconteció y él vivió en primera persona. Es como sintetizara en si mismo lo mejor de lo que ya fue y las chispas brillantes de lo que puede abrirse ante nosotros.

—Los humanos llevan miles de años experimentando con el libre albedrío, con el fin de volver por su propia elección al amor sin condiciones del que provienen... El problema es que las tentaciones del ego son numerosas y hemos tenido que aprender con mucho sufrimiento... Por fin este largo ciclo está concluyendo, y aunque aparentemente hay mucha tensión y oscuridad alrededor, todo se está desplegando para que la luz se instale en la Tierra... Y hemos de colaborar para que así sea. —Prosigue.

—¿Usted cree que yo puedo encontrar el Mercaba y activarlo para colaborar a la transformación de forma activa? Dígame lo que de verdad piensa don Cristóbal, porque yo me veo insignificante frente a tan magna tarea, tan poca cosa... ¿Quién soy yo para llevar a cabo esta misión grandiosa? —Expresa Ruth.

—Las sincronicidades cósmicas indican que usted, señorita, está designada para hacerlo, pero ha de confiar... El destino ha veces actúa con tremendas elipsis, pero usted parece ser guiada hacia el lugar y el tiempo perfecto en el que todo será posible y factible... Aunque aún ha de deshidratar su motivación hasta que se haga medular, hasta que su corazón se abra de par en par y pueda abrazar su camino sin ningún género de dudas. —Le señala.

—¿Y cómo podría hacerlo?

Don Cristóbal se toma unos instantes en contestar, como si estuviera sopesando su respuesta antes de pronunciar ninguna palabra.

—Es primordial que haga un retiro. Todos los grandes hombres (y mujeres, obvio), antes de cumplir una misión han tenido que retirarse del mundo para poder prepararse, para poder conectarse con lo esencial, sin distracciones... Le ayudará a clarificarse y sintonizar su conciencia, su estado mental y el propósito que su alma que ha venido a cumplir. —Asevera.

—¿Y cuándo cree que debería hacerlo? Porque tengo pendiente encontrar ese Mercaba y no me gustaría retrasarme...

—Todo sucede en el momento perfecto. Usted debe purificarse antes a través del silencio y la soledad para permitirse ser, nada más. Esto es lo único importante ahora... Es este paso lo que le permitirá encontrar su Tesoro, y ayudar a muchas, muchas personas en este planeta. Sin este puente no podrá realizar su propósito porque debe estar completamente preparada en su fuero interno, y todavía le queda este peldaño. —Afirma el maestro con tanta determinación que no hay lugar a vacilaciones.

—¿Y dónde? Teníamos planeado ir al desierto de Atacama en breve para conocer a la persona que posiblemente nos entregue la siguiente pista...

—Primero ha de realizar su trabajo señorita, no lo olvide... El desierto de Atacama posee unas cualidades telúricas y energéticas que pueden resultarle idóneas para el retiro... A una hora de San Pedro hay un centro donde algunos de mis alumnos acuden a realizar sus trabajos de introspección... Si lo desea Mariana le podrá facilitar el nombre y el teléfono del lugar... —Se brinda—. Recuerde algo, usted ha sido llamada y se ha presentado voluntaria para esta labor de amor incondicional, libérese de lo insustancial, incluidas sus dudas, esté presente en el ahora, ofrézcase a lo que ha de producirse a través suyo y confíe, sobre todo confíe.

Capítulo 48

Ruth se ha instalado en el centro espiritual que don Cristóbal le aconsejó. Tienen veinte cabañas y una cocina común que los huéspedes pueden utilizar. Las condiciones son básicas y sin ningún lujo, pero están ubicadas en un lugar espectacular, en medio de la zona más árida del mundo, en la que solo llueve una vez cada diez años, el Desierto de Atacama. A pesar de su extrema sequedad, guarda impresionantes paisajes naturales, y un silencio tan profundo que penetra el alma hasta hacerla translúcida.

La chica se hizo con provisiones el primer día en San Pedro, el pueblo más cercano, con la intención de refugiarse en este rincón aislado durante algunas semanas, hasta que sintiera que su trabajo se hubiera realizado, y entonces avisaría a Bruno, quien se reuniría con ella en el propio pueblo de San Pedro.

Los días pasan lentos y pacíficos, casi a hurtadillas. No hay posibilidad de acceder a Internet, recibir mensajes ni realizar llamadas telefónicas. Nunca en su vida había estado tan desconectada del mundo. Jamás había mantenido silencio absoluto durante tantos días seguidos, ella que tanto apreciaba la comunicación y el intercambio con los demás.

Hay alojados con ella una señora de unos sesenta años que nunca levanta la mirada del suelo cuando se cruzan, un par de chicos jóvenes con aspecto hippie y aire risueño, un señor que siempre lleva la misma camiseta amarilla, y dos mujeres que podrían ser hermanas y que parecen no descansar nunca, pues se las encuentra en la cabaña de meditación a todas horas. Es una choza redonda de adobe, con el techo construido con cañas, y grandes ventanales que inundan la estancia de luz. Disponen de cojines de meditación que colocan alrededor de una vela gigante que está encendida permanentemente justo en el epicentro de la estancia. En una mesita al lado de la puerta, están dispuestas unas flores artificiales en un jarrón de arcilla, un recipiente con arena donde arde el incienso, una estatua de Buda, otra de Jesucristo y una tercera de Vishnu, demostrando que se trata un lugar abierto, integrando todas las concepciones religiosas, para personas en busca de interiorización y serenidad.

A poco más de cien metros de las cabañas se ubica una casita donde habita la pareja que se encarga de gestionar el lugar. Ruth procura no ir por allí a no ser que necesite algo, y así no romper su compromiso de silencio en estas semanas.

Los días se le hacen un poco largos al principio, al no disponer de ningún mecanismo de distracción ni evasión ni compañía. Después va entrando en un ritmo en el que se balancea sin oponer resistencia. Se va sintiendo cómoda en el sosiego, se pliega al lento devenir, a los paseos amansados por la afonía y la soledad del desierto, a la luminosidad que reverbera la arena, a la conexión con lo esencial a través del infinito abrazo entre el firmamento y el yermo desierto juntándose en el horizonte.

Cada día se sumerge más y más en la armonía del ser, sin preocuparse por el hacer, el tener ni el pertenecer, de tal manera que el ego se desdibuja por falta de utilidad, y entonces puede empezar a observar y observarse desde una parte más profunda y auténtica de si misma; abandonando proyecciones inútiles e inquietudes debilitantes, soltando tanto las páginas de un pasado que ya se escribió como las necesidades ilusorias que nos fabricamos para no ahogarnos en la zozobra de la incertidumbre.

Poco a poco se va instando en ella una paz ancestral que regenera, sostiene y la dirige. Una paz total que le infunde la confianza que ha anhelado y que se le ha escabullido una y otra vez. Es como si solo esa limpieza interior e integral que surge al instalarse en la nada durante un tiempo pudiera contribuir a vislumbrar la puerta que siempre ha estado presente en su corazón, mas oculta tras las capas de miedos, adoctrinamiento y apegos construidos a lo largo de una vida en un mundo tan materialista y poco evolucionado como el nuestro.

En el instante en el que la paz y la confianza se afianzan en ella, surge la seguridad de que todos formamos parte de un puzzle en el que cada pieza ha de encajarse para complementar el conjunto. Sabe que para ello es imprescindible crecer en conciencia durante la encarnación terrestre, con el fin de que el alma pueda llevarnos a recordar la misión de vida y así aportar nuestra unicidad, nuestra luz propia, nuestra nota musical al concierto universal. Es cuando consigue verlo y sentirlo con absoluta claridad que las dudas se disuelven y recobra el poder interno; esa fuerza que al mismo tiempo la afianza sobre el planeta como una pirámide luminosa y la conecta con todo lo invisible y con su hermandad estelar.

Acepta por fin con humildad y honor, con sencillez y gratitud, con fe y dicha su propósito vital, su papel en la Obra universal. Al hacerlo una gran alegría rebosa su espíritu, un regocijo que la expande, y es capaz de percibir como su aura se mezcla con el aura de las rocas, con el de las pequeñas plantas, y el de la madre Tierra, como si de una danza mágica se tratara. Puede apreciar la luz inherente a todo lo existente y comprobar así que la oscuridad no es más que la ausencia de luz y conciencia. Se siente inundada por la gracia y por un bienestar benefactor que colma cada célula, cada átomo de su ser como si se transformara en una fuerza lumínica más allá de lo que jamás ha sentido ni siquiera podido imaginar. Y es entonces que tiene la completa seguridad de la perfección innata de todo, sin forzar, sin rebelarse, sin ansiedad. Todo es exactamente como debe ser y ahora sabe que está preparada. Algo que antes estaba latente ya acaba de despertar. La rosa que pugnaba por salir del capullo ha hallado el impulso para florecer. Los obstáculos internos se derriten al calor del sol divino y el camino se abre ante sus atónitos ojos. Ahora solo tiene que caminar...

Al día siguiente pide prestada una bicicleta a los gerentes del centro y pedalea dos horas hasta llegar a la aldea donde tienen teléfono. Marca el número de Bruno:

—Hola, soy Ruth. Ya estoy lista... ¿Cuándo puedes venir? Ya podemos seguir con nuestra búsqueda...

Ruth se muda a San Pedro de Atacama un par de días más tarde, una vez da su retiro por concluido, y decide dar una sorpresa a Bruno; se pone de acuerdo con un conductor para ir a recibirle al aeropuerto. Él no se lo espera y el corazón le salta de alegría al verla allí, radiante con sus vaqueros, sandalias de cuero y camiseta rosa, luciendo una suave sonrisa; Emana serenidad. De hecho tenía una cierta inquietud sobre los efectos que tendría este retiro y esta soledad sobre ella: ¿Querría seguir sus pesquisas sola y apartarse de él a partir de entonces? ¿Se replantearía las cosas? ¿Necesitaría más espacio para seguir su camino? De algún modo temía perder la conexión que los dos habían descubierto y que tan importante se había convertido para él. Afortunadamente, verla allí, sin haberle avisado, le tranquiliza y sabe que su alejamiento temporal ha sido para bien. Acelera su paso para poderla estrechar en sus brazos con enorme afecto y un contento que no trata de ocultar.

En el camino desde el aeropuerto ella permanece bastante silenciosa, y él lo respeta. Imagina que después de tres semanas sin pronunciar palabra, debe resultarle difícil volver a comunicarse verbalmente. Llegan a un mirador con unas vistas espectaculares, y Ruth pide al conductor que se detenga para apearse y disfrutarlo. Al salir del vehículo, la brisa del desierto acaricia su rostro con ternura. La hermosura de las formaciones rocosas incrustadas en la arena la extasía una vez más. La vista es soberbia. Se adentra despacio caminando por las rocas, impregnándose de la energía del lugar, que es prodigiosa y vivificante. Inhala profundamente para poderla integrar en su cuerpo y en su ser. Contempla las dunas y los exóticos relieves, invadida por la magia de lo imperecedero y del grandioso espacio vacío y abierto, por el minimalismo de un desierto tan yermo, por la calma y sosiego que transmite. Simboliza la plenitud en su desnudez, la naturaleza despojada del más mínimo artificio, la planicie en su inabarcable tamaño, la vulnerabilidad frente a la inmensidad, el majestuoso manto cobrizo que va mutando de tonalidad con el movimiento solar, el horizonte donde se pierden todas las miradas y confluyen el azul ilimitado y el vasto dorado en una incondicional quietud, en la mayor de las armonías.

Necesita aún un tiempo consigo misma, para incorporarse hondamente al lugar y también para prepararse para compartir de nuevo. Bruno se da cuenta, y sin que ella se lo pida, le permite alejarse a su aire, hasta que la ve sentarse en lo alto de un montículo, como si formara parte del desierto.

La intensidad de la energía telúrica de este lugar tiene una potencia abismal. Ella sabe ahora que aquí puede producirse la magia del misterio y la conexión con otros planos de manera más sencilla que en otros lugares del planeta. Es como si pudieran trascenderse los límites de la realidad material con mayor facilidad, como si en un lugar como éste pudiera accederse a la esencia secreta gracias a la profunda experiencia que lo imanta.

Sin duda alguna, es aquí donde tenía que acudir a la escucha del latido de la Tierra, a la convocatoria de los seres estelares, donde el lirismo y la poesía natural se conjugan, donde cielo y tierra se desposan en una ceremonia sigilosa y majestuosa a la vez. Su posibilidad de ayudar a la Tierra —y con ello a la humanidad—, va a germinar aquí, y ya se encuentra dispuesta a dar el siguiente paso.

El pueblecito de adobe San Pedro de Atacama parece sacado de una película de mineros, un oasis verde en medio de un altiplano completamente estéril. El hostal que ella a reservado se sitúa a las afueras, participando dulcemente del paisaje, desde donde se percibe el imponente volcán Licancabur. Ruth acompaña a Bruno a su habitación para que deje la maleta.

—¿Te apetece descansar? —Le pregunta mientras se sienta en un sillón que hay debajo de la ventana.

—No estoy cansado... todavía. ¿Cómo te ha ido el retiro?

—Don Cristóbal tenía razón, me faltaba distanciarme de todo para encontrar lo esencial dentro de mí... Me siento fuerte y con muchísima paz... no sé, como con mayor claridad mental, y sobre todo tengo la sensación de estar muy guiada... No sé cómo explicarlo, pero me siento diferente, como más afianzada...

—¡Qué bacán! Ha tenido que ser una experiencia espléndida Ruth... Yo te veo resplandeciente... y muy serena.

—Gracias, es verdad, ¡me siento tan en paz! —Confirma—. Bueno, ¿vienes dispuesto a continuar con las pesquisas?

—Además de venir a verte —confiesa con un guiño pícaro—, nuestra prioridad es intentar localizar el paradero de Don Luís de Quiroga cuanto antes... ¿No te parece? Tenemos la tarde por delante, deberíamos intentarlo antes de que anochezca.

Pasan un par de horas preguntando por el pueblo sin conseguir ninguna información concreta. Al final, se les ocurre pasar por el museo arqueológico y allí les informan que el señor de Quiroga, arqueólogo, se encuentra en la zona de Chug-Chug donde se han descubierto geoglifos —grabados en piedra y roca— recientemente. No consultan si les está permitido acercarse a dicho yacimiento arqueológico, simplemente piden indicaciones para llegar, y se marcan la ruta en el mapa. Mañana temprano saldrán para allí.

Exhaustos, quizás por no haberse tomado el tiempo ni de almorzar —aparte de unas bolsas de chips—, planean cenar pronto y restaurar fuerzas en espera de lo que pueda llegar. Pero antes de buscar restaurante, recorren las cuatro calles del pueblo para encontrarse en el espacio abierto y alejarse a presenciar el crepúsculo. Va atardeciendo de forma suave y paulatina. El cielo va tiñéndose de una paleta de colores pastel que se reflejan en la fina arena del desierto. La quietud lo domina todo, como si el silencio no pudiera quebrarse jamás. El tiempo parece suspenderse en el impasse del día y la noche, en un instante supremo impregnado del polvo de las innumerables posibilidades. Ambos tienen la certeza de que todo es factible, también la promesa que persiguen juntos.

Al día siguiente, después de un copioso desayuno, salen hacia el sector de Chug-Chug. Lo que ven al llegar es algo que no se esperaban; nunca habrían imaginado tan tremenda monumentalidad. Enormes signos inscritos en las rocas —algunos calculan que deben alcanzar un tamaño de entre veinte y treinta metros— se encuentran repartidos por las laderas de los cerros y las colinas. Son auténticas joyas, valiosos vestigios del calibre de las líneas de Nazca en Perú o los círculos en los cultivos de Inglaterra, especulan. Por lo que pueden observar al caminar por la base de las colinas, parecen representar diferentes formas, predominan las figuras geométricas y los círculos concéntricos.

Están fascinados por algo que de ninguna manera imaginaban encontrar. Tras vagabundear entre las solitarias colinas, por fin perciben tres vehículos, un pequeño campamento montado y algunas personas excavando las rocas. Se acercan hasta allí, y preguntan por Don Luís de Quiroga. Les señalan un señor con aire de aventurero, de estatura media, ataviado con un chaleco y un sombrero a lo

Indiana Jones, del que sobresalen algunos mechones grises. Anda absorto con su cámara, tomando fotos a unas decenas de metros de allí.

Se aproximan, se presentan como enviados por Dr. Green y le piden la oportunidad de charlar unos minutos con él. Con gran amabilidad accede al instante y les ofrece volver hasta el campamento donde se pueden hacer un café y sentarse en unas sillas de plástico.

—Estos signos esculpidos en las laderas de los cerros son espectaculares, no sabía que en nuestro país contáramos con ello... —le comenta Bruno.

—No se ha dado mucha publicidad al tema, pero Chile es el país donde hay una mayor concentración de geoglifos, de una calidad exquisita... Lo que estamos encontrando es de una riqueza sin igual, constituyen un tesoro patrimonial de valor universal. —Afirma el arqueólogo.

—¿Y cuál es su significado? ¿Se sabe quién los realizó? —Pregunta el chico.

—Se sigue especulando respecto a su origen, tengo compañeros que afirman que fueron humanos de unos mil años antes de Cristo, pero yo discrepo... Hay algunos diseños sencillos que podrían haberlos realizado los antiguos habitantes de esta región. Pero muchos otros son formas geométricas tridimensionales muy complicadas, con patrones intrincados, incluso con códigos matemáticos ocultos, es literalmente imposible que la mano del hombre sea la creadora de tal precisión... estoy convencido de que están realizadas por seres de una inteligencia superior venidos de otros planetas... Es la memoria ancestral de otras civilizaciones con las que la Tierra ha estado en contacto, mensajes inscritos en la piel terrestre que dejan constancia del intercambio que siempre ha existido entre este planeta y otros obviamente más avanzados... —Expone con total sinceridad. — Además, para mí son símbolos de una puerta dimensional que da acceso a otras dimensiones... Pero claro, este acceso está reservado a muy pocos... —Por cierto, ¿qué les trae a ustedes hasta acá?

Le narran la historia de su búsqueda en versión resumida, y Ruth trata de responder a las cuestiones que le plantea Don Luís, terminando con la petición de que les indique cómo llegar hasta el valle donde el Dr. Green sospecha que pudiera hallarse el preciado Mercaba.

—Interesante, muy interesante. ¿Cómo ha dicho que se llamaba? Ah sí, Ruth. Mire, si ha llegado hasta acá después de tantas peripecias es que usted tiene asignada la misión desde altas esferas, y se cuenta con su colaboración para que pueda producirse la cronología del "Punto cero" a la que los hermanos mayores se refieren a menudo... Alguna vez mencionaron que podría facilitarse cuando doce seres encarnados pudieran activar los doce cristales sagrados, y así la Pachamama, como la llamamos por estas latitudes, pueda iniciar el nuevo tiempo, la nueva etapa... Es esperanzador saber que usted es una de esas personas encargadas de la tarea, un honor conocerla... Pero recuerde una cosa cuando encuentre el Mercaba —porque no tengo la menor duda de que lo va a encontrar— sólo podrá tener éxito si está alineada con la voluntad divina, dejando de lado todos los deseos del ego... Solo eso le permitirá una total conexión con la Fuente y los guardianes del lugar donde se ubica, así como la Jerarquía de Luz y todos los demás involucrados en todos los niveles. Es muy importante que lo mantenga presente... Estamos a punto de atravesar el umbral del despertar colectivo, y su contribución es fundamental.

Ruth se siente animada por la muestra de confianza de Don Luís y agradecida por sus consejos.

—Don Luís, ¿podría decirnos adónde tenemos que dirigirnos? ¿Dónde podré encontrar por fin el famoso Mercaba? ¿Lo sabe usted? —Le interroga ella.

—El valle del que les habló mi amigo Richard es éste en el que estamos ahora. Aquí es donde juntos hemos tenido avistamientos de OVNIs y hemos mantenido contactos con otros seres que nos visitan y están contribuyendo a la transición planetaria... Pero no es acá donde se ubica esa llave multidimensional sagrada que usted está destinada a accionar... Se encuentra en un lugar del altiplano andino, saliendo desde San Pedro. Tendrán que rebasar las lagunas más conocidas de Miscanti y Miñiques, las más grandes. — Les indica—. Desde allá, busquen una pequeña, escondida detrás de los volcanes que nadie visita. El lugar exacto se lo indicará un cóndor que aparecerá ante ustedes realizando un signo en su vuelo... Deberá centrase y tomar conciencia del vórtice de energía que existe en ese punto, pues es ese vórtice el que la conectará con el Cristal en lo profundo de la Tierra... Si en algún momento experimenta dudas, acuérdese de que es solo la ilusión de la separación de la Unidad la que puede representar un obstáculo en su objetivo.

—¿Tiene algún otro consejo para mí, Don Luís?

—Solo ha de recordar que está en su propósito de vida el asistir a la humanidad a elevar su vibración y cociente de luz, ayudar a liberarnos de la cárcel material en donde nos hemos sumergido, ahí radica su poder... Aunque tenga la impresión de carecer del conocimiento necesario, acuérdese que toda la sabiduría adquirida a lo largo de eones de tiempo está inscrita en el inconsciente, en su alma infinita. Cuando llegue el momento crucial —revela—, debe conectarse a su Ser, al amor incondicional y a todos los seres iluminados que la acompañan en esta aventura, y recibirá las indicaciones apropiadas para lograrlo. Confíe en sus capacidades, lo logrará.

Capítulo 49

Salen del hostal a las siete de la mañana, equipados con la tienda de campaña y los sacos que trajeron desde Santiago, y un hornillo que han alquilado, así como algunas provisiones y varias garrafas de agua que compraron ayer. El lugar al que se dirigen está en medio de la nada y desconocen los días que tendrán que quedarse. Subirán a unos cuatro mil quinientos metros de altitud, según les dijo Don Luís, por lo que también llevan ropa de abrigo. Una vez preparados para todas las eventualidades, emprenden rumbo a las lagunas altiplánicas.

A lo largo de la carretera empedrada, a su izquierda, les espían los omnipresentes volcanes. Tienen la inmensa suerte de que anoche cayera una fuerte tormenta en las cumbres, lo cual permite que las cimas de los Andes hoy amanezcan pintadas de blanco. Una auténtica belleza paradójica contemplada desde el desierto.

Atraviesan mesetas infinitas en las que la vista se pierde en la grandiosidad del paisaje, el salar eterno y kilómetros de planicie donde nada parece sobrevivir, la sal y la roca en simbiosis perfecta e inhóspita.

Tras un par de horas de trayecto, realizan una primera parada en las lagunas saladas visitadas por decenas de flamencos. Las lagunas aparecen tan quietas que parecen espejos reflejando las montañas andinas, provistas de un magnetismo emancipador, metáfora de la dualidad manifestada, encantamiento sublime. Las aves acentúan los efectos hechizantes y la inocencia de una naturaleza que nunca termina de sorprender. Se habrían quedado allí horas, días o incluso semanas, inmóviles ante el paisaje, pero deben continuar con su cometido.

Solo realizan otra pausa en un diminuto pueblo, el único con el que se toparán por el camino. Visitan su antigua y coqueta iglesia, y las terrazas en que los antiguos atacameños realizaban sus siembras. Aprovechan para realizar un pequeño avituallamiento, tomándose los bocadillos que les prepararon en el hostal antes de salir.

Las horas de trayecto en el vehículo 4x4 que alquilaron se hacen más llevaderas con la música y con la maravillosa panorámica que se expone continuamente ante ellos. Además, se respira una cierta emoción en el ambiente; acaso la sensación de que ahora sí, están muy cerca del descubrimiento y —esperan— también del desenlace. Es algo innombrable, pero ambos lo comparten sin palabras ni referencias directas. Lo saben.

Van ascendiendo y avanzando, hasta llegar por la tarde a las famosas lagunas altiplánicas que Don Luís les nombró. Aparcan el todoterreno en la linde, y descienden para poder acercarse a la orilla a pie. Se respira un inmenso sosiego, un silencio plácido, una atmósfera de contagiosa quietud. Si todo lo que han contemplado hasta el momento en este impresionante desierto ha sido espectacular, quizás es aquí donde experimentan las sensaciones más gratificantes. Un azul inmaculado de las aguas más puras que hayan visto jamás contraponiéndose a rugosas montañas volcánicas. Se quedan deslumbrados, extasiados. Cumbres nevadas que remozan los sentidos y oasis índigos que encienden la emoción y la esperanza. Es un paisaje cósmico, grandioso en su majestuosidad, apabullante para el ser humano. En esta parte del mundo la naturaleza es descomunalmente espaciosa, solitaria, plena. Parece que uno se pueda perder para siempre aquí, diluido en la infinitud del espectáculo natural.

La altitud les marea y fatiga un poco al caminar, les produce una ligera sensación de vahído, por lo que se sientan sobre unas piedras a recuperarse con parsimonia. La magnificencia de los secretos de los lagos altiplánicos es capaz de serenar, colmar y nutrir con una grandeza que a menudo creemos que ha dejado de existir en nuestro planeta. Comprenden que sea aquí donde yace el Mercaba, impoluto y resguardado de la corrupción humana, conservando el poderío innato que una vez tuvo, protegido por los espíritus de las poderosas montañas, bañado por las aguas glaciares, abrazado por la pureza de la creación primordial.

El paisaje es tan hermoso, tan estremecedor, que sienten como la emoción les remueve y alcanza. La grandiosidad les invita a la calma, al encuentro con el cosmos, con lo inmutable, con lo inefable.

Solo salen del embelesamiento cuando aciertan a ver unas vicuñas trotando por una ladera contigua. El atardecer se aproxima, y han de prepararse antes de que se abalance sobre ellos. Regresan al vehículo y avanzan hasta que la pista de arena desaparece. Allí deciden rodear la montaña más alta. El terreno es algo abrupto, pero el 4x4 les permite adentrase sin peligro de volcar. Al otro lado surge un valle con una pequeña laguna esmeralda, cual escondida alhaja entre volcanes. Van bajando hasta llegar a una explanada donde podrán montar la tienda y prepararse para pasar la noche.

Ya con la tienda alzada y los colchones inflados dentro, Bruno va preparando un fuego con carbón que han aportado, y ella va encendiendo el hornillo para poder cenar algo caliente. Han decidido que abrirán una lata grande de guisantes, a los que añadirán jamón york en trocitos. Los huevos han llegado intactos, por lo que un par de huevos fritos para cada uno complementarán el primer plato, y tostarán el pan de molde en la sartén.

A medida que la noche se va haciendo cerrada, el ambiente empieza a ser gélido. Se abrigan con los forros polares que han traído, y Ruth no duda en ponerse un gorro y un chal alrededor del cuello. Hierven agua para un té que pueda calentarles el cuerpo, y se arriman aún más a la hoguera. No es suficiente; el frío espesa. Ella va a buscar al coche la gruesa manta que les han prestado en el hostal y se la echa por encima. Bruno no tarda en acercarse a ella para poder calentarse debajo también.

—Quería decirte que te estoy muy agradecida por creer en esta aventura loca mía y por venir conmigo hasta tan lejos... Por apoyarme tanto... no sé si lo habría podido hacer sin ti.

—¡Claro que sí! Eres lo suficientemente obstinada... Jajaja —Ríe mientras fija su mirada en el fuego trémulo de la hoguera.

—Puede, pero me habría resultado mucho más difícil y desde luego menos agradable —asegura ella. —Viajar contigo es un regalo... Realmente eres una persona alucinante, como decimos en España... Ya me lo pareciste cuando te vi dando la conferencia, con tanta soltura, con tanto carisma...

—Ah, ¿sí? No me lo habías dicho.

—Bueno, no ha habido ocasión... Aunque en realidad nos conocemos desde hace poco, hemos compartido tanto tiempo y tanta belleza que para mí eres un hermano del alma... Y después de aquella visión que tuve supe que eres parte de mí, que estamos de alguna manera unidos. —Le comenta con los ojos absortos en las llamas.

—Yo también siento que te conozco desde hace mucho, quizás de otras vidas como tu percibiste aquel día. Yo no puedo recordarlo como tú, pero lo sé. —Sugiere, sonriendo para sí mismo. —Pero tengo que admitir que no te percibo como una hermana...

Calla para comprobar si ella comenta algo al respecto. Al no hacerlo, prosigue, abriendo su corazón.

—Desde que cenamos juntos la primera vez en Santiago, tu historia me fascinó, pero no salida del mundo Bilz y Pap, sino llena de profundidad y autenticidad... y además me resonó muy dentro... Sentí que tenía que ayudarte con todo lo que estuviera en mi mano, que no era ninguna casualidad que hubieras venido a mí... Pero he de confesarte que aquella misma noche también me pareciste una mujer muy hermosa... Y ha sido una suerte que pasaras los días de navidad en mi casa, me sentía tan cómodo que parecía que siempre habías vivido allí... A veces pienso que es completamente irracional, pero lo cierto es que te reconozco... Me siento conectado a ti... Y cuanto más tiempo paso contigo, más me gustas... Y más te quiero.

Ruth permanece callada, inmóvil, concentrada en sus propias sensaciones; algo sorprendida por sus palabras, y cohibida quizás. Se levanta de repente y vuelve con uno de los colchones hinchables. Lo pone cerca del cada vez más lánguido fuego, y propone tumbarse encima para contemplar el firmamento.

En medio de la nada, a esa impresionante altura —sin focos eléctricos en cientos de kilómetros a la redonda— el cielo nocturno es un espectáculo. Se enciende una verbena de luces tan cercanas, que imaginas poder estirar la mano y atrapar una estrella. Con un cielo tan límpido, parece que el manto negro está cubierto por millones de luceros de un fulgor y una luminiscencia única. Las constelaciones resplandecen, los planetas se presentan como soles, y las estrellas diamantes cuyos destellos transparentes parecen palpitar a través del cosmos ilimitado y eterno.

—Alguna de éstas debe ser mi hogar... A veces lo extraño tanto... Son mundos donde te sientes interconectado con todos a través del amor, donde no hay violencia, no hay mezquindad, donde no existe la avaricia... Aquí todo es tan denso... A veces me ha costado mucho, Bruno... Mi motivación siempre ha sido tan distinta, yo aspiraba a la sabiduría y a la bondad, mientras que la gente de alrededor aspiraba a ganar y lucirse más... —Le confía—. No entendía mi lugar en esta humanidad, sentía que no pertenecía, me sentía abandonada por mi familia estelar en esta Tierra donde las personas se han quedado presas de lo material... ¿Te suena raro?

—No, creo poder entenderte. Muchas veces yo he sido consciente de cosas que no era capaz de explicar conscientemente, y no por ello las he rechazado... Tú has venido muy despierta, tenías que estarlo para poder cumplir con esta misión... Eres harto especial, Ruth... Eres una pionera, y los pioneros siempre sufren de sobresalir de las masas...

—Tú también eres pionero con tu trabajo y tus investigaciones... Y muy valiente al hacerlo público. —Le dice con sincera admiración.

—Por eso te entiendo tan bien. —Afirma él, mientras busca su mano bajo la manta y la aprieta con inmenso cariño. —¡Ay! Acabo de ver una estrella fugaz, qué lástima, no tenía ningún deseo preparado... Hagamos un juego... Pensemos en un deseo, por si antes de acostarnos vemos alguna más, comprobemos quién gana... Tengo la sensación de que hoy es esa noche en la que todos los sueños se pueden cumplir...

—¡Yoooooooo! Acabo de ver una... ¡Qué alegría! —Grita la chica.

—Pues te toca compartirlo, esta noche los deseos no se pueden esconder. —Propone él, juguetón.

—He pedido a los seres que custodian el Mercaba, y a los que me han enviado hasta aquí, que me den las fuerzas y la claridad para poder llegar hasta el final y ser capaz de encontrarlo y activarlo... Lo deseo con toda mi alma.

—Qué así sea.

A pesar de la baja temperatura, la negrura iluminada es de tan perturbadora belleza, que merece la pena permanecer a la intemperie, avistando las estelas de las estrellas en su misterioso aletear. Si hay instantes que valen por toda la existencia, éste es uno de ellos.

—¡Yujuuuuuu! ¡Volví a ver otra! ¡Bavo! —Se entusiasma Bruno.

—¿Y qué has pedido?

—Mi deseo ha sido estar contigo...

Ruth cierra los ojos, permitiendo que esas palabras hagan eco en su interior. El corazón se le acelera. Bruno se pone de costado, mirándola. Le quita el gorro, y pasa suavemente la mano por su melena; la acaricia con dulzura. Ella retiene la respiración cuando recorre su rostro con templanza y delicadeza, intentando captar a través de sus dedos las formas que tanto ha observado, y cuyo tacto ha tratado de imaginar. Se detiene en los labios, esos labios que ya ha visualizado besándolos. Se aproxima hasta rozar su cuerpo con el de ella, y besa sus ojos cerrados, y luego su boca; una boca dulce y cálida, que se abre a recoger la suya. Ruth se gira para abrazarse a él, para enroscarse a su cuerpo y que nada se interponga entre ellos dos. Se fusionan, se vinculan, se funden en un solo ser. La magia del amor.

Capítulo 50

Se despiertan con los albores de la mañana. Es temprano, pero la luz del alba empieza a inundar el interior de la tienda. Se despiertan pegados el uno al otro, tal y como han dormido, en el mismo saco, al desear permanecer muy juntos durante la noche. Se despiertan contentos, ilusionados, resplandecientes. Bruno se apoya sobre el codo para besarle el rostro con mucha suavidad. Ella sonríe ampliamente. No pensaba que él fuera capaz de tanta ternura.

—Habrá que levantarse, ¿no? —Propone Ruth.

—No es estrictamente necesario... Podríamos quedarnos aquí y amarnos un ratito... —Plantea él.

—¡Bruno! Ya tendremos tiempo, hay que aprovechar la luz del día para seguir buscando... Además, me muero de hambre... Me voy a lavar a la laguna, ¿crees que estará muy fría? —Le pregunta sin esperar respuesta, pues se levanta como un terremoto, y sale de la tienda de campaña.

Están desayunando sentados en una esterilla en el suelo. Cereales con leche, frutos secos y un descafeinado con leche que acaban de calentar.

—¿Qué planes tenemos para hoy? ¿Cómo podemos organizar nuestras pesquisas? —Plantea la chica.

—Yo creo que deberíamos empezar por recoger la tienda, los colchones y los trastos, y meterlo todo en el coche, porque es muy posible que tengamos que seguir conduciendo por la zona en busca de alguna pista. —Propone él.

—¿Y no podríamos caminar por los alrededores primero? Si no vemos nada que nos llame la atención por aquí, entonces continuamos con el coche...

—Sí, claro, ¿por qué no? En estos momentos no tenemos ni idea, así que supongo que es mejor permanecer abiertos a todo... —Opina Bruno. —Pero antes ven que te abrace... ¿Te he dicho que esta noche me ha encantado... y tú más aún?

—A mí también, qué regalo inesperado... —Afirma ella, mientras se sienta delante suyo y permite que la abrace por detrás, sintiendo sus masculinos brazos cálidamente alrededor de su torso.

De repente, delante de ellos, a una altura considerable, aparece volando majestuosamente un ave enorme de largas alas, cabeza pequeña y lisa, de color oscuro y con el cuello absolutamente blanco. Planea sobre un punto fijo.

—¡Bruno! ¿Ves ese pájaro tremendo? ¿Sabes si es un cóndor? —Pregunta entusiasmada ella.

—Sí cielo, ¡es un cóndor! Vuelan así durante un tiempo cuando han visto un animal muerto... Don Luís dijo que sería un cóndor el que nos daría la señal... ¿Tú crees...?

—¡Dios mío, qué nervios! —Dice ella levantándose de un salto. —¿Qué hacemos?

—Corazón, siéntate un momento y reflexionemos tranquilamente... No nos precipitemos...

Tras unos instantes de cavilación, los dos llegan a la conclusión de que ella debería caminar hasta el punto por encima del cual el cóndor está realizando círculos. Él se quedará allí, esperando por si necesitara ayuda, pero ambos están de acuerdo en que ha llegado el momento en el que ella sola debe intentarlo. Ahora es su responsabilidad y su hora. Bruno le promete no moverse de aquella zona y estar atento por si requiriera algo, y en cualquier caso la esperará allí. Ruth coge una botella de agua, unas bolsas de frutos secos, un trozo de queso y unas rebanadas de pan, se pone un sombrero para protegerse del sol, y mete la esterilla en la mochila. El sitio por donde el ave está planeando no está lejos, pero presiente que puede tener que pasar un tiempo sola ala intemperie. Se despiden con un abrazo intenso y un beso apasionado como si no fueran a verse durante largas semanas.

—Pase lo que pase, estoy contigo. Da un grito y te escucharé... Tengo plena confianza en que lo lograrás, y si hace falta, seguiremos buscando... Te quiero. —La anima Bruno.

Con paso tranquilo, la chica camina los pocos cientos de metros que la separan del lugar, subiendo por un flanco de la colina, rodeando la ribera de la laguna para llegar al lado opuesto. Inspecciona los alrededores, por si en efecto hubiera algún tipo de carroña y hubieran mal interpretado la señal, pero no encuentra nada. Tampoco ningún indicio, ninguna marca especial que pueda indicar algo inusual o algún vestigio antiguo en la zona.

Súbitamente, tiene una intuición. La pista que persigue no vendrá de fuera, sino de su interior. La información que necesita llegará desde dentro. Lo externo es solo una prolongación de nuestro estado interno, lo exterior constituye un reflejo de lo que alimentamos dentro.

Extiende la esterilla, la dobla en dos para estar más cómoda, y se sienta a meditar. Debe perseverar hasta que la verdad se le muestre. Hay algo que le dice que ha terminado la búsqueda, que lo que tanto ha perseguido se ubica allí mismo. No obstante, tiene que averiguar su paradero exacto. Y no sabe dónde. Las dudas le asaltan de repente, las dudas que creía haber superado. ¿Será verdaderamente ella una de las doce? ¿Posee las capacidades para lograr la activación? ¿Cómo podrá acceder a esa sabiduría que parece haber olvidado por completo? Se mueve en el sitio, le duelen las piernas, la espalda, no encuentra una posición cómoda. Le falta concentración. En su cabeza se suceden muchas imágenes sin correlación alguna: niños fallecidos a los que curó y acompañó, sus sobrinos jugando al escondite, su madre preocupada por su futuro, el atractivo cuerpo de Bruno, las calles de Bangkok, el yogi en el monasterio más alto del mundo en el Tíbet, el cadáver de su padre cuando había dejado su cuerpo y ella se estaba despidiendo de él, Albert haciendo una broma, los geoglifos gigantes, las llamas de los bonzos tibetanos auto-inmolándose, la penetrante mirada de la chamana tailandesa, la pizza de su restaurante favorito, la traición de Fernando, la travesía en barco en el sur, la vista lejana del mar desde su terraza... un maremágnum de representaciones; fotos que se suceden con rapidez perturbando su calma. Parece que todo se confabula para distraerla, para apartarla de su objetivo. Los tentáculos de las tentaciones, las *maras* que trataron de seducir a Buda, las ilusiones de las construcciones mentales, los hechizos que subyugan y nos despistan de nuestro camino. Se percata que es su propia mente la que no le concede un respiro, la que la aparta de su centro, la que la entretiene con banalidades. No debe permitirlo. Tiene que entrar en el silencio interior para liberarse de los pensamientos que la ofuscan y soltar los apegos que la enganchan. Debe entrar en la vibración del silencio y la confianza. Ya le avisó don Cristóbal que esa es su clave.

No se encuentra a gusto. Se enfada consigo misma por no ser capaz de mantener el foco en una situación tan importante que requiere toda su energía y concentración, y sabe que ha de salir de esa emoción. Se levanta y decide caminar despacio colina abajo hasta la laguna, enfocándose completamente en cada paso, como se lleva a cabo en el entrenamiento zen. Así la mente se serena y abandona los pensamientos superfluos y perturbadores. Se acuclilla en la orilla y se moja la cara con el agua fría repetidas veces, hasta que el frescor la despeja completamente.

Se sienta allí mismo, a dos pasos de la laguna cristalina, sobre la arena, en flor de loto y cierra los ojos, ahora equilibrada, de nuevo vibrando en armonía, consiguiendo que los pensamientos pasen enfrente suyo sin aferrarse a ninguno, permitiéndose ser y estar durante tanto tiempo como sea necesario. Se promete quedarse así hasta que anochezca si es preciso, o durante días; no tiene prisa ninguna, solo un compromiso de alma que está decidida a cumplir, cueste lo que cueste. Sabe que está cerca, y pide a los seres que la guían las pautas que la dirijan al secreto final y el discernimiento para distinguirlas.

De pronto un rayo de lucidez la recorre, dejando una impronta imborrable en ella al evocar las palabras que María le ha repetido en varias ocasiones "lo importante es la motivación, la pureza de tu intención. Es lo que te alinea con la energía divina". Se repite esa frase una y otra vez como una oración y un mantra sagrado. Ha de desprenderse de sí misma, del espejismo de la realidad de los sentidos. Se recuerda que ha llegado hasta aquí por amor a la humanidad, por su sincera compasión hacia esta Tierra malherida, deseando de corazón poder contribuir al tan necesitado cambio. Nada más importa, nada más es prioritario, nada más le concierne. Todo su ser se pone al servicio de algo más grande, del mayor bien, de la voluntad universal. Paulatinamente, más y más lastres mentales se van diluyendo, los miedos se van borrando, los deseos personales se van perdiendo, las dudas desaparecen, el ego se vacía. Se va haciendo la luz.

Le llega una visión poderosa: ¡Se encuentra sentada sobre el Mercaba! A escasos metros hacia el interior de la Tierra se halla el tesoro de cristal. Visualiza como una energía rosa de amor total nace del corazón de Gaia y sube en espiral hasta traspasar el cristal sagrado y traspasarla a ella, subiendo hacia el bóveda celeste, hacia las estrellas, hacia el palpitar del cosmos, hacia el infinito.

Ruth se convierte en uno con el Mercaba, se funde con él, con la naturaleza que lo custodia, con el amor que sostiene la vida, con el resto de seres sintientes, con la galaxia, con todos los universos existentes. Una chispa en un sendero luminoso que late al unísono, que danza de forma unánime, que amplifica la melodía universal. Es así cómo puede diluir su identidad personal para unirse al entramado cósmico, al Todo; el espejismo de la separación se destruye. Las radiantes mariposas eternas aletean por doquier, interrelacionadas, hermanadas, integradas de forma perfecta. Esa es la clave del código misterioso, el enigma perseguido a lo largo de la historia, la alquimia sagrada, la piedra filosofal oculta, la llave que abre la cerradura a la inmortalidad, la esencia de la verdad inmutable. ¡Lo ha conseguido! ¡Lo ha conseguido!

La voz que en alguna ocasión ha escuchado en su interior regresa. Con claridad y precisión, surgen las palabras en la pantalla de su mente:

"Siente la maestría en tu interior.

Enraízate para bajar al corazón de la madre Tierra toda la energía celeste

Que hay en ti. Percibe la vibración infinita.

En tus genes traes el espíritu primordial y el conocimiento de las estrellas

Al más bello planeta de este universo, a Gaia,

Para colaborar en su despertar al poder,

A su tan esperado destino y al acceso a la Confederación Galáctica

Por derecho propio.

Se te ha concedido esta oportunidad porque sabíamos que no la tergiversarías

Ni la aprovecharías para tu propio beneficio gracias a la pureza de tu corazón.

Asumiste el riesgo de quedarte atrapada en la fascinación de lo terrenal y lo físico,

Ignorando tu verdadera identidad espiritual

—Como le ocurre a la mayoría—,

Corriendo el peligro de no cumplir con el Plan infinito,

Y no llegar a realizar una tarea con repercusiones extraordinarias

Para millones de seres.

Aceptaste el riesgo de volver a experimentar la naturaleza humana,

La lucha constante contra el miedo y el servicio al propio ego,

En este pequeño planeta que tanto caos almacena.

Has superado la tristeza de la separación de tu familia estelar,

Abrazando tu encarnación con el fin de entregarte a un bien mayor.

Por ello, desde el otro lado del velo, te honramos, te apoyamos,

y agradecemos tu entrega.

Durante mucho tiempo las cosas han permanecido inmutables,

Las personas han crecido, pero solo en oscuridad

Ya que la luz escaseaba en sus corazones.

Pero ya ha llegado la hora de reconocer que

Tanto vuestro origen como vuestro destino es la Luz y el amor.

Ha llegado el momento de graduación para la Madre Tierra,

Tiempo para dejar atrás la destrucción, la corrupción y la negatividad.

Gracias a tu compromiso y al de los otros once involucrados en el Proyecto Unidad,

Os situáis donde se os necesita, alineados con el Plan.

Así, la activación de las rejillas cristalinas es posible aquí y ahora.

Nace el tan esperado en momento de la transición,

En el que la vibración de los humanos incrementará lo suficiente

Para percibir la unidad de toda la creación,

En cada una de sus múltiple apariencias y formas.

Es un instante de gozo y celebración en todos los rincones de este universo.

Pronto se celebrará en toda la galaxia y más allá.

La historia cambiará. El salto se está efectuando.

Ha llegado el Punto cero. Se inaugura el tiempo infinito.

Para alegría de todos los seres que se han involucrado

En esta maravillosa aventura de la transformación.

La nueva Tierra amanece. Ya nada será igual".

El pasadizo hacia otra dimensión se abre; se inaugura la salida del laberinto de la ilusión; la angosta puerta que permite conectar con lo transpersonal y lo divino se perfora. Las barreras se vienen abajo. Germina una revelación sin memoria y sin secretos. El enigma de la existencia se desvela. Los presagios dan paso a una nueva realidad. La atmósfera se cubre instantáneamente y enseguida se prepara una tormenta refulgente y bellísima. Ruth no se mueve ni un ápice, permanece en estado de dulce conmoción. Solo abre los ojos cuando se saturan de luz. Un arco iris colosal recubre el globo terrestre cual corona real y sacra. El planeta brilla con múltiples despliegues lumínicos mientras la paz se instaura para siempre. Ha llegado el Punto cero. Se inaugura el tiempo infinito.

www.ingramcontent.com/pod-product-compliance
Lightning Source LLC
Chambersburg PA
CBHW051521050726
47503CB00014B/312